Gracias a ti

Rebeca López

A mi madre por darme la vida y a la vida por permitirme explorar mundos inimaginables.

1.

Recuerdo esa mañana, sentía un dolor intenso, justo como el que había experimentado el día en que perdí a mis padres, el sabor amargo en la boca. En lo único que podía pensar era en desaparecer...

Harta de la situación que estaba viviendo decidí empacar una pequeña maleta, tomé mi cámara y me dispuse a iniciar ese viaje, no sin antes despedirme de mi hermana.

Al llegar al primer paraíso mexicano comencé a reflexionar sobre todo lo que había pasado en mi vida y sobre lo que en verdad quería hacer con ella. Sabía que tarde o temprano tendría que quedarme en un lugar, no podía viajar para siempre. Lo único que quería era huir de mí misma.

Con el objetivo de empezar desde cero decidí mandar mi *curriculum* a varias empresas nacionales y extranjeras para encontrar un trabajo lo antes posible.

Anhelaba que pronto me dieran una respuesta, pero no fue así. Pasaron semanas, meses. Tuve que regresar a casa, esto no me hacía muy feliz, pero no había otras opciones. Después del viaje ya no tenía dinero y en casa me aguardaba la empresa que papá había formado con tanto esfuerzo para que fuera nuestro patrimonio.

Al llegar me recibieron con una fiesta que había preparado mi hermana. Me sentía feliz de verlos nuevamente, pero algo faltaba, aun no descubría qué. Todo sonaba, olía y se sentía distinto. Al terminar la celebración me fui a casa, tomé una ducha caliente, era lo que necesitaba para despejarme y no pensar más.

Esa noche fui a la cama agotada, estaba segura que para mí todo había acabado.

A la mañana siguiente sonó mi teléfono muy temprano. Era la notificación de un correo que decidí ignorar hasta que recordé que tal vez podía ser algo del trabajo. Me emocioné muchísimo mientras leía lo que podría ser la gran oportunidad de mi vida.

Estimada Señorita Vega,

Estamos muy interesados en hacerle una entrevista de trabajo personalmente, ya que su curriculum nos pareció interesante y queremos ver la posibilidad de llegar a algún acuerdo. Póngase en contacto con nosotros por medio de este número y le haremos saber todo lo necesario para llevar a cabo su entrevista.

Quedo a sus órdenes para cualquier duda.

Karla Gómez

PA

Vanoy Company

+57 300 24 36 78 Ext. 1002

¡No lo podía creer! Por fin iba a tener una entrevista de trabajo y posiblemente en la empresa Vanoy Company, la cual supuse no era mexicana. No tenía idea de qué se trataba, pero aun así estaba más que feliz. Inmediatamente hablé por teléfono al número que venía en el correo mientras todo me temblaba.

Después de varios *tu, tu, tu* contestó una mujer con una voz animada y un acento extraño.

—Alo, Vanoy Company, ¿en qué le puedo ayudar?

—Hola mi nombre es Renata Vega me enviaron un mail diciendo que me pusiera en contacto a este número para agendar una entrevista de trabajo.

—Mucho gusto señorita Vega, ¿de parte de quien recibió el correo?

—De la señorita Karla Gómez.

—Permítame la comunico con ella.

—¡Muchas Gracias!

Me sorprendí gritando el "muchas gracias". Debía tranquilizarme, no podía dejar que los nervios me traicionaran. Mientras sonaba la musiquita de espera respiré hondo, de pronto del otro lado del teléfono una voz aún más entusiasta que la anterior me salu--daba.

—Alo linda, soy la asistente del Señor Vanoy, él personalmente ha checado su *curriculum* y quedó impresionado, así que va por buen camino ¿eh?

Realmente estaba muy nerviosa y me puse más al saber que el Señor Vanoy había leído mi *curriculum*, no tenía idea de quien era, pero se oía importante.

—Checaré la agenda para poder programar la entrevista, mire le cuento, el Señor Vanoy es algo complicado, pero es muy buena persona y no le costará ningún trabajo adaptarse a él.

— ¿El Señor Vanoy? Disculpe, pero es que aún no se bien de que se trata el trabajo.

— ¡Dios! Pero qué tonta soy, no le mencioné nunca que el señor Vanoy es el cantante Gael Vanoy, me imagino que lo conoce, ¿no es así?

Quedé paralizada por un momento.

—Sí, claro que lo conozco, sería un honor trabajar con él.

—Excelente Renata, le explico el protocolo de entrevista. Lo primero que hará será viajar a Los Ángeles en donde se entrevistará con su manager el Señor Roberto Álvarez y Fernando Torres. Una vez que pase ese primer filtro, viajará a Colombia donde yo la estaré esperando junto con el Señor Gael, ¿tiene alguna pregunta hasta aquí?

—No, todo bien.

Todo iba demasiado rápido, no lo podía creer. Iba a viajar a Los Ángeles y a Colombia. Lo mejor de todo es que conocería y posiblemente trabajaría con uno de los cantantes de música urbana más importantes del mundo. Sentía que me iba a desmayar.

No podía darme ese lujo así que utilicé todas mis fuerzas para concentrarme y escuchar con mucha atención lo que Karla me decía, no quería pasar por ningún contratiempo ni perderme de algún detalle.

—¡Perfecto! Prosigo; ambos viajes serán pagados por la empresa y también contara con mil dólares para sus gastos personales. Llegando a Los Ángeles la estará esperando una persona de la empresa que la llevará al hotel en donde se hospedará y se realizará la primera parte de la entrevista. Toda esta información se la haré llegar a su correo con los tickets de las reservas del vuelo y del hotel, también los horarios de su entrevista y el depósito a su cuenta de los mil dólares, ¿Está usted de acuerdo con lo anterior?

—Sí, claro.

—Muy bien, ya chequé la agenda y el día de su viaje será el cinco de marzo del presente año, siendo ese mismo día la entrevista con el Señor Roberto y el joven Fernando ¿tiene algún problema con la fecha?

—No para nada, el cinco de marzo está perfecto.

—Muy bien señorita Vega, le pido de favor me mande todos los datos de su cuenta bancaria para que realicemos el depósito de los viáticos, en cuanto haga las operaciones le haré llegar todo vía correo electrónico. Por último, empaque para una semana y no se preocupe que le irá muy bien, ¿me permite darle un consejo linda?

—Sí, claro adelante.

—Manténgase lo más tranquila cuando vea al señor Gael, es una persona muy especial y no le gusta que su equipo de trabajo muestre una admiración desbordada, en pocas palabras no se emocione como si fuera una fan más, el Señor Vanoy es un ser humano como cualquiera de nosotros, trate de actuar lo más natural posible.

—Así lo haré, muchas gracias.

— ¡Suerte! Cualquier cosa no dude en llamarme o contactarme vía e-mail, estoy para apoyarle.

—Gracias de nuevo señorita Gómez, hasta luego, espero verla pronto.

— Chao Linda.

¡¿Qué acaba de suceder?! Solo tenía tres días para empacar, prepararme y contarle a mi hermana la decisión que acababa de tomar. Tenía tantos sentimientos encontrados que podía explotar.

Lo primero que hice fue llamar a mi mejor amigo Gabriel para contarle la buena noticia. Él se emocionó tanto o más que yo. Al colgar con él sentí un poco de miedo porque ahora sí venía lo complicado, decirle a mi hermana. Después de la muerte de nuestros padres ella se había vuelto algo sobreprotectora por lo que no sabía cómo tomaría la noticia, así que me armé de valor y le llamé a la oficina para invitarla a cenar y así poderle contar con lujo de detalle todo lo que había sucedido.

—Tengo una gran noticia que darte, te quiero invitar a cenar en mi casa. Te espero a las 9:00 de la noche, ¿puedes?

— ¡Claro hermana! ¿Quieres que vaya sola o llevo a Manuel?

—Espero no se ofendan, pero esto es algo que quiero contarte a ti, si puedes venir sin Manuel estaría genial.

—No se diga más, ¡noche de hermanas será!

— ¡Qué tonta eres! Aquí te espero.

Preparé su cena preferida, compré un par de cervezas, limpié la cocina y ordené la mesa. Sé lo mucho que le gusta la limpieza y el orden a Isabella. Necesitaba tener todo a mi favor, no quería que fuera a pensar que esta decisión era alocada, o inconveniente.

Toc toc toc. A las nueve y media sonó la puerta de la casa. Era ella, tarde como siempre, pero no estaba en posición de ponerme a reclamar. Mis manos estaban heladas y sudaban.

Abrí la puerta y entró con una cara de preocupación, dejó sus cosas en la sala y se sentó en el comedor sin decir una palabra.

— ¡Hola Isa! ¿Cómo te fue?

— ¡Rex! Ya no me tengas así, me preocupas. Después de todo lo que ha pasado quiero que sepas que cualquiera que sea la situación tienes todo mi apoyo, eres mi hermana y te amo, así que si estás embarazada no tengas miedo yo estaré contigo.

No pude evitar soltar una carcajada, era la primera vez en mucho tiempo que sentía ganas de reír. Debo confesar que sentí un alivio al saber que a pesar de todos los meses de depresión y soledad, Isa seguía a mi lado.

— ¡Estás loca! Obvio no estoy embarazada, será del Espíritu Santo o ¿de quién?

— ¿En serio no estas embarazada? No sabes el alivio que sentí, *ufff* ahora si pásame una chela y platícame qué pasa.

—No comas ansias, te aseguro que es algo muy bueno. Pero primero cuéntame ¿Cómo estás? ¿Cómo están los niños? ¿Cómo estás con Manuel?

—Ay Rex todo bien, mucho trabajo en la empresa de papá, los niños están excelentes y con Manuel todo marcha bien, ya sabes, como todos tenemos nuestros problemas, pero nada del otro mundo. A veces le dan sus arranques, pero yo creo que tiene la crisis de los cuarenta. Es normal ya se le pasará o por lo menos eso espero.

Nos tomamos una cerveza y serví la cena, conforme avanzó la noche comencé a contarle del empleo y de la oportunidad de trabajo que se me había presentado. En mi cabeza pensé que reaccionaría mal y que desconfiaría de esto, debido a que es en otro país y con gente que no conocemos.

—Rex, me siento muy orgullosa de saber que tú solita lograste esto, ¡felicidades hermana! Verás que todo irá de maravilla, cuenta con todo el apoyo de nuestra familia, estoy segura que los niños estarán un poco tristes de saber que te vas lejos, pero se pondrán felices porque su tía trabajará con alguien famoso. Oye, pero ¿no será una trampa o algo peligroso?

—No lo creo, me mandaron el mail de una empresa y todo se ve serio. Además, ya estuve investigando acerca de la empresa de Gael y en efecto es Vanoy Company. De todos modos, te paso todos los datos que me dieron para que tú investigues con ese amigo de papá que se dedica a la industria musical, el señor Aguilera, ¿lo recuerdas?

— ¡Claro! Mañana mismo le diré a Edna que me comunique con él para preguntarle. Él vive en Los Ángeles, me quedaré más tranquila de saber que cualquier cosa, puedes ir con él y su esposa.

— ¡Ay Rex! ¡Qué emoción! Te deseo suerte y no te preocupes, arreglaré todo para que puedas partir a tu nueva aventura. ¡Salud por ti Rex!

— ¡Salud Isa!

Llegó el gran día. Recuerdo que en el vuelo hacía Los Ángeles no hice más que repasar todo lo que iba a decir y cómo tenía que comportarme frente a Gael. En verdad quería ese trabajo.

El avión aterrizó y sentí más nervios y emoción. Baje tomé mis maletas y me dirigí a la salida. Vi a un joven con un letrero que decía "Señorita Renata Vega, México" y me acerqué a él para identificarme. Comenzó el trayecto hacía mi destino. No pude evitar hacerle algunas preguntas, pero el joven muy atento pudo responder a muy pocas ya que solo lo habían contratado para que me llevara al hotel.

Llegamos a un hotel enorme con grandes cristales. Bajé del auto con mis maletas y legué al lobby a registrarme. Se me acercó una señorita que me dijo que tenía una hora para cambiarme, ducharme y descansar un poco. Después tenía que dirigirme al área de sala de juntas donde se llevaría a cabo mi entrevista. Mi corazón cada vez latía más fuerte, no podía creer lo que estaba sucediendo. Llegué a mi habitación, me arreglé y esperé a que transcurriera la hora. Parecía que los minutos corrían más lento de lo normal. Entré a una sala de juntas con un escritorio enorme color madera donde esperé alrededor de 15 minutos. Las manos me sudaban, mi respiración era acelerada, de pronto se abrió una puerta y entraron dos personas.

El primero era moreno, de por lo menos 1.80 de estatura y no pasaba de los treinta años. Tenía un corte de cabello casi al ras de la cabeza, llevaba unos pantalones justos que dejaban ver sus piernas torneadas, una playera blanca larga con dos gruesas cadenas y unos tenis blancos con estrellas doradas. El segundo iba con un pantalón formal y de camisa a rayas desfajada, su piel también era de un tono oscuro, un poco más alto que el primero, pero con un enorme peinado. Me puse de pie y saludé a cada uno presentándome, ambos irradiaban una energía muy fuerte, no sé algo raro.

Roberto, el manager de Gael comenzó la charla con una gran sonrisa, tenía una dentadura casi perfecta y al movimiento de sus labios lo acompañaba un acento colombiano extremadamente sensual.

—Muy bien Renata háblenos de usted, imagine que va a contarle a alguno de sus amigos todo sobre usted ¿de acuerdo? Solo relájese, todo saldrá bien.

¿Relajarme? ¡JA! Eso era casi imposible, tomé un profundo respiro y comencé.

—Está bien Señor Roberto, Mi nomb...

—No me diga Señor solo dígame Roberto por favor, vamos a trabajar juntos.

Fue como una orden, pero amable.

—Okay Roberto, mi nombre es Renata, tengo veinticinco años, soy originaria de México, estudié Administración de Empresas, mis habilidades más sobresalientes son la administración, organización, así como la logística en eventos, hablo cuatro idiomas: inglés, francés, portugués y obviamente español.

Ellos solo estaban callados me miraban y escuchaban con atención hasta que llegó un momento en que las virtudes se me terminaron, así que decidí dar cierre a la entrevista.

Cuando finalicé mi monologo, Fernando me hizo una pregunta.

— ¿Por qué una mujer con todas tus virtudes y conocimientos decide que quiere trabajar como asistente de un artista caprichoso?

Me tomó desprevenida, me quedé callada por un par de minutos pensando mi respuesta, realmente quería este trabajo.

—La verdad me gustaría probar cosas nuevas, conocer nuevos lugares. En lo personal no tengo problema en lidiar con personas caprichosas, créanme que la vida me ha hecho lo bastante fuerte como para poder manejarlo.

El manager solo sonrió, se levantó y me dio la mano, yo hice lo mismo.

—Muy bien Renata, he disfrutado mucho esta entrevista. En un momento me pondré en contacto con las personas en Colombia para platicarles acerca de ti, pero es casi un hecho que te quedes con el trabajo. Mantente pendiente, a lo largo de la tarde recibirás una llamada para informarte cual ha sido la decisión, muchas gracias por tu tiempo.

—Al contrario, muchas gracias a ustedes.

Me despedí de Fernando con un apretón de manos y salí casi corriendo de la emoción pero tratando de guardar la compostura.

Fui directamente a mi habitación, pedí algo de comer porque no quería ni salir, me sentía muy cansada, emocional y físicamente. Llamé a mi hermana para contarle cómo me había ido en la entrevista y que estaba en espera de la llamada, ella me comentó que había platicado con el Señor Aguilera y que le había dado muy buenas referencias de Vanoy Company, ahora ella estaba más emocionada que yo. Terminamos de hablar y me quedé dormida.

Alrededor de las ocho de la noche recibí la famosa llamada en donde se me notificaría el resultado. Sonó el teléfono y mi corazón se puso como loco, sin perder el tiempo contesté y del otro lado de la bocina me saludaba Roberto con su sensual acento para informarme que estaban muy satisfechos con mi entrevista, que cumplía con los requisitos solicitados y ahora solo faltaba la aprobación del Señor Vanoy. La más difícil pensé. Me informó que a las nueve de la mañana saldría mi vuelo hacia Colombia para la entrevista y que esta vez viajaría con Fernando quien me llevaría hasta allá.

Casi no pude dormir esa noche, estaba demasiado nerviosa. Me encontré a Fernando en el *lobby* y me saludó muy afectuosamente. Me sentí más tranquila, por lo menos ya conocía a alguien y no estaría sola durante el vuelo. Estuvimos platicando sobre cosas superficiales sin profundizar en nada ya que evadió todas mis preguntas sobre Gael.

—Tranquila mujer verás que todo marchará muy bien, pronto formarás parte de un gran equipo de trabajo.

Yo estaba desesperada, quería que ya llegáramos y aterrizara el maldito avión.

Cuando llegamos a Colombia pude observar esos paisajes tan pintorescos a través de la ventana. Al bajarme del avión confirmé lo que dicen de las tierras latinas, se siente la música y la felicidad en todo el ambiente, incluso en el aeropuerto se puede percibir ese calor humano. Al salir ya nos estaban esperando, nos subimos al coche que nos llevaría hasta el hotel donde me hospedaría. En el trayecto de viaje Fernando me volteó a ver con una sonrisa pícara, me dijo algo que me dejó totalmente helada.

—Bueno Renata ¡SORPRESA! Ahora mismo es tu entrevista y nos dirigimos a casa de Gael.

— ¡¿Qué?! No, ¿Cómo crees? Veme como estoy vestida.

Me horroricé, iba en fachas y no estaba preparada.

—Tranquila te ves bien, Gael solicitó que fuera así —dijo riéndose con muchas ganas.

No me quedó de otra, tenía muy poco tiempo, solo me maquillé ligeramente y me pasé el cepillo que siempre traigo en mi bolso. De pronto caí en cuenta de que conocería a uno de los artistas más importantes del momento, a uno de los hombres más sexys del mundo y que yo iba con tremendas fachas. Quizá eso era lo que él deseaba, verme tal cual soy. Después de unos cuarenta minutos de trayecto llegamos a una casa, (que digo casa, una enorme mansión) en medio de unas colinas custodiada por una gran zona boscosa. Un portón eléctrico gigantesco con un montón de árboles que flanqueaban la entrada se abrió para darnos paso a una rotonda, la cual tenía al centro una hermosa fuente rodeada de grandes macizos de flores. Nos bajamos de la camioneta e ingresamos a una estancia enorme. Me llamó la atención la decoración tan minimalista del conjunto. Para mi gusto le faltaba mobiliario, le faltaba chispa, o tal vez un toque más femenino. Por los imponentes ventanales de doble altura, la luz del día entraba de una forma especial.

Fernando saludó a todos con mucho cariño, así como ellos a él y me escoltó hacia la parte trasera de la mansión. El espectacular jardín era lo que más sobresalía de la propiedad, en el centro había un estanque con un encantador puente que iba de lado a lado, en el fondo se podían apreciar los peces *koi*, seguro exportados desde Japón. Estaba bordeado de setos y pequeños *bonsáis*, era el jardín más hermoso que había visto en toda mi vida. Toda aquella naturaleza que me rodeaba irradiaba una serie de texturas y aromas indescriptibles. Al fondo de la propiedad cerca de la cancha de tenis se podían observar los árboles frutales y hortalizas, por todos lados había macetas de cantera con hermosas flores. De la alberca ni hablar, el agua nacía de una espectacular cascada de piedra volcánica. A un costado alcancé a observar una chimenea de exterior con sillones de roble que le acompañaban, no podía salir de mi asombro. Cuando Fer se acercó a mí me ofreció algo de beber, solo pedí un vaso con agua. Sentía toda la garganta seca y temí no poder articular ni una sola palabra.

Después de unos 10 minutos el momento tan esperado llegó, ahí estaba él frente a mí, abrazando a Fer con esa sonrisa que hacía que cualquiera cayera rendida a sus pies. Sus ojos color aceituna tan profundos y su piel apiñonada que brillaba con los rayos del sol... Por un momento quise correr hacia él, besarlo, abrazarlo, era tan perfecto. ¡Dios mío! ¡Era Gael!

Nunca había visto a un artista tan de cerca. Me descubrí con la boca medio abierta, traté de calmarme e inmediatamente me puse de pie y lo saludé respetuosamente.

—Señor Vanoy, mucho gusto, soy Renata.

Me tendió la mano y con media sonrisa en la cara se me quedó viendo a los ojos de una manera tan intensa que jamás en la vida podré olvidar.

—Hola Renata, solo dime Gael, estaremos trabajando juntos.

Rápidamente tomé su mano.

—Parece que hay un invierno en tus manos heladas, solo relájate ¿de acuerdo?

Sentí como el rojo de mis mejillas se elevaba poco a poco por su comentario, pero debía calmar mis nervios. Comenzó la entrevista que más bien parecía una plática de dos amigos que no se veían en mucho tiempo. En realidad, solo me hizo unas cuantas preguntas personales, preguntó si tenía hijos, si estaba casada o comprometida. Cada vez que respondía él solo me observaba como si estuviera estudiando cada movimiento, mueca, gesto y palabra que decía, me sentía intimidada.

—Muy bien señorita Renata bienvenida a nuestro equipo de trabajo.

Inmediatamente su actual asistente entró al jardín y se sentó conmigo.

—Hola Renata! Yo soy Karla, muchas felicidades por tu gran desempeño en la entrevista, ¿no te molesta que te hable de tú verdad linda?

—¡Hola Karla! Mucho gusto. ¡Claro que no! puedes decirme Rex.

—Muy bien Rex, ¿te parece si te invito a comer para explicarte en qué consiste ser la asistente personal de Gael?

—Claro.

Fuimos a un restaurante cerca de la casa de Gael, pedimos la comida y comenzó a explicarme brevemente en lo que iba a consistir mi trabajo y mis principales funciones. Tenía impresa una serie de actividades que tenía que hacer con él.

Prácticamente tenía que ser su sombra, despertarlo y leerle la agenda del día, aprender su rutina, conocer sus gustos, alergias, alimentos que consume, horarios, asistirlo en sus conciertos, giras, entrevistas. Por lo visto sería su niñera, mi tiempo sería suyo, mi vida iba a girar en torno a él.

Debía aprender muchas cosas, Karla me dijo que no me perocupara, prometió estar tres semanas completas conmigo para que me familiarizara con mis nuevas tareas.

Mientras comíamos me contó por qué dejaba el trabajo. La razón era que estaba embarazada y quería disfrutar de esa etapa, así como de la maternidad. A manera de aliento me dijo que si Gael no creyera que pudiera con el empleo, no me hubiera contratado, ya que es muy quisquilloso al momento de decidir quién tiene acceso a él. Si me había mandado llamar de tan lejos, debía de ser por una razón.

Terminamos la comida y me llevó al hotel. Al llegar me comentó que esa noche habría una cena en casa de Gael y que debía asistir porque aprovecharía para presentarme con su equipo de trabajo además de ponernos al tanto de los nuevos proyectos.

No sabía que ponerme, decidí vestir medio formal con un pantalón negro, camisa a rayas y un saco. No usaba zapatos altos, pero decidí ponerme unos de tacón bajo. No tenía idea del código de vestimenta para ese tipo de eventos.

A las siete de la noche en punto tocaron a mi puerta, Karla había llegado por mí. Llegamos a la casa de Gael donde ya estaba todo su equipo, nos acercamos al grupo y Karla me presentó con todos. Me sentí un poco intimidada.

Era la nueva, así que me miraban como bicho raro. Karla y yo éramos las únicas mujeres ahí. De pronto ¡pum! Bajó el príncipe. Mientras caminaba hacia nosotros fijó la mirada en mí, cosa a la que para ser honesta no estaba acostumbrada. Él lucía inmejorable con esa sonrisa y esos ojos que me hipnotizaban. Caí en cuenta que lo estaba mirando como idiota porque Karla ahogó una risa.

— ¡Buenas noches familia! Creo que ya todos conocieron a Renata, ella será mi nueva asistente y Karla estará capacitándola una semana.

¡¿Quuuuéééé?! ¿Una semana? Pero si me habían dicho que más tiempo, no sabía si en una semana lograría aprender todo. Este anuncio hizo que me volviera a poner nerviosa. Karla también se quedó sorprendida.

Llegó la hora de la cena. Nos sentamos en la mesa del impresionante comedor, impresionante por lo enorme, porque repito, la decoración minimalista no es de mi completo agrado. Quedé un poco lejos de él, durante la cena decidí no voltear a verlo. Decidí que lo mejor sería platicar con Karla para distraerme y no tener que cruzar miradas con él.

Al término de la cena Gael habló un par de minutos acerca de los nuevos proyectos, se despidió de todos con un gesto y se subió a su habitación. Fue algo extraño, yo pensaba que la velada se prolongaría un poco más, pero al mismo tiempo agradecí porque estaba agotada. Me llevaron al hotel, había sido un día muy agitado y lo único que quería era dormir.

A la mañana siguiente comenzó oficialmente mi empleo como asistente de Gael Vanoy. Karla tocó muy temprano a mi habitación. Llegamos su casa al rededor a las siete de la mañana. Me indicó cuál era su habitación y me dijo que tocara fuerte.

— ¿En serio así lo despiertas?

—Si Rex y solo dale cinco minutos de tolerancia, si no contesta entra y llámalo por su nombre nuevamente.

—Ok...

No pude evitar sorprenderme por el comentario. Esperamos un poco y abrió, estaba sin camisa, dejando ver algunos tatuajes que tenía en su cuerpo tonificado. Una vez más me quedé con la boca medio abierta. ¿Es real este hombre? No puede ser tan perfecto.

—Pasen.

Entramos a su habitación, era toda blanca, casi inmaculada. Su cama era redonda, lo cual me pareció extraño. Los ventanales que daban al jardín estaban cubiertos por unas gruesas cortinas. Él se acostó de nuevo en la cama, sonriendo al darse cuenta de cómo lo miraba. Se podría decir que estaba muy divertido con mis evidentes expresiones...

Karla caminó hacia los ventanales, presionó un botón y las cortinas empezaron a correr por si solas para dejar ver la espléndida vista.

— ¿Qué hay para hoy?

De pronto cambió su sonrisa por una actitud molesta y un tanto hosca, no sé si por lo temprano que era o si siempre era así.

Abrí la agenda que me había dado Karla con una serie de anotaciones y comencé a leerle lo que estaba escrito. Ese día tenía que desayunar a las ocho (era en serio eso de ser su niñera hasta el desayuno tenía que supervisar) después tendría una entrevista a las doce del día, comería con su padre a las tres, posteriormente volaríamos a Nueva York para unas pre-entrevistas y sus conciertos. ¿Nueva York? ¿Es en serio? ¿Conciertos? ¡Tan rápido! Dios mío no tengo idea de nada.

—Muy bien solo denme 20 minutos más.

Karla contestó con un rotundo NO. Mientras caminábamos hacia la salida de su habitación ella se volteó y me susurró.

—No lo complazcas porque si no, nos atrasa a todos.

Nos volteamos hacía él y Karla le gritó.

— ¡Gael metete a bañar ahora!

Parecía su mamá levantándolo para ir a la escuela. Gael se levantó desganado y antes de meterse al baño me dijo:

—Ven por mí en cuarenta minutos.

Así fue cómo comenzó mi primera nota del día, saber que él dura cuarenta minutos arreglándose, parece niña.

Seguí a Karla hasta la cocina. Parecía quirófano, impecable, el mobiliario exageraba de moderno. Al centro de este espacio está una isla en la que se encuentra la estufa eléctrica en una mesa que parece de obsidiana. Las encimeras de granito negro con detalles en color turquesa daban forma al desayunador, ocho altos bancos blancos la rodeaban y permitían a los comensales departir de forma íntima. Había tres chicas limpiando, preparando comida y acomodando la despensa. Ahí estaba Paty, su nana, una señora de unos sesenta años regordeta y llena de alegría.

—¡Buenos días mi niña! ¿Cómo te llamas?

—¡Bueno días! Me llamo Renata, pero casi todos me dicen Rex, si quiere dígame así.

—¿Rex? ¿Qué a tus papás les gustaban mucho los dinosaurios? —dijo riendo.

Era él, con su pantalón de pijama y una bata medio abierta, su abdomen perfecto se asomaba. Se acercó hasta la barra, tomó una manzana y le dijo a Paty que desayunaríamos huevos a la mexicana, refiriéndose a mí. Sonrió burlonamente y se fue.

Karla solo me miró y puso los ojos en blanco.

—Te iras acostumbrando a él, ya lo verás.

Ella se despidió de mí, toda la mañana se dedicaría a terminar los pendientes para el viaje y los conciertos de Nueva York, dejándome a mi suerte con el caprichudo este.

Al cabo de cuarenta minutos volví a su habitación para avisarle que ya era hora. Toqué y me dijo que ya estaba listo. Salió y caminamos por el largo pasillo de cristal, se me hizo eterno. Por alguna razón no decía ni una sola palabra, a veces me caía muy mal. Llegamos a la cocina, se sentó y me miró como si fuera una máquina de rayos-x.

—¿Tú no vas a desayunar o qué? Recuerda que nuestra siguiente comida será hasta las tres de la tarde, te recomiendo que desayunes y que lo hagas bien, en este empleo no sabemos cuándo comeremos de nuevo.

—Sí, está bien.

Me senté a un par de sillas de él. En ese momento me sentía algo confundida, me hablaba duro pero al mismo tiempo se preocupaba por mí (bueno por su equipo de trabajo).

— ¡Hey! ¿Qué haces allí? Tú vas a lado mío.

De nuevo su voz hosca y dura, pero ¿para qué me quería al lado de él?

—Rex de ahora en adelante todo el tiempo, pero todo el tiempo, te quiero al lado mío o cerca de mí ¿entendido?

— ¡Sí jefe!

Todos los que estaban cerca se rieron de lo que dije, él solo me volteó a ver con una sonrisa forzada y siguió desayunando. Terminamos de comer, él se despidió de Paty y me hizo una seña con la mano de que lo siguiera, ¿qué acaso este hombre no tiene modales? Tomé mi mochila con todas las libretas que me dio Karla y nos pusimos en marcha. De camino a la radio me dijo que tendría dos días para ir a México, para despedirme de mi familia y empacar lo necesario para mi estadía en Colombia. Dentro de sus pendientes estaba grabar su próximo disco así que después de ir a Nueva York me podría ir con mi familia.

Lo que me sorprendió es que también mencionó que estaría a mi disposición una habitación en su casa para que no tuviera que estar viviendo en hoteles. Me dijo que me fuera acostumbrando a que él y todos los demás se convirtieran en mi nueva familia. Me provocó un poco de nostalgia ya que por lo visto no iba a poder ver tan a menudo a mi hermana. Nos dirigimos a una de las estaciones de radio más importantes de Colombia, "La Mega" donde lo recibieron como el artista que era. Todos los locutores lo abrazaron, se tomaron fotos con él y lo felicitaron por su trabajo. Él solo les agradecía y no dejaba de decir que nunca lo hubiera logrado sin el apoyo de todos sus fans.

A lo largo de la entrevista me impresionó el carisma que poseía y la inteligencia para darle la vuelta a las preguntas incómodas, pensé que aparte de guapo era inteligente. Al finalizar se despidió de todas las personas, de absolutamente todas, vaya hasta del policía que nos abrió el portón de salida.

Saliendo le dije a Carlo el chofer que iríamos a "El cielo", uno de los mejores restaurantes de Medellín donde Gael se encontraría con su padre para despedirse de él. Al llegar al restaurante se bajó y yo me quedé en la camioneta. Supuse que quería un poco de privacidad con su padre, así que decidí sacar mi celular para matar el tiempo. Justo cuando estaba abriendo mi juego un golpe en la ventana hizo que me sobresaltara. Volteé y era él con una cara de pocos amigos, bajé la ventana para saber qué le ocurría.

—¿Qué se supone que estás haciendo?

—Esperarte, supongo.

—No seas ridícula, bájate y ven a comer con nosotros.

Cuando entramos al restaurante su padre ya nos estaba esperando. Era un señor de piel apiñonada con la misma mirada de Gael pero en lugar de ser hipnotizante era tierna y cálida. Me presentó como su nuevo tesoro mexicano, eso me hizo sentir especial. El señor me recibió con un caluroso abrazo y debo admitir que la familiaridad con la que me trató me resultó un poco incómoda.

Me sentía extraña ya que suponía que era un momento familiar. Hablaron de todo un poco. Pude observar que Gael evitaba a toda costa hablar de trabajo. Le preguntó por sus tíos, primos y sobrinos, vaya hasta por el periquito que tenía su abuelita y se llamaba Kike. Al terminar, el señor Enzo me volvió a dar un abrazo de oso. Nos despedimos y nos retiramos ya que debíamos ir a empacar nuestras maletas para volar a Nueva York esa noche. En el camino hacia su casa le pedí al chofer que me dejara en el hotel para organizar todo mi equipaje.

Al llegar a mi destino le dije a Gael que a las siete de la noche debía estar listo para irnos al aeropuerto, me contestó con un escueto "sí" y me bajé de la camioneta.

Llegando al hotel me comuniqué con Karla para decirle que todo iba marchando muy bien.

—Ya estoy en el hotel preparando mi equipaje para irme a Nueva York, en cuanto acabe me voy a casa de Gael para que nos vayamos directo al aeropuerto.

—¡Cómo crees! Debes venir cuanto antes para preparar todos sus papeles, su pasaporte, su visa, verificar que la entrada y salida del país esté en orden, verificar que los impuestos previos se hayan realizado, coordinar el transporte y seguridad para la llegada de Gael al aeropuerto, doblar y guardar toda la ropa que usará en todas las entrevistas así como los atuendos elegidos personalmente por él para los conciertos que dará. Son varios cambios Rex, además hay que supervisar que lleve ropa para el gimnasio y checar lo de su maleta de zapatos.

—¿Su maleta de zapatos?

—¡Si Rex, aquí te explico! Córrele que tenemos el tiempo encima. Enseguida mando a Carlo por ti.

¡Demonios! Hasta los zapatos le tenía que guardar, que estrés yo solo tenía tres pares y este hombre llevaba toda una maleta. Cada vez me convencía más de que parecía una reina.

Me apresuré a guardar todo y bajé a hacer el *chek out* de la habitación. Justo cuando estaba acabando de hacer todo entró Carlo a buscarme para irnos.

Me subí a la camioneta y arrancó a mil por hora. Eran las seis de la tarde y debíamos estar saliendo al aeropuerto a las siete de la noche. Tenía miedo de cómo iba a reaccionar Gael ante mi impuntualidad. Llegamos a la casa y bajé lo más rápido que pude, busqué a Karla para arreglar lo de la mentada maleta de zapatos. Entré a la oficina casi sin aliento.

—Kaaaar... Karla... Ya .... Llegué... Zapatos... Pasaporte... Visa... Seguridad.

—Tranquila Rex ya lo resolví, aquí tienes una mochila con todos los documentos necesarios, los boletos de avión tanto de ida como de regreso, la entrada y salida del país, además están los gafetes de *All Access* para los conciertos, una agenda con todos los números de importancia para Gael, el de Roberto su manager y el de Fernando su mejor amigo. ¿Sí te acuerdas de ellos? Dos mil dólares en efectivo por cualquier imprevisto y una tarjeta de débito de reserva.

Tomé aire, ya mi respiración se había normalizado me di cuenta que ella no iría con nosotros. Según ella me iba a capacitar tres semanas, luego Gael dijo que una y ahora resulta que no había sido ni un día.

—Está bien, pero ¿tú no nos vas acompañar?

—¡Sí linda! Yo llego mañana directo al hotel, tengo unos pendientes personales que resolver hoy y Gael me dijo que no había problema. En cuanto los zapatos debo decirte que Gael tiene una adicción por los tenis *Jordan* y *Yeezy* y los colecciona. Debe llevar a todos los viajes mínimo nueve pares y cada uno en su funda para que no se estropeen, esa maleta hay que registrarla como equipaje extra, por lo general pagamos de veinte a treinta dólares por sus dichosos zapatos, ya te irás familiarizando con eso linda. No te veo apuntando esto...

Saqué de la mochila mi libreta y anoté ADICTO A LOS ZAPATOS y veinte a treinta dólares por la maleta del Señor. Él bajó un poco estresado porque había tenido que hacer solo su maleta, yo no había estado para doblar su ropa ni para empacar sus atuendos *Louis Vuitton* y *Gucci* para sus conciertos. Estaba muy sorprendida, tenía una fortuna en ropa y zapatos.

—Disculpa Gael, te juro que no vuelve a suceder.

—Ya ya, relájate Rex vámonos que se hace tarde. Nos vemos mañana Karlita.

Le dio un beso en la mejilla y la abrazó con ternura, como si estuviera abrazando a su hermana mayor. Me volteó a ver y giró la cabeza para indicarme que nos fuéramos, yo hice lo mismo con Karla, Le di un fuerte abrazo y le pedí que por favor no tardará mucho en llegar.

—Rex vas a ver que te irá de maravilla, poco a poco te irás adaptando, ve el lado positivo es tu primer día y ya estas saliendo de viaje linda. Disfrútalo, ¡te veo mañana!

Llegamos al aeropuerto, entregué los papeles, hice el bendito trámite de su maleta de zapatos y nos fuimos a la sala de espera de primera clase. Nunca había volado en primera clase, estaba súper emocionada. Gael eligió un asiento al azar y se puso sus audífonos. Una vez que anunciaron el vuelo abordamos el avión. Los asientos de piel eran grandes y realmente cómodos pero eso no me quitaba los nervios de hacer un viaje tan largo. Eran aproximadamente seis horas hasta Nueva York.

Nos tocó sentarnos juntos, estaba muy agotada, quería descansar y el tenerlo tan cerca me iba a dificultar relajarme pero por alguna extraña razón, en cuanto se inició el despegue me sentí tranquila y en menos de diez minutos me quedé profundamente dormida. Al aterrizar la azafata se acercó para despertarme. Tenía encima la chamarra de Gael pero él no estaba. Me sobresalté tanto cuando no lo vi que la azafata se espantó también.

—Tranquila señorita, el señor está en el baño, me pidió que la despertara en lo que él regresaba.

Regresó del baño peinado y oliendo delicioso. Le agradecí por su chamarra y bajamos del avión, eran las dos y media de la madregada. Por fortuna el aeropuerto estaba vacío, abordamos una de las camionetas que ya esperaban por nosotros y nos dirigimos al hotel en medio de la noche.

Era mi primera vez en Nueva York, la ciudad que nunca duerme.

Llegamos al hotel directo a descansar, en unas cuantas horas sería la entrevista en un programa de radio de habla hispana. Al llegar al lobby nos encontramos a Fernando, al parecer iba llegando de una fiesta ya que lucía desmejorado y un tanto crudo. Cuando lo vi me sentí tranquila porque a pesar de que era la única mujer en el equipo de trabajo tenía por lo menos ya un amigo. Gael solicitó que mi habitación estuviera junto a la suya, pero bueno, qué podía esperar si prácticamente era su sombra. Tomamos nuestras llaves y nos fuimos a descansar.

Desperté muy temprano, a media ducha escuché que tocaban muy fuerte a la puerta. Salí de la regadera, solo me puse una bata, todavía mojada abrí la puerta y era Gael. Me vio y se sonrojó. No entendí porque si yo era la que estaba en bata.

Balbuceó unas palabras que no entendí.

30

—Te digo que si puedes vestirte, ¡que no me puedo concentrar en lo que te tengo que decir!

Entró a mi habitación como si fuera la suya y se acostó en mi cama.

—Ya sé que tenemos el tiempo encima, pero quisiera desayunar e ir a comprar algunas cosas antes de la entrevista, revisa tu agenda para checar a qué hora es el *sound chek* y saber si nos da tiempo de hacer todo, incluyendo mi ritual previo al show. ¿Ritual? ¿Que está loco? ¿O qué le pasa? Traté de ignorar ese comentario y chequé mi agenda. Debíamos estar en la radio a las diez de la mañana y concluir a las doce del día. Eran dos programas en los que se promocionarían sus conciertos. Le marqué a Fernando para investigar las distancias y si nos iba a alcanzar el tiempo de hacer todo lo que Gael quería. Yo aún no conocía la logística del concierto.

Fer me dijo que no, que fuéramos directo a la habitación de Gael para que me explicara toda la logística y los protocolos que teníamos que cumplir. Nunca imaginé que se tuvieran que hacer tantas cosas. El *sound chek* estaba programado cuatro horas antes de iniciar el concierto, él debía estar en maquillaje y vestuario dos horas previas al show, debía haber consumido alimentos por lo menos tres horas antes de salir al escenario, después llevar acabo el ritual previo al *Meet&Greet* donde conviviría y se tomaría fotos con el club de fans de Nueva York.

Nos fuimos directo a la radio, desayunamos en el camino, nos detuvimos en un *Starbucks* que estaba cerca del hotel y pedimos cafés y sándwiches. Al llegar al estudio nos atendieron de maravilla. Hasta yo me sentía artista ahí adentro, todas las personas se desvivían para que Gael estuviera a gusto. Una vez que salimos de las entrevistas nos fuimos directo al recinto donde se llevarían a cabo los conciertos y ahí nos encontraríamos con Karla. Debía de supervisar que las empresas de luz y sonido hubieran instalado todo el cableado correctamente, no queríamos que algo fuera a salir mal o peor aún que Gael sufriera un accidente. El personal de seguridad debía estar a tiempo en todas las salidas de emergencia, el *staff* que se había contratado para definir lugares tenían que estar listo para cuando los fans de Gael comenzaran a llegar. Eran millones de detalles que debía coordinar antes, durante y después del concierto. Parecía que mi trabajo nunca acababa, entre sus caprichos y los detalles del concierto tenía mucha responsabilidad en mis hombros.

Al llegar a los camerinos Gael sacó de su maleta un regalo que tenía para mí, era una agenda, un *smartphone* y un *Ipad* para facilitar mi trabajo, lo cual agradecí con una sonrisa. Abrí la agenda y me di cuenta que todo un mes ya estaba registrado y con pocos días de descanso. Nunca había estado en un evento, solo como espectadora. Jamás imaginé el trabajo que se realiza tras bambalinas. Acompañé a Gael todo el tiempo supervisando que todo estuviera en orden y listo para el concierto. Así como era de quisquilloso con su equipo de trabajo lo era aún más con todos los arreglos previos al concierto. Éramos miles de personas trabajando y coordinando todo. Él aun así se empeñaba en estar al tanto de absolutamente todo, quería darles a sus fans el mejor show de sus vidas.

Comenzó el *sound chek*, yo tuve la oportunidad de estar al frente inspeccionando que todo saliera perfecto. Al finalizar nos fuimos a comer a un área destinada al *catering*. Había de todo, sushi, fresas con chocolate, montaditos de salmón ahumado, ensaladas exóticas, mejillones, ostiones, angulas, tablas de los más selectos quesos franceses, brochetas de jamón serrano y queso de cabra, una gran variedad de aceitunas, ni siquiera sabía que había existían tantos tipos. En cuanto terminamos de comer, fuimos a los camerinos a que Gael se preparara para recibir a sus fans. Toqué la puerta de su camerino para avisarle que ya era la hora de ver a sus fans, al entrar lo vi en medio de la habitación abierto de pies y manos repitiendo un mantra. Decía OORUSHH con todas sus fuerzas, me pareció bastante curioso ya que parecía que estaba haciendo un escudo protector. No pude evitar reírme.

— ¡De que te ríes Renata!

—De nada, solo que nunca había visto a alguien hacer eso.

—Este es un mantra que repito varias veces antes de ver a mis fans, es para llenarme de energía y concentrarme.

Salimos del camerino y nos dirigimos hacia el área designada para el *Meet&Greet*, muchas fans ya lo esperaban para llenarlo de halagos.

Una vez concluido nos dimos paso para prepararnos para el concierto. Unos veinte minutos antes de que comenzara el concierto Karla me dijo que era la hora del ritual, ¿OTRO? ¿De qué tipo de ritual estamos hablando? ¿Iban a matar una gallina y tendríamos que beber la sangre como símbolo de nuestro compromiso?

Todo el equipo de trabajo se reunió, incluyendo tramoyistas, músicos, sonidistas, iluminadores y maquillistas. Por lo visto era la única que no tenía idea de lo que sucedería. Nos tomamos de la mano mientras Gael se colocaba en medio del círculo sobre un trampolín, comenzó a saltar y hacer sonidos extraños mientras aplaudía, todos cerraron los ojos, yo hice lo mismo. De pronto comenzó a tararear una melodía tranquila, en cuestión de segundos se fue apagando su voz y comenzó a hablar.

—Energía, Universo y vida, hoy estamos reunidos pidiéndote sabiduría y guía para dar lo mejor de nosotros a las miles de personas que se congregan hoy aquí, ¡Vamo Universo!

Todos nos soltamos y comenzamos aplaudir, entonces todos corrieron hacia él para rodearlo en un abrazo comunitario. No supe que hacer así que me uní a la masa humana, de repente Gael conto hasta tres.

—Unoooo, dooooooo...... tressssss.

— ¡¡¡ÁNIMOOOOO!!! — respondieron al unísono.

Yo no podía evitar reírme, a pesar de que era algo ridículo, el ambiente se volvió mágico, todo era alegría y felicidad, la energía de

Gael se transformó, se hizo más intensa de lo que ya era, justo lo que necesitábamos para recibir a un grupo de fans descontroladas. Una vez concluido nuestro ritual, dio inicio el concierto. Antes de entrar al escenario, me pidió que estuviera cerca por si necesitaba algo, tenía que darle agua cuando me lo solicitara y una toalla para secarse el sudor. Conforme avanzaba el concierto pude ver el gran talento que Gael poseía. Nunca había podido observarlo tan detenidamente. Todo lo que hacia arriba del escenario era magia, Gael se convirtió en otra persona, vibrante, lleno de vida y alegría. Bailaba y brincaba, su voz era fuerte, feroz y segura, sus movimientos de cadera no podían ser más sexys, parecía que podía tomar a cualquier mujer que se pusiera enfrente. sin duda Gael había nacido para hacer esto, su luz y energía nos deslumbraba a todos.

Me sorprendió cómo las personas se entregaban a él, con tal devoción que parecía que veían a un Dios. Bailaban y gritaban enloquecidas y unas cuantas más lloraban.

En cuanto terminó el concierto lo acompañé a su camerino, se veía derrotado pero muy feliz. Mientras se cambiaba y tomaba un respiro empezaron a llegar los empresarios que lo habían contratado, así como la familia de estos. Una vez que estuvo listo salió y todos los que se encontraban ahí soltaron aplausos y silbidos, a pesar del agotamiento físico que tenía en ese momento estuvo ahí conviviendo con todos los que se acercaban a felicitarlo, todos querían tocarlo. En ese momento entendí que tal vez estaba haciendo juicios equivocados acerca de su actitud, nunca lo había visto así tan sencillo, tan lleno de amor y agradecimiento. Después de estar trabajando en Nueva York y con un cansancio extremo, llegó por fin el día de regresar a mi México, ver a mi familia.

A mi llegada a casa me sentí feliz de ver a mi hermana, de disfrutarla enormemente porque sabía que las cosas iban a cambiar de ahora en adelante, que aunque conocería lugares maravillosos estaría lejos de ella y los suyos. Después de la muerte de nuestros padres hicimos un vínculo muy fuerte, solo nos teníamos la una a la otra. Creo esa sería la parte más difícil de mi trabajo, estar lejos de mi familia.

Durante mi estadía en México Gael no me llamó para nada, ni siquiera para saber si había llegado a mi destino. A pesar de eso me relajé y la pasé de lo mejor con mi hermana, me prepararon mi comida favorita y me ayudaron a llenar mis maletas con todo lo necesario, mis sobrinos me hicieron unas cartitas y me regalaron un portarretratos con sus fotos. Un día antes de mi regreso a Medellín estábamos comiendo todos en familia, sonó mi teléfono y vi que era Gael, debo confesar que me emocionó que me llamara.

— ¿Bueno?

— Aló, soy yo, necesito que llegues mañana a primera hora a Colombia. Te necesito, compra el primer vuelo que salga para acá y avísame la hora en la que llegas para mandar a Carlo por ti y te traiga a casa.

— ¿Pasa algo?

—Pasa que necesito ver unos pendientes contigo Renata, aquí te espero.

—Está bien.

Antes de que me pudiera despedir, colgó. ¿Era en serio? Ni siquiera me preguntó cómo estaba o si había llegado bien, el tema de las preguntas y sus cambios de actitud me ponían en jaque. Parecía molesto conmigo.

Isa notó mi cara de desilusión, se levantó y me abrazó.

—Rex ¿Qué pasa? ¿Todo bien?

—Pasó que se me acabaron las vacaciones, ahora mismo quiere que me regrese a Medellín.

—¿Pero que no tu vuelo estaba programado para mañana?

—Estaba, quiere que lo cambie para hoy, así que debo ir a casa a preparar mis maletas y cambiar el vuelo, espero encontrar algo pronto.

—¡Dios mío! Eso costará una fortuna, ¿Tú no lo tienes que pagar verdad?

—Tranquila Isa, todos los gastos corren por cuenta de su compañía.

Llegando a mi casa llamé a la aerolínea para saber cuál era el próximo vuelo a Medellín. Me dijeron que el más cercano era a las ocho de la noche, eran las cuatro y calculé que me daría tiempo perfecto de llegar. Hice el cambio, cerré mi maleta y me aseguré de que todo en casa quedara en orden ya que no sabía cuándo volvería. Esperé a que llegara Isa para que me llevara hasta el aeropuerto.

Me despedí de mi hermana con un fuerte abrazo y con lágrimas en los ojos me dijo cuanto me amaba y lo orgullosa que se sentía de mí. Una vez sentada en la sala de espera, llamé a Gael para avisarle la hora de mi arribo a Medellín y me desvío la llamada. Le mandé un mensaje con los datos del vuelo, estaba un poco molesta por sus cambios de ánimo, un día me decía que la familia era lo más importante y otro me interrumpía en mi convivencia familiar.

Ya en Medellín, Carlo me esperaba en la sala de llegadas internacionales. Llegamos a casa y me encontré con Paty. Me dijo que Gael no estaba en ese momento, pero que solo tardaría un par de horas, así que me senté en la sala a esperar a que llegara. No podía más con el cansancio, había sido un vuelo pesado y de tanto empacar no había tenido tiempo para descansar como realmente lo necesitaba. Los sillones eran tan cómodos y suaves que me entregué a ellos, en cuestión de pocos minutos me quedé dormida. Cuando desperté sentí su chamarra sobrepuesta en mis hombros y no traía mis tenis. A lo lejos podía escuchar a alguien hablar, quería despertarme, pero los ojos me pesaban y se me cerraban de sueño. Cuando logré incorporarme, lo comencé a buscar por toda su casa.

—Aquí estoy. Supongo que tienes hambre, te preparé algo para que cenes, ya asigné una habitación para ti. Siéntete en casa, te voy a explicar lo que hacemos aquí mientras cenamos.

Sonreí, pensé en que era un gesto muy amable. Durante la cena me preguntó cómo había estado mi vuelo y se disculpó por haberlo cambiado tan abruptamente, pero debíamos de comenzar a trabajar lo antes posible. También preguntó si estaba de acuerdo en quedarme en su casa, a lo cual respondí que sí, que no tenía problema y que haría todo lo que me pidiera.

—Cuida lo que dices Rex, no sabes lo que pasa por mi mente cuando dices que harás todo lo que te pida.

Se rio muy fuerte y eso me causo confusión, no entendí porque hizo ese comentario, cambio de tema rápidamente. Me contó que en su casa era donde escribía la mayoría de sus canciones y que me mostraría su estudio.

También dijo que podía tomar lo que necesitara y que si quería algún alimento en especial no dudara en decirle a Paty para que lo considerara en la compra semanal. Quería que realmente me sintiera en casa. Me entregó sus actividades diarias con horarios, los menús de desayuno y comida, horarios de grabación, sus paseos en bicicleta, entrenamientos de tenis, en fin, me di cuenta que le encantaba cuidar de su aspecto. Tendía a ser algo egocéntrico, no por nada lucia de maravilla. Una vez terminada la explicación me dio un tour por su enorme y lujosa casa, ya había conocido algunos espacios, pero me faltaba mucho por recorrer, comenzamos por la sala. Al centro había una mesa de mármol con sillones en color marfil adornados por cojines color turquesa. Había una puerta que lo conectaba con el comedor donde habíamos cenado unas noches previas, en las paredes tenia colgados algunos cuadros bastante lindos. Me sorprendí al ver que tenía unas cuantas pinturas de un artista mexicano, E.O Bretón. Eso me hacía sentir que tenía un pedacito de México, seguimos recorriendo la casa hasta llegar al salón de usos múltiples, en ese lugar había una pantalla de cine con sillones reclinables de piel. También estaba la mesa de *pool* y ajedrez, al fondo tenía una increíble cava con vinos selectos. Esa área de la casa daba al jardín donde se podía ver la imponente alberca. Después de eso entramos de nuevo y nos dirigimos a un pasillo que desemboca a unas escaleras, al final había una puerta enorme de madera que conducía al estudio de grabación.

El estudio era una habitación enorme forrada de terciopelo rojo. A unos pasos de la puerta había una sala de piel que se veía muy cómoda. Enseguida estaba la gran consola. A través del cristal podía ver que había micrófonos, instrumentos y un banquito.

—Eso se llama Sonex— dijo al ver mi cara de curiosidad.

—Aquí nadie puede entrar sin mi autorización—dijo un poco serio.

Nos dirigimos de nuevo hacia la cocina, salimos al jardín donde se encontraba una terraza con un pequeño comedor de cristal y tres sillas. A un costado estaba la chimenea exterior que ya había visto antes desde el jardín el primer día de mi entrevista. Me señaló el balcón de su habitación donde había una especie de sala blanca de bejuco. Me imagino que ahí toma el sol, solo así puede lograr ese bronceado tan perfecto.

También me dijo que Karla ya no estaría más con nosotros, que a partir de hoy estaríamos solos. Me acompañó hasta la planta alta de la casa y me dejó en la entrada de mi nueva habitación. Se despidió de mi dándome un beso en la mejilla.

—Adelante, espero que sea de tu agrado y te sientas cómoda, si necesitas alguna modificación puedes hacerla sin problema, si requieres ayuda házmelo saber a mí o a Paty ¿de acuerdo?

—Gracias Gael.

Le di un beso en la mejilla para despedirme de él antes de entrar a mi habitación. Me sentí en un palacio, nunca había tenido una habitación tan grande, del techo colgaba un candelabro blanco lleno de cristales Swarovski, mi cama era *king size* y estaba llena de cojines púrpuras, podía perderme ahí. Estaba tendido un lindo cobertor en tonos lila, noté que lo había comprado especialmente para mí ya que aún tenía las etiquetas. Al entrar al baño vi la enorme bañera de color negro, contrastaba mucho con el resto de la habitación, un vestidor al fondo que era del tamaño de mi habitación en México, creo que nunca lo llenaré. Salí al balcón donde había un pequeño sillón color amarillo y una mesa redonda, un lugar perfecto para leer y tomarme un respiro. Me di cuenta que del lado derecho estaba el balcón de Gael, no pude evitar sonreír, me sentía cerca de él. Se notaba que esa habitación estaba diseñada completamente para mí, era el área más colorida de la casa.

Estaba muy contenta con mi nuevo trabajo, pero sobre todo de cómo había cambiado mi vida tan rápido. En solo unas semanas dejé de sentir ese dolor que me oprimía el pecho casi todas las noches y me impedía respirar, esa soledad que me acosaba desesperadamente. Volví a sonreír, ya no pensaba en todo lo malo que me había pasado, ahora solo agradecía y observaba aquél paisaje precioso que rodeaba la casa. Todo era verde, definitivamente era un lugar de ensueño, se destilaba magia en esa casa.

2.

urante las siguientes semanas teníamos un horario bastante apretado, nos despertábamos muy temprano ya que Gael había decidido que era hora de iniciar un *detox* para todos los del equipo. Quería que estuviéramos al cien.

Después nos íbamos a hacer el recorrido diario en bicicleta de montaña. Él me había regalado una para que saliera a ejercitarme junto a él. Era tan liberador recorrer el campo en bici. Nos divertíamos mucho en esos recorridos, a veces sentía que nos estábamos haciendo muy buenos amigos.

En las tardes él se dedicaba a pasar tiempo con su familia, aprovechaba cada momento para estar con ellos, íbamos a comer, de *shopping*, les hacía regalos casi a diario. También atendía a sus fans y se daba tiempo para responder por medio de sus redes sociales a cada uno de los comentarios que le escribían. Gael las manejaba casi todas y en pocas ocasiones pedía ayuda para comentar algo.

Por otro lado, Roberto y yo éramos uno mismo, todas las tardes hasta casi la media noche teníamos que organizar los conciertos del tour que estaba por iniciar. Pasábamos horas haciendo reservaciones de aviones y hoteles, hablando con los empresarios de todos los recintos, coordinando la seguridad que debía tener Gael y todo el equipo. Cada día que pasaba me enamoraba más de mi trabajo, este mundo era increíble. A las siete sonó la alarma. Era jueves y yo esperaba con ansias el domingo y moría de ganas por quedarme todo el día en cama y leer ese libro que solo adornaba el buró de mi habitación. Me paré en pijama y fui hasta su habitación, toqué muy fuerte pero nadie respondió, volví a tocar.

—Pasa.

Entré, estaba acostado en su cama con las cortinas cerradas. En esta ocasión no estaba tapado como era costumbre, pude ver que dormía sin camisa lo que me puso muy nerviosa.

—Buenos días Gael, es hora de comenzar el día, en unos minutos te subo el jugo.

—¿Y ese milagro de que no estas cambiada y lista para irnos?

—Una disculpa, me quedé dormida, no escuché el despertador.

—¡Doña madrugadora se quedó dormida! ¿Quién lo diría?— dijo mientras se paraba de su cama.

—No me molestes ¿sí? Yo también me canso.

—¡Es broma! Oye ahí en mi sillón hay un regalo para ti.

Era una bolsa de una tienda deportiva, dentro había ropa y dos pares de tenis (eran realmente bonitos).

—Gracias, pero yo ya tengo ropa deportiva.

—¿A esos pants viejos y esas playeras deslavadas le llamas ropa deportiva? Mejor apúrate y tráeme mi jugo, hoy tenemos muchas cosas que hacer.

Salí de su habitación con una sonrisa en la cara y me fui a cambiar. Bajé por los jugos a la cocina y le subí el suyo, seguía cambiándose, ¡Dios mío! ¡Es solo ropa deportiva no va a conocer a la Reina Isabel! Decidí esperarlo en la sala. Esperar ya estaba haciéndose una costumbre para mí.

Bajó las escaleras y salimos al jardín, tomamos nuestras bicicletas, se puso sus audífonos y yo los míos. Yo iba tras de él, disfrutaba mucho de todo el paisaje que había alrededor, nunca llegué a imaginar que existieran lugares tan bonitos, ni tampoco en lo bien que se veía con esa ropa deportiva ¿qué me está pasando? Para ahuyentar esos malos pensamientos decidí rebasarlo. En cuanto lo hice él lo tomó como una competencia y decidió alcanzarme, cada día iba descubriendo una faceta nueva en él.

Al terminar nuestro paseo regresamos a su casa a bañarnos y desayunar. Nos esperaba un día muy ajetreado, era el primer día en que no veía a Roberto para organizar el tour. Gael quería que lo acompañara a hacer un par de pendientes, aun no me acostumbraba a hacer tantas cosas tan diferentes en un solo día. Para mi sorpresa llegamos a su estudio de grabación, el lugar prohibido. Desde que me lo mostró aquella noche que regresé de México no había vuelto a bajar, me dijo que grabaría una canción para su nuevo disco. Todo el *staff* ya estaba reunido ahí.

A ellos solo los había visto entrar y salir de la casa desde muy temprano, Gael los saludó con un fuerte abrazo, con mucho cariño.

—¡Buenos días equipo! ¡Vamo a darle! Rex te presento a los que hacen la verdadera magia, ellos son Luca y Demián, chicos les presento a Renata mi asistente personal.

—Hola chicos mucho gusto, todos por aquí me dicen Rex así que siéntanse con la confianza de llamarme así.

—Mucho gusto Rex yo soy Luca.

Era un poco más alto que yo, pero no tanto como Gael. Era bastante guapo, tenía la piel blanca y los ojos azules, unas cejas muy pobladas. Su pelo era de color castaño obscuro y su peinado era tan 2007 que me recordó a un buen amigo de la prepa. Vestía igual que todos los del género urbano, con pantalones pegados, playeras largas y tenis casuales de cuadritos que combinaban totalmente con los colores de sus prendas.

—Mucho gusto Luca.

El otro chico que estaba a un lado de Luca se acercó a mí y me dio un beso en la mejilla, pero de esos bien plantados. Cuando lo hizo pude percibir lo bien que olía, y vi de reojo como Gael se le quedó viendo.

—Hola yo soy Demián, es un placer Rex.

—Mucho gusto Demián.

Demián no era tan guapo como Luca, pero poseía una personalidad y seguridad envidiable. Se creía todo un galán, era de la misma estatura que Gael, tenía la piel blanca y el cabello negro, traía puesta una camisa a cuadros con las mangas arremangadas. Estaba tan ajustado que se podía apreciar su musculoso cuerpo, unos pantalones de mezclilla, gorra hacia atrás y unas botas color café *Louis Vuitton*.

Tenía una sonrisa de ligador a mas no poder, Gael no dejaba de verlo fijamente y muy serio.

—Bueno, bueno, chicos, ¡vamo a trabajar! ¡luego se prestan la ropa!

Demián me sonrió y se volteó a la consola junto con Luca, Gael entró a la cabina de grabación y comenzó a cantar. Su voz se escuchaba diferente, realmente dejaba el corazón en aquellas canciones, me ponía la piel chinita.

Me quedé sentada en un sillón observándolos trabajar. Después de casi cuatro horas terminaron. Gael se veía realmente cansado, pero aún tenía esa sonrisa tan encantadora dibujada en su rostro, parecía satisfecho. Subimos a la cocina por un *snack*.

—Bueno Rex ¿qué te pareció el nuevo sencillo?

—Está increíble Gael, me encantó, pero debo confesar que nunca pensé que grabar una canción llevara tanto tiempo y trabajo.

—¡No bueno! Y eso que no estabas cantando tú. Déjame decir que esto es solo un demo, algo así como un borrador para que me entiendas, debemos todavía modificar varios detalles. Luca y Demián son muy buenos en lo que hacen, les confiaría mi vida. Por cierto, te vi ¡eh!

—¿Qué me viste?

—¡Tu coqueteo con Demián!

—Viste mal, nunca coqueteé con nadie, solo estaba siendo educada.

—Pues más te vale que dejes de ser tan educadita con él, aquí se viene a trabajar no a ser educada con las personas.

De pronto su tono burlón había cambiado, sonaba un tanto molesto, ¿es en serio que se estaba enojando? ¡Dios mío! Así o más bipolar.

Se paró del desayunador y se fue algo molesto. Qué extraño es a veces. Tomé un vaso con agua y subí las escaleras, estaba agotada y aliviada de que por fin el día había terminado, cuando de pronto se abrió la puerta del cuarto de Gael y se asomó.

—Renata vamos a ir a una fiesta.

—¿Vamos?

—Sí, vamos todos.

—Pero no tengo qué ponerme.

—Ya lo solucioné, la semana pasada compré ropa adecuada para este evento, está todo en tu vestidor, lo acabo de poner ahí, así que solo tienes un par de horas para estar lista ¿entendido?

Cerró la puerta de su cuarto con un azotón y sin ánimos entré a mi habitación para arreglarme, bañarme y ver que podía hacer. Me duché sin ganas y al salir busqué en mi vestidor la "ropa adecuada para el evento". Fuera de una de las puertas de mi closet estaba colgado un vestido rojo hermoso, ¡WOW! en mi vida yo hubiera elegido un vestido así. Me lo puse y me vi en el espejo ¡WOW! ¿Quién es esa mujer que me mira? El vestido tenía un súper escote y estaba muy pegado, se podía notar toda mi figura que, aunque sé que no está mal, no me siento tan cómoda mostrándola. Normalmente mi hermana era la que se encargaba de elegir mis atuendos cuando teníamos algún evento, ella siempre me decía que no sabía arreglarme. Descubrí unas zapatillas altas y accesorios preciosos con una nota que decía:

"Espero que te guste."

Gael.

¡Obvio que sí! Todo era perfecto, se notaba que tenía un gusto excelente, lo que no sabía era si iba a lograr caminar con esos zapatos tan altos. No estaba acostumbrada a usarlos, casi siempre uso botas o tenis. Me comencé a maquillar y peinar. Lo hice lo más natural que pude, no sabía bien el tipo de fiesta a la que iríamos. Terminé de arreglarme, un poco nerviosa bajé las escaleras de la casa y me dispuse a ir a la estancia para esperar a "la princesa". En ese momento llegó Fer, Roberto, Luca y Demián.

—Quien te viera Rex, ¡cuando te bañas te ves muy guapa!

—¡Oye me baño todos los días!

—Ya ¡en serio! Luces hermosa con ese vestido ¿verdad chicos?

Luca y Demián hicieron la pantomima de desmayarse, se enderezaron y Demián se acercó, me tomó de la mano y me dio vuelta. Sus ojos me veían de arriba abajo y me sonrojé.

—De verdad te ves espectacular— dijo Luca con un tono muy respetuoso.

Me sentí muy bien al escuchar sus comentarios, ni siquiera yo podía creer lo bien que me veía ahora, solo tenía que esperar el visto bueno de Gael. El saber que todos iríamos a la fiesta me hizo sentir más cómoda, ya me sentía en confianza con todos ellos. En lo que esperábamos a Gael, platicamos sobre mi nuevo trabajo y de cómo me sentía lejos de casa.

Todo eran risas y bromas, con ellos solía ser así, de pronto apareció Gael. Se veía muy guapo, traía un pantalón negro, una playera negra y una chamarra de piel marrón, resaltaba unas cadenas largas y sus botas de gamuza color miel, su piercing brillaba y su sonrisa se veía más blanca que nunca. Además, olía delicioso. Una vez más me sorprendí con la boca medio abierta, se dio cuenta y me sonrió de la manera más sexy posible. Sentí un escalofrío que recorría todo mi cuerpo, mi jefe era muy guapo y él lo sabía.

—¡Todos listos!— contestó Fernando.

Se acercó y saludó a todos, se me quedó viendo y muy descaradamente me barrió con la mirada.

— ¡Vaya! ¡Te vez sorprendentemente bien! Chicos creo que hoy tendremos que cuidar a la señorita de nuestro equipo, nos tocará ser sus niñeros.

—¡Obvio no! ¡Aquí la niñera soy yo! Solita me puedo cuidar, ¡gracias!

—A ver si es cierto.

Me sonrió, su actitud había cambiado nuevamente. Este hombre me iba a volver loca un día de estos. Nos hizo una señal para que lo siguiéramos, mientras le suplicaba a todos los santos no caerme. No tenía nada de práctica con los tacones, desde hace varios años no usaba unos, además estos estaban altísimos.

Salimos a la cochera de la casa para irnos a la fiesta, había muchas camionetas. En una nos subimos todos y en las otras, todo un personal de seguridad, parecía que el presidente iba con nosotros. En cuanto nos subimos Gael conectó su teléfono para escuchar música y puso la canción que había grabado esa tarde.

Debo confesar que no era muy conocedora del género, pero en esas semanas me había familiarizado con esos ritmos latinos. En lo personal tenía un gusto culposo por las canciones de "The King" tenía muy buen ritmo y Gael había hecho ciertas colaboraciones con él. Durante todo el trayecto fuimos escuchando sus canciones, ellos hablaban acerca del ritmo o de las letras, hablaban sobre hacer un mejor trabajo para el próximo disco y se daban ánimos para ser cada día los mejores.

Llegamos al lugar donde se llevaría a cabo la fiesta, todos nos bajamos de la camioneta y él se adelantó a entrar solo, abriendo camino. Sus pasos eran seguros, todos lo veían como si fuera un Dios y muchas personas se le acercaban para saludarlo. Yo entré con los demás y pude observar que todas las mujeres lo volteaban a ver, en verdad eran hermosas, parecían modelos de "Victoria's Secret". Los hombres también se le acercaban, todos querían estar con él, cruzar unas palabras con el famoso Gael Vanoy. Él en verdad lo disfrutaba, estaba en su ambiente.

Era un lugar precioso, con un gran jardín lleno de pinos a nuestro alrededor, una carpa en medio y del techo colgaban luces blancas que parecían estrellas. Bajo ella había distintas salas tipo lounge. La decoración era muy *fancy*, orquídeas y tulipanes blancos adornaban las pocas mesas. Al fondo estaba la torna mesa del *DJ,* tras ella estaban tres hombres mezclando acompañados de dos mujeres altas y guapísimas. Jamás había asistido a una fiesta así de glamorosa, solo las había visto en las películas, los meseros vestían de un pulcro blanco y ofrecían champaña *Dom Perignon* a todos los invitados.

Al entrar a la fiesta todo el grupo se dispersó, Fernando se fue a saludar a unos amigos, mientras que Luca y Demián se disculparon para ir a platicar con un grupo de señoritas exuberantes. Les dije que no se preocuparan que estaría bien con Gael, me sonrieron y se dirigieron hacia su objetivo. Gael platicaba con todas las personas que se le acercaban, yo solo me limitaba a observarlo y estar detrás de él. Nunca me presentaba ni se tomaba la molestia de voltear a verme, jamás me preguntó si quería algo de beber ni como me sentía. ¿Qué podía esperar? Iba a trabajar no a hacer amigos.

Estábamos sentados en una de las salas, yo observa muy divertida como Lucas y Demián se hacían los galanes enfrente del grupo de chicas. Me di cuenta que la actitud de Demián era parecida con todas las mujeres que conocía, las tomaba de la cintura, le susurraba cosas al oído y las tomaba de la mano para que se dieran una vuelta. No encontraba a Fernando, de pronto se apareció y camino hacia nosotros.

—Hey Rex! ¿Qué haces ahí como *muppet*? Tampoco tienes que estar atrás de Gael todo el tiempo, diviértete, la fiesta es para todos.

En eso Gael por fin se percató de mi presencia.

—Sí, por el momento estoy bien así que ve a dar una vuelta, bebe un trago y baila un poco, ¡Diviértete! yo no iré a ningún lado, aquí estaré.

Fue más una orden que una sugerencia, decidí ir con Fer a dar una vuelta por el lugar. Me tomó de la mano y comenzamos a caminar por la pista de cristal que estaba al centro de la fiesta. Podía decir que él era mi único amigo, me sentía segura cerca de él, me dijo que iría por un trago, que si quería algo.

—¡Gracias Fer! Agua está bien.

—¿En serio? ¿Qué te dijo Gael? ¡Bebe un trago y diviértete mujer!

—¡En serio Fer! No me importa lo que haya dicho Gael en este momento estoy trabajando.

Me quedé parada viendo a todas las personas glamorosas del lugar, pensé que desentonaba, todos iban muy arreglados. Estoy segura que casi todas las mujeres se arreglaron en un salón, llevaban peinados increíbles y unos maquillajes muy elaborados. Estaba pensando en que debía haber visto un tutorial de YouTube para lograr lucir mejor, más elegante y sofisticada cuando un chico alto, moreno, con ojos intensos y bien parecido se me acercó. Irradiaba una sensualidad tremenda.

—Sí, a mí tampoco me gustan estas fiestas, suelen ser aburridas y todo el mundo quiere quedar bien.

Yo solo sonreí y no le dije nada.

—Me llamo Emilio y, ¿tú eres?

—Renata mucho gusto.

—Qué lindo nombre, bueno, pero no es más lindo que tú.

Enseguida me puse roja como mi vestido, no muchas veces me decían eso. En ese momento presté más atención a él y me di cuenta lo parecido que era a Gael, vestían casi igual, su peinado, su actitud, era muy curioso.

—Y bien ¿vienes con alguien? o ¿por qué estás parada aquí sola en esta fiesta taaaaan aburrida?

Era muy guapo y tenía una sonrisa muy sexy, malditos colombianos con sus sonrisas tan perfectas y su acento tan sensual. Sentía que me temblaban las piernas, necesitaba sentarme.

—Vengo con alguien, soy la nueva asistente de Gael, estamos todo el equipo de trabajo.

—Ya veo... Qué raro que estés trabajando para uno de los artistas más caprichosos de la industria— dijo sonriendo.

Me reí ya que tenía algo de verdad su comentario y se podía notar que de algún modo lo conocía.

—¿Te gusta bailar?

—Sí, bastante.

—Entonces qué estamos haciendo aquí parados como estatuas.

Pensé que no tendría nada de malo bailar, pues el mismo Gael me dijo que me divirtiera. Llegamos a la pista y comenzó una de sus canciones, se acercó para decírmelo. Su boca casi tocaba mi oreja y eso me puso nerviosa, su aliento era cálido, me tomó por la cintura y comenzamos a bailar muy pegados, se movía tan bien... Mientras bailábamos me contó de él, estaba comenzando en la industria musical y esperaba ser tan bueno algún día como Gael, además modelaba para muchas marcas de ropa colombianas. No podía dejar de ponerle atención, su mirada era aún más hipnotizante que la de Gael. De pronto llegó Fernando con cara de pocos amigos.

—¡Hey te me perdiste! no te puedo dejar ni un momento sola porque llegan los carroñeros a ti. ¿Me permites Emilio? Ven tantito Rex, por favor.

Pero ¿de qué me estaba perdiendo?

—Lo siento Emilio, pero me tengo que ir.

—No te preocupes Renata el deber llama, pero recuerda si algún día quieres conocer Colombia solo llámame y yo encantado de ser tu guía turístico privado y llevarte a conocer mi hermoso país.

Me fui con Fer a una de las salas, caminaba tan rápido, como si quisiera que nadie viera en donde estábamos, nos alejamos lo más que pudimos de la pista.

—¡Rex! ¿Acaso sabes quién es él?

—Me dijo que se llama Emilio y que también se dedica a la música.

—¿Solo te dijo eso?

—Sí, ¿Por qué tanto misterio? ¿Quién es él?

—En efecto es Emilio e igual que Gael es artista urbano, pero ellos han tenido muchos problemas, más de los que puedas imaginar, siempre ha intentado ser como Gael. Ten cuidado y no creas todo lo que te dice.

Me sorprendió porque en mi vida había escuchado de él hasta ese momento.

—No te preocupes, sé lidiar con este tipo de personas, todo está bien, tranquilo, no pasa nada.

Decidí quedarme con Fer tomando el agua que me había llevado, cuando de pronto llegó Luca con cara de asustado y me dijo que Gael me estaba buscando. Evidentemente no era nada bueno. Me dirigí hacia donde estaba Gael. En cuanto me vio su mirada se tornó fría, me tomó de la mano y se despidió de las personas con las que estaba en ese momento. Me llevó hasta un lugar en donde no había gente, noté que estaba molesto porque me apretó muy fuerte la mano.

—Renata ¿sabes quién es él? —dijo gritando.

—¡Sí carajo! ¡Ya lo sé! Fernando me dijo que es tu archí enemigo, no lo sabía.

—No, tampoco me hables así, solo te pido que seas prudente con lo que le dices y no confíes tanto en él ¿de acuerdo?

Me soltó de la mano y se fue a saludar a otras personas, parecía que todos odiaban a Emilio, a mí me pareció una persona agradable pero no dije nada. Conforme transcurría la noche me fue ganando el sueño, estaba muy cansada y aburrida de seguirlo a todas partes, íbamos de un lugar a otro saludando y saludando montones de personas, bueno él, por qué a mí no me hacía caso y mucho menos me presentaba. Estábamos sentados con un grupo de empresarios musicales cuando se acercó Emilio a saludarlo, el ambiente se tensó, todos se quedaron callados para observar la reacción de Gael.

—Buenas Noches Gael ¿cómo estás?

—Hola Emilio Buenas noches. Muy bien, gracias, ¿y tú?

—¿Qué tal la fiesta? ¿Apoco no esta buena?

—Sí, la verdad es que la estoy pasando de lujo.

—Me da gusto, aunque yo creo que hay una que otra persona que no la pasa tan bien ¿No crees?

—No lo creo todo esta excelente, la gente se divierte.

—Pues pregúntale a tu asistente que tiene cara de sueño, que tal se la pasa ¿eh? Por cierto, es muy hermosa, quisiera invitarla a salir, espero que no tengas ningún problema.

—Si ella quiere por supuesto, en sus días de descanso puede hacer lo que más le plazca, pero salir contigo, lo dudo mucho.

Todos me voltearon a ver esperando una respuesta. Las miradas se congregaban en mí, debo confesar que me molestó bastante la forma en que Gael le contestó. Llevaba toda la noche como idiota atrás de él y cuando decidí divertirme me gritó. ¿Quién demonios se creía para decidir por mí?

—Claro que sí Emilio, me encantaría salir alguna vez contigo.

Sentí la mirada de Gael, no quería ni voltear a verlo, ahora sí estaba segura que me había quedado sin trabajo.

—Excelente Renata, espero podamos encontrar un espacio en nuestras apretadas agendas pronto, con permiso Gael nos vemos, siempre es un placer.

Se dieron un apretón de manos y Emilio se fue, dejando un ambiente frío y hostil. Vi mis manos, no quería cruzar miradas con Gael, lo había desafiado y sabía que las cosas no se iban a quedar así. De pronto sentí que alguien se paraba junto de mí, alcé la vista y era Gael diciéndome que ya era hora de irnos. Buscamos a Fernando para decirle, él estaba muy enfiestado y no había presenciado todo el numerito de Emilio y Gael.

—Pero todos nos estamos divirtiendo ¿O no? Yo te vi con Jessica platicando muy a gusto— dijo Fer.

¿Quién demonios era Jessica y como porqué platicaban tan a gusto?

—Nos vamos por que nos vamos, ¿Te vas o te quedas?

Parecía que estaba haciendo un berrinche, pero ¿por qué? No tenía una razón, perecía que hablar con Emilio era lo peor que pude haber hecho.

—Está bien ¡vámonos! Total, ni me la estaba pasando tan bien, ¿qué no te vas a despedir de Jessica?

—Mira Fernando si no te quieres ir quédate.

—¡Tranquilo hermano! Es un chistorete.

Fernando me volteo a ver y me preguntó qué había sucedido, yo solo me limité a encoger los hombros, me parecía ridícula su actitud. Durante todo el viaje de regreso Gael no dijo nada, dejamos a Fernando en su departamento y nos fuimos a su casa. Al llegar se bajó de la camioneta, abrió mi puerta y despidió a su seguridad, se volteó y me dijo que el día de mañana no quería hacer nada, que solo deseaba quedarse en su casa. Entramos y sin despedirse subió a su habitación y se encerró azotando la puerta, Paty escuchó el ruido y salió rápidamente a preguntarme si todo estaba bien.

—¡Hola niña! ¿Cómo les fue? ¿Qué le pasa a mi Gaelsito? ¿Por qué esta tan enojado?

—¿Enojado? Pero si no le hice nada, no entiendo qué paso.

Al ver mi cara de estrés y confusión me invitó a tomar una taza de té en la cocina para que le contara a detalle todo lo que había pasado en la fiesta. Estábamos sentadas y le platiqué lo que había ocurrido, le dije que no entendía porque el haber platicado con Emilio fuera algo tan malo.

—Mi niña es que ellos se odian.

—Pero ¿Por qué se odian? ¿Qué paso?

—Pues mira mi niña su rivalidad va más allá de la música, han pasado muchas cosas entre ellos, Emilio siempre ha tratado de ser como Gael, todo el tiempo quiere tener las cosas que él tiene, la misma ropa, los mismos zapatos, le copia ciertos ritmos e incluso trata de hacer las mismas colaboraciones que él.

— ¿En serio? Pero Emilio no se ve así.

—Es lo que todo mundo cree mi niña, pero tanta es la necesidad de tener lo mimo que Gael que hasta le quitó la novia.

— ¿La novia?

—Así es, ella se llama Karina y es una modelo venezolana, muy guapa, por cierto, ha salido en varios videos de mi niño Gael, pero la muy desgraciada lo dejó por el Emilio ese.

—Y ¿cómo sucedió eso?

—Pues el muy descarado la contrató para uno de sus videos y las cosas llegaron demasiado lejos, Gael los encontró en la cama del departamento de ella, sinvergüenza.

— ¿Tanto así?

—Sí, fue algo devastador para mi Gaelsito, en verdad la quería mucho, pero ella no se lo merecía y lo peor fue que cuando la mandó al carajo, el tal Emilio también la dejó porque, pues ya no era algo que Gael tenía, ¿sí me explico? el chamaquito este quiere todo lo que Gael tiene y cuando Gael ya no lo tiene, él ya no lo quiere.

—No lo puedo creer, ahora entiendo todo, conmigo se mostró diferente.

— ¡Pues claro si no es tonto! Mira quién sabe mi niña, en una de esas ya cambió, tiene mucho tiempo esta historia. Luego te contaré otras cosas ahora termina tu té y ve a descansar.

Terminé mi té y me fui a mi habitación algo confundida, no entendía por qué Emilio había hecho algo así, él me había dicho que esperaba ser como Gael algún día, pero yo pensé que se refería a su fama, no creí que quisiera literal todo lo que él tenía. Me puse mi pijama y me acosté, me quede profundamente dormida en menos de cinco minutos, estaba rendida, había sido un día muy pesado.

Toc toc toc...

Me desperté y vi la hora, era tardísimo, mi despertador no había sonado ¿o sí?

— ¿Puedo pasar?

—Sí, adelante.

Era Gael, entró a mi habitación y se recostó a un lado mío, me dedicó una mirada de disculpa y luego se tapó la cara.

—Quiero disculparme por lo de anoche, fui muy grosero contigo, no tenía por qué reaccionar así, tú no tienes la culpa de los problemas que tengo con Emilio, si quieres salir con él puedes hacerlo, no tengo ningún problema.

Me quedé helada, su cambio de actitud, su mirada suplicando perdón, en verdad este hombre me iba a sacar canas verdes.

—Okay Gael.

No sabía qué más decir, su cambio de humor me descontrolaba, él solo cerró los ojos y se quedó un buen rato ahí acostado, sin decir nada, ni siquiera se movía. Yo observaba cada detalle de su cara, sus cejas pobladas, la forma de sus ojos, su nariz perfecta y sus labios, sentí algo raro al mirarlo de esa manera, sabía que era un hombre guapo pero no me había dado cuenta de la perfección en su rostro. En ese momento pensaba en sus cambios de humor, a veces me trataba como si le molestara mi presencia, otras más, era muy amable y atento. Me parecía un hombre extraño, pero me mataba la curiosidad por descubrir más cosas sobre él.

De pronto escuché a lo lejos los pasos de unos tacones que subían las escaleras y se dirigían a la habitación de Gael. Oí cómo abrían la puerta de su cuarto y caminaban por ella, después de unos segundos cerraron la puerta y los tacones se dirigieron hacia mi habitación. Entró una mujer de no más de cincuenta años, hermosa, se veía muy joven, se podía notar el gran parecido que tenía con Gael y vestía muy elegante. Me moría de pena al darme cuenta que yo estaba en mi cama, acostada en pijama aún y que Gael se encontraba recostado al lado mío, él no se inmutó.

—Hola cucha— respondió Gael, reincorporándose de una manera rápida.

—Mi nene, ¿cómo estás?

—¿Cucha? ¿Qué es eso? — Gael se paró de inmediato y corrió a sus brazos.

—Estaba por el vecindario y decidí pasar a verte, recordé que es el día de descanso de Paty y quise venir a cocinarte algo y que no mueras en el intento mi amor.

—Gracias cucha, mira te presento a Renata, ella es mi asistente personal.

—Hola Renata ¡mucho gusto! Yo soy Milena la madre de Gael, puedes llamarme Mile.

—Ho... Hola Señora Milena el gusto es mío, a mí me dicen Rex, usted me puede llamar como guste y disculpe las fachas, pero es que me quedé dormida.

—Linda, pero no tengas pena, Fernando me ha contado que ayer se fueron de rumba, nos encontramos en el supermercado. Bueno los espero abajo a los dos, ahora mismo les preparo algo de comer.

Se dio media vuelta y salió de la habitación, Gael la siguió y al llegar a la puerta solo volteó, me sonrió y dijo gracias. ¿Gracias de qué? pensé, cerré la puerta y me senté en mi cama, comencé a llorar. Vivir lejos de casa es muy difícil, extrañaba a mi hermana, a mis amigos, mi comida, mi casa, mi país, todo. Además, Gael no ayudaba mucho, había días en que me trataba como a una completa extraña. Después de unos minutos logré calmarme, no quería que notaran que había llorado.

Bajé con los ojos un poco rojos e hinchados, solo esperaba que no se dieran cuenta. Bajé las escaleras y antes de entrar a la cocina escuché que Gael hablaba con su mamá, no quería interrumpirlos, decidí esperar cuando escuché mi nombre.

—Nene, se ve que Renata es muy linda.

—Si ma, es bonita y además es muy inteligente, creo que es la persona que estaba esperando para realizar este trabajo, en verdad ella es especial.

—Ya lo creo, debe de ser muy especial si logra aguantarte y cumplir tus caprichos, además no creas que no me di cuenta de cómo la miras ¿eh?

¿De qué forma me mira? En ese momento un abejorro se metió a la casa y comenzó a volar enfrente de mí, me espanté e hice ruido. Entré para que no pensaran que estaba escuchando, él me miró y no dijo nada. Me senté frente a Gael mientras su mamá seguía haciendo el desayuno, su favorito dijo, y me hacía algunas preguntas a las cuales respondí lo mejor que pude. Sentí que estaba en medio de un interrogatorio policiaco. Notaba que estaba divertido con mi nerviosismo, su mamá tenía una voz muy dulce, me hacía recordar a mi madre. Terminamos de desayunar y la señora Milena recogió los platos, cuando intenté ayudarla me dijo que ya bastante hacía con cuidar a su hijo todo el día. Me tomó la cara tiernamente.

—Sé que Gael suele ser difícil, pero es un muy buen chico Rex, cuando se porte mal o no te haga caso te doy permiso de que le des sus nalgadas.

Yo solo me reí y me sonrojé.

—Ya la oíste Rex, tienes derecho a darme unas buenas nalgadas cuando esté siendo un patán y un idiota malhumorado contigo.

Me sonrió pícaramente y me guiñó un ojo, no pudo ser más sexy.

La señora Milena terminó de recoger los platos y los dejó en el lavabo, nos dijo que se le hacía tarde para una cita en el *spa* y tenía que irse.

—Nene ya me voy, no olvides que te amo, habla con papá y tu hermano, ¿de acuerdo?

La señora Milena lo abrazó, le dio un beso en la frente y luego se volteó hacia mí. Hizo exactamente lo mismo y nos dejó en la cocina, se sintió un vacío extraño cuando se fue. Nos quedamos solos, ese día Paty tenía su día libre, solo éramos él y yo, eso me ponía un poco ansiosa. Gael dijo que iría a su estudio y que no quería que nadie lo molestara, me dejó su celular y lo vi perderse en el pasillo. Yo no tenía ningún pendiente e incluso había terminado de leer mis libros, en resumen, no sabía qué hacer. Salí a caminar un poco, a tomar aire fresco y explorar los alrededores de la casa.

Tomé el camino de terracería que usamos cuando salimos a pasear en bicicleta, pero lo hice hacia el otro lado, nunca había explorado aquella parte del bosquecito que rodeaba la propiedad. Caminé respirando profundamente todo el oxígeno que los cien-tos de árboles emanaban. Era un lugar precioso, lleno de flores, árboles, pájaros, insectos, ardillas, pude ver a lo lejos un conejo meterse a su madriguera. Era muy tranquilizante caminar por ese lugar, me adentré un poco más, hasta que llegué a un claro que tenía en medio una cabaña de madera, parecía sacada de un cuento de hadas. Me acerqué lentamente, mi corazón latía a mil por hora, por un momento creí que estaba habitada y tuve miedo de que fuera alguien peligroso. Me asomé por una ventana y me quedé asombrada con lo que había dentro. Intenté abrir una ventana y nada, fui hacia la puerta principal y para mi sorpresa no tenía seguro, solo giré la perilla y entré.

Era tan hermosa por dentro como lo era por fuera, era un espacio bastante amplio, tenía una sala en color negro con estoperoles, frente a ella estaba una chimenea mediana con unos cuantos pedazos de madera quemada. Había una mesita de madera rectangular con seis sillas de diferentes formas y colores, la cocina era pequeña, resaltaba el enorme refrigerador metálico. Solo había un cuarto que tenía una cama con dosel, una cómoda con espejo y un banquito a juego, una pantalla cubierta con una funda llena de polvo y un pasillito que daba a un enorme vestidor. Podía jurar que era más grande que el cuarto, entré y solo había un par de abrigos colgados y unos ocho pares de tenis de hombre. Junto al gran espejo que estaba empotrado a una de las paredes del armario había una puerta que conducía al baño.

Casi se me cae la baba cuando entré a ese lugar, era un baño hermoso, amplio y con un jacuzzi en el fondo, dos lavabos unidos por una placa de madera pegada a una de las paredes. Arriba de ellos estaba un espejo que llegaba hasta el techo, pero lo más impresionante era la vista, ya que una de las cuatro paredes del baño era un cristal de piso a techo pegado al jacuzzi que dejaba ver una parte del bosque.

Salí de la cabaña con la certeza de que era de Gael, nadie tenía tantos pares de tenis en una cabaña que no usaba y además el tamaño del vestidor lo delataba. Nunca pensé que tuviera ese gusto por la naturaleza, era un lugar bastante acogedor, le pediría que me lo prestara una vez a la semana, ha de ser realmente delicioso tomar un baño en esa tina tan grande y rodeada de la hermosa naturaleza.

Gael en una tina con esa vista, me pregunto que será mejor ¿ver el paisaje o verlo a él? Regresé a la casa sin darme cuenta que habían transcurrido horas explorando el lugar secreto de Gael. Fui directo a preparar un *snack* para entretener el hambre en lo que decidíamos qué cenar. Preparé café, sabía lo mucho que le gustaba, un par de sándwiches, los acomodé en una bandeja con la intención de llevárselos a su estudio y hacer que descansara un poco. Llevaba todo el día encerrado, bajé por el pasillo hacia su guarida y toqué la puerta, abrió un pedacito y solo asomó la cabeza con una expresión de molestia.

—Traje café y algo de comer ¿no tienes hambre?

—No, pero me quedo con el café gracias— tomó la taza y cerró la puerta en mis narices, no me dejó entrar. Me quedé parada como tonta viendo la puerta y con la bandeja en las manos. Regresé a la cocina a preparar algo más para cenar. Encendí la luz, me dispuse a lavar los platos del desayuno y guardé todo en su lugar. Para amenizar el momento y no pensar en los cambios de humor tan repentinos del muchacho, fui por una bocina que estaba en la oficina y la conecté a mi celular para escuchar música. Bajé una aplicación para escuchar canciones y seleccioné una lista con los éxitos del momento en el género urbano, había muchísimas canciones de Gael y de Emilio, pero lo mejor era que estaban los hits de mi *guilty pleasure* "The King". Ya un poco ambientada empecé a bailar por toda la cocina, al mismo tiempo que buscaba los ingredientes para hacer la única cosa que sabía hacer; pasta con jamón serrano y champiñones. Para mi sorpresa la despensa era enorme, tenía dentro un refrigerador con todo tipo de carnes. Saqué un paquete de jamón y lo dejé atemperar en lo que hervía la pasta y cortaba los champiñones.

Mientras coreaba mi canción favorita de "The King" abrí una lata de crema, sofreí la cebolla y el ajo para darle un buen sabor, realmente me había puesto de buenas. Pensé que sería una excelente idea cenar en el jardín con esa hermosa vista. Gael había estado casi todo el día trabajando en su estudio, un poco de aire fresco no le caería nada mal. En lo que la pasta se cocía saqué los platos y los cubiertos, fui hacía la terraza y monté la mesa, saqué unos mantelitos muy coloridos, corté unas flores de su jardín y las puse en el centro. Regresé a la cocina y seguí preparando la cena. Explorando la despensa, encontré chía con la cual preparé agua de limón, al final recordé que había fresas en el refrigerador y se las añadí. Todo me estaba quedando muy bonito.

Seguí baile y baile, cante y cante al ritmo de la sensual voz de Gael. Cuando comenzó su nuevo sencillo me emocioné mucho, no dejé de bailar y de corear toda la canción, al mismo tiempo que terminaba de hacer la pasta. De pronto la canción terminó y escuché unos aplausos, voltee y ahí estaba el mismísimo Gael viéndome, con una cara de diversión que pocas veces había visto. ¡Me quería morir de vergüenza! Sentí como me fui poniendo de varios colores, no sabía qué hacer ni dónde esconderme.

—¡¡¡Bravísimo!!!

—¡Qué pena!

—¿Pero por qué? Te veías muy sexy bailando y cantando, no creí que te supieras mis canciones, yo pensé que eras más *romantic style*, que escuchas otro tipo de música, me encantó encontrarte disfrutando de lo que hago.

—¿Gracias? Pues, aunque no lo creas me gusta todo tipo de música y debo conocer el trabajo de mi jefe ¿no crees? Además, déjame decirte que soy fan de "The King", sus canciones me encantan, tienen un ritmazo, sus letras son pegajosas y me provoca bailar, aunque no sepa ni cómo moverme, en mi opinión es un gran exponente del género...

¿Qué me pasa? ¿De cuándo acá yo instruyo a Gael sobre el género urbano? Él solo me observaba divertido y me ponía mucha atención, eso me intimidaba, su mirada era intensa y parecía que me estaba leyendo la mente.

—¿En serio eres fan de mi amigo "The King"? Porque cuando quieras te lo presento.

—¿De verdad? No sabía que era tu amigo, no es para tanto Gael. Bueno vamos a cenar, preparé una pasta deliciosa, llevas varias horas sin comer, así que no hay pretextos.

—Está bien Queen.

—¿Queen?

—Pues eres fan de "The King", ahora te diré "La Queen" del reggaetón.

—JA JA qué chistoso... ¡Vamos ya! Que se va a enfriar, acerca la jarra de agua que está en el refri.

—¿Pues a dónde vamos?

—Al jardín, llevas todo el día en tu misterioso estudio donde nadie puede pasar, así que necesitas un poco de oxígeno en el cerebro y ya vi qué te hace falta, solo dices puras tonterías, ¡Arre!

—¿Arre? Ni que fuera caballo Queen.

—Es una expresión que usamos en México.

Salimos al jardín y nos sentamos, serví la pasta, el agua y comenzamos a comer. Fui a la cocina por un poco de queso parmesano fresco y me sentí muy feliz de verlo devorar mi pasta.

—Está buenísima Rex, no sabía que tenías ese talento.

—No te emociones es lo único que sé preparar, es mi especialidad, bueno eso y el agua de limón con chía y fresas.

—Está súper fresca, gracias por preocuparte por mí, estoy acostumbrado a cenar solo, por lo general Karla siempre se iba a su casa y yo me quedaba aquí; Paty antes de irse me preparaba algo y cenaba en mi cuarto. En ocasiones cuando pasaba el día en el estudio ni cenaba, es lindo tener a alguien que me cuide y me haga compañía, gracias Rex.

No supe qué contestar, nunca me habían dicho algo así, solo sonreí y cambié de tema, era un buen momento para poder conocernos más a fondo. Hablamos durante horas. Yo le conté sobre mi amor por las motos y que estaba ahorrando de mi sueldo para comprarme una, era mi sueño, también le dije que me gustaban las novelas románticas y lo soñadora que era, que extrañaba la comida mexicana y lo mucho que disfrutaba de mi nuevo trabajo. El por su lado me contó el amor que tenía por escribir, la pasión que tenía por la música, andar en bicicleta y el ejercicio. Su perfecto cuerpo no lo dejaba mentir, esos abdominales ¡Wow! O sea ¿Sí me calmo?

Aseguraba que escribir canciones era su verdadera pasión y sin eso estaba perdido, lo hacía no tanto como un trabajo sino como terapia, me habló horas sobre la energía y sus creencias.

—Varias de mis letras las escribo por acontecimientos que han pasado a lo largo de mi vida o anécdotas que las personas me cuentan.

—Eres muy creativo para tomar toda esa información y transformarla en un verso y luego en canción, ¡qué bonito!

—Gracias Rex, soy muy feliz con lo que hago, no podría explicarte de donde salen las ideas, solo me siento y parece que mi cerebro explota ¿sabes? yo siempre he dicho que cuando trabajas en algo que en verdad amas y lo haces con pasión, no es trabajo es una bendición.

Yo solo podía darle la razón, cada vez me asombraba más de la persona que estaba frente a mí, no imaginaba todos los tesoros que podía esconder, además de guapo tenía una manera hermosa de ver la vida, pero lo que más me sorprendió es que uno de sus sueños más grandes era formar una familia y casarse, no pensé que fuera esa clase de hombre, pero eso me dio mucha ternura.

—Quiero formar una familia como la que yo tengo, por eso trabajo tanto, para un día poder conseguirlo y darles lo mejor de mí, mi mayor tesoro son mis padres y mi hermano, mis mejores recuerdos son los de mi infancia, de cuando nos llevaban a esquiar a Bariloche y nos quedábamos en una cabaña solo los cuatro, asando bombones en la chimenea y contando historias ¿puedes creerlo? Como no podíamos hacer una fogata papá nos decía que dentro la haríamos, era muy divertido, es por eso que amo la nieve, las cabañas y la naturaleza.

Ahora todo tenía sentido, he ahí el porqué de su cabaña en la mitad de la nada, apuesto que ha de haber hecho más de una fogata en ese claro del bosque.

— ¡Qué divertido! Yo siempre he querido conocer la nieve y dicen que en Bariloche hay unos paisajes hermosos.

—¡Ufff no sabes! Es precioso por allá, un día deberíamos ir.

—¡Sí! Muero por conocer la nieve.

—Ah ¡entonces no te llevo!

—¿Por qué?

—Pues no dices que te mueres Rex, ¡así para que!

— ¡Qué bruto eres! ¿Oye te puedo hacer una pregunta?

— ¡Claro!

—En lo que tú estabas en tu estudio fui a explorar el bosque y encontré una cabaña muy bonita de madera y me atreví a entrar, espero no te moleste, porque me imagino que es tuya ¿no es así?

—¡Vaya vaya! Qué chismosita me saliste Rex, no me molesta en absoluto y sí es mía, la construí para irme a despejar y escribir mis canciones, me inspira estar rodeado de naturaleza y además me trae buenos recuerdos. El estar en una cabaña, me remonta a mis mejores épocas familiares.

—Sí, me di cuenta por la cantidad de tenis que hay ahí.

—¿Estaba abierta?

—Sí.

—Pensé que me la podrías prestar algún día, para leer y relajarme un poco.

—Claro que sí Rex, pero no lo comentes con nadie ¿de acuerdo?, no me gusta prestarla.

— ¡Gracias! De mi boca créeme que nadie se enterará.

Conforme avanzó la noche me preguntó por qué tenía los ojos rojos y llorosos cuando bajé a ver a su mamá, no pensé que lo notara, pero aun así le conté la razón. Me abrí y le conté como fue que murieron mis padres en un accidente automovilístico hace cinco años y que eso es lo peor que me ha pasado, me rompió la vida y es uno de los dolores más grandes que encierra mi alma. Ahora solo me quedaba mi hermana y mis sobrinos. Así fue como pasamos al tema de la familia y él me habló más de la suya, me platicó que admiraba muchísimo a sus padres. La relación con su papá era un poco difícil, peleaban por todo, con su mamá por el contrario era muy buena, ella siempre estaba ahí para apoyarlo en todo momento y su hermano era la luz de su vida, su bebé. Me dijo que lo que más le costaba de su trabajo era no poder pasar mucho tiempo con ellos. Nos quedamos callados mirando hacía el bosque y en eso volteé hacia el cielo y vi que estaba todo estrellado, se veía hermoso. Le dije que las estrellas eran de las cosas más hermosas que podían existir.

—Cuando miro las estrellas siento que mis padres me observan y no me siento tan sola y tú comienzas a hacerme sentir así, que no estoy sola.

¡Dios mío! ¡Porque lo dije! ahora pensara que soy una loca.

Fue inevitable que no me salieran un par de lágrimas, él solo se dedicó a escucharme, me miraba con tal ternura que llenaba ese vacío en mi alma, tomó mi mano y la apretó haciéndome sentir acompañada, no dijo nada, aunque no era necesario. En ese momento sentí que podíamos ser amigos y descubrí que detrás de esos cambios de humor tan repentinos, había un hombre tierno, compasivo y amable. Pude ver un poco más a ese ser humano que se escondía detrás de la gran estrella, nos quedamos en silencio disfrutando de la maravillosa vista, hasta que comenzó a hacer un poco de frio. Entonces recogimos la mesa y me dijo que no me preocupara por la cocina, Paty mañana llegaría a limpiar. Al terminar de cerrar la casa decidimos que era hora de descansar, había sido una noche muy agradable, subimos las escaleras y me acompañó hasta la puerta de mi habitación.

—Buenas noches Gael muchas gracias por escucharme, me la pasé muy bien, espero que te haya gustado la cena.

—Gracias a ti Rex, claro que me gustó la cena ¡te quedó muy rica! Que descanses muñeca, mañana a seguir trabajando que nos queda mucho por hacer.

Me dio un beso en la frente, se dio media la vuelta y como es su costumbre me dejó ahí parada como boba. Entré a mi cuarto con una sonrisa de oreja a oreja ¡¡¡me había dicho muñeca!!!! ¡¡Dios mío!! ¿Podía ser más perfecto? Lo dudo, cuando se lo proponía y no estaba siendo una estrellita arrogante y fría era lo máximo, edu- cado, lindo, guapo, de buenos modales, caballeroso, era el paquete completo.

Casi no pude dormir, solo pensaba en él, en lo segura que me hacía sentir con solo tenerlo cerca de mí, observándome. Aún no me explicaba como a veces podía cambiar tan rápido de humor, o las reacciones que tenía hacia las personas que lo rodeábamos, nos cuidaba como si fuéramos parte importante de su familia, pero cuando estaba en sus cinco minutos de estrés era una patada en el trasero.

A la mañana siguiente tocaron a mi puerta cerca de las siete de la mañana, me sobresalté porque aún no sonaba mi despertador y juré que me había quedado dormida. Me sorprendí al ver la hora, me levanté para saber qué pasaba y abrí la puerta, era Gael, ahí pa- rado, con una sonrisa de niño que acaba de cometer una travesura y dos cafés en la mano.

—¡Buenos días Rex! ¡Arriba, arriba! Es hora del cambio.

—¿Qué cambio? ¿Ese café es para mí?

—Así es muñeca.

—Gracias, pasa y explícame de qué hablas.

Entró a la habitación, se sentó en mi cama y se me quedó viendo por un momento.

—Te tengo una sorpresa, no quiero que lo vayas a tomar a mal o que te molestes, pero hice una cita para que te cambien el *look* e iremos de compras, quiero que tengas ropa con la que te sientas cómoda y también un poco más formal para cuando tengamos que ir a eventos sociales importantes; yo iré contigo, también tengo algunas cosas que comprar para la próxima gira.

No supe qué decir, Gael parecía algo controlador, pero al mismo tiempo me entusiasmaba la idea de un cambio, pensé que no me caería nada mal.

—Está bien, es una buena idea Gael.

—¡Peeeerfecto! ¡Wuju! vas a ver que ahora si serás una verdadera *Queen* Rex, te llevo con el mejor estilista de Medellín y te dejará aún más guapa de lo que ya estás.

Se fue muy entusiasmado, parecía niño chiquito y salió de mi habitación.

Gracias, supongo entonces estaba guapa y me iban a dejar aún más guapa eso me agrada. Me quedé como tonta pensando en lo que había sucedido hace dos minutos y en lo feliz que estaba Gael. Me di cuenta de que ese tipo de control no me molestaba en absoluto, sabía que a veces desentonaba un poco y que debía de vestirme mejor, él era una estrella y me sonaba lógico que quisiera que todo su equipo luciera lo mejor posible. Me apresuré ya que ese día teníamos muchas cosas por hacer, por la tarde haría una sesión fotográfica para ser la imagen de una portada de revista. Bajé a la cocina, Paty ya había llegado y nos había preparado el desayuno. Me senté a la mesa para esperar a Gael y desayunar juntos, ahora todo lo quería hacer con él, Paty se percató de que no probaba bocado y me preguntó por qué no comenzaba a desayunar.

—Mi niña yo que tu empezaba lo antes posible ese muchacho no come, engulle la comida, si vieras lo rápido que come cuando está emocionado o contento.

—No creo que le cause emoción ir a posar para una revista ¿o sí?

—Tal vez no, pero llevarte a sus tiendas favoritas sí y en especial lo pone de muy buen humor estar contigo mi niña, te has convertido en su proyecto personal.

—No creo Paty, le emociona la parte de la moda y comprar cosas nuevas, yo solo soy su asistente personal.

—Sí, eso dices mi niña, pero ya vi que preparaste una cena y toda la cosa, te quedó muy buena la pasta ¿eh? Además, él se despertó más temprano de lo habitual y preparó el café, por algo será ¿no crees?

No pude evitar sonreír, logré que Gael se despertara solito y de buenas ¡WOW! Alguien me debería dar un premio.

—Me da gusto que una chica como tú esté al lado de mi niño hermoso, no sabes lo bien que le has hecho Rexxy.

Agradecí y siguiendo los sabios consejos de Paty comencé a desayunar, no quería que me dejara atrás cuando él bajara. Escuché un silbido que provenía de las escaleras y enseguida entró Gael con una sonrisa perfecta, su boca en verdad era muy sexy, me ponía muy nerviosa. Traté de concentrarme en el plato de huevos revueltos que tenía frente a mí y apresurarme a comer. En efecto él devoró todo lo que había en el plato mientras canturreaba y bromeaba con Paty. Me observaba intensamente, me veía más a mí que a lo que estaba comiendo. Se me hizo un hueco en el estómago y no quise comer más, Gael no tardó mucho en terminar. Le dimos las gracias a Paty, nos despedimos y nos marchamos.

Salimos de casa y para mi sorpresa no estaba Carlo esperándonos en una de las *Cadillac Escalade* en las que siempre nos transportamos. Esta vez nos encaminamos hacía la cochera, ahí había varios coches, sobresalía un *Lamborghini* blanco seguido por un precioso *Ferrari rojo 458*, un *Porsche Boxter* color amarillo, una majestuosa *Ford Raptor azul*, y su lujoso *Corvette Stingary*. Sin duda parecía un lote de coches lujosos, pero lo mejor era una *Mercedes Benz Safari* color plata del año, creo que jamás había visto una, solo en internet. Él se adelantó y me abrió la puerta de la *Mercedes* como todo un caballero. Insisto, cuando se lo propone es el hombre perfecto. Subí, me sonrío y rodeó la camioneta para subirse del lado del conductor, arrancó y conectó su celular y seleccionó una lista de canciones. La primera era mi favorita de "The King", me volteó a ver y me dijo que para que me relajara escucharíamos al Rey del género urbano, estaba de buenas y yo lo disfrutaba mucho. Manejaba perfectamente y su camioneta era muy cómoda, me sentía soñada, como una verdadera estrella. Después de recorrer la ciudad llegamos al centro comercial más lujoso de Medellín. Yo había tenido muy poco tiempo para conocer la ciudad, así que todo era nuevo para mí. Aún era muy temprano, pero para mi sorpresa ya un séquito de personas nos esperaba en la entrada. Se orilló y un chico con una sonrisa tropical me abrió la puerta y me ayudó a bajar, mientras tanto Gael se bajó y le dio las llaves a otro chico. Entramos a la plaza y comprobé que muchas de las tiendas estaban cerradas aún, pues apenas eran las nueve de la mañana. Recorrimos el lugar y llegamos a una estética muy elegante, había cinco personas acomodando cosas, poniendo todos los aditamentos en su sitio y terminando de abrir el local. Salió detrás de una puerta de cristal un chico alto, sumamente delgado, con cabello platinado, unos enormes ojos azules delineados, vestía completamente de negro, usaba pendientes en sus orejas y tenía un cutis envidiable.

—Bienvenidos al "Platinum Spa". Giiii, que gusto tenerte de vuelta por estos lares, me han contado que pronto empezarás una gira por Europa. ¡Qué elegancia la de Francia!

—Así es hermano ya en poco tiempo nos vamos, estamos afinando los últimos detalles, tú ¿cómo has estado?

—Ay mi Gi ¡muy bien gracias! Ya sabes lo de siempre, que si tengo bodaaas, que si son entregaaaas de premios, que si me fui de aaantro con mis amigas... Ay ya sabes de todo un poco querida.

—Muy bien Angy. Pues gracias por atenderme a estas horas, tenemos muchas cosas pendientes.

—No te preocupes mi rey. Empieza por presentarme a esta pequeñita lindura que te viene acompañando ¡no me digas que es tu nueva conquista!

De pronto los dos pusieron los ojos en mí y me dedicaron una mirada que parecía de lastima y ternura, me hicieron sentir como la cenicienta, como si ellos fueran mis hados padrinos.

—Pues ella es Renata, mi asistente personal.

—Aaayy mi vida, Mucho gusto Reny yo soy Angello pero tú puedes llamarme Angy, me dedico a hacer magia con las personas, vas a ver que te voy a dejar más hermosa que la mismísima Bella Hadid.

A ver, a ver... ¿Reny? ¿Qué es eso? ¿Más hermosa que Bella Hadid? ¿Eso qué?

—Hola mucho gusto Angello, me puedes llamar Rex y no Reny.

En eso me miró como tratando de descifrarme, volteó a ver a Gael.

—Pues bueno eres todo un desastre, pero mira que yo todo lo puedo arreglar.

¿Desastre? Sabía que tal vez no tenía mucho estilo, pero tanto así como un desastre no lo creo. Me tomó de la mano y me llevó detrás de un biombo blanco. Fuimos hasta un cuarto pequeño que tenía un sillón tipo *reposet*, una mesita con una bocina donde se escuchaban sonidos de naturaleza y un difusor de aroma. Me dijo que me pusiera una bata y una banda en la cabeza y que después me sentara en el sillón.

—Cuando regreses de cambiarte ponte cómoda, cierra los ojos y relájate, enseguida vendrá Mari Pierre a hacerte el facial. Angello salió y cerró la puerta tras de él, así que me relajé y entró la bendita Mari Pierre, digo bendita porque en verdad sabía cómo hacer un facial. Me calmé tanto que no quería que nunca se acabara, la música, el aroma, no bueno, fue toda una experiencia. ¿Por qué demonios no había pensado en hacer esto antes? Yo me merecía esto, había estado trabajando muy duro y necesitaba que alguien me mimara. Al terminar me dijo Mari Pierre que me haría una manicure y me pondría un esmalte que duraría quince días, estaba en el paraíso. Después de la hora más deliciosa de la vida, salí y Angello me estaba esperando en la silla donde me arreglaría el cabello. Tenía todos sus enseres a la mano.

—¿Dónde está Gael?

—Tranquila Rex, él también está tomando un masaje relajante, ven no tengas miedo.

—Muy bien, en ese caso solo un despunte, casi siempre lo traigo en una coleta.

—Muy mal, te enseñaré como peinarlo de la manera más fácil, ahora si me permites sugerirte, estaría bien que lo cortaras un poco más que las puntas, de esta manera el pelo caerá increíble y solo tendrás que pasarte el cepillo y en algunas ocasiones una plancha.

—Pero... No traje mi plancha conmigo además soy muy poco inhábil para darle forma, nunca me gusta cómo me queda.

—Tranquila niña, yo seré tu maestraza, solo necesito tu autorización para hacer uno que otro ajuste y lograr mi magia.

Lo pensé mucho, deseaba un cambio, desde hacía mucho que no atendía esos detalles en mi persona, no me había cortado el pelo ni me había ido a hacer nada, después de todo lo que me pasó me hundí en una depresión de la que no quería salir, era buen momento para un cambio.

—Está bien, ¿pero me prometes que me ayudarás a peinarme y me dirás como hacerlo a diario? Tiene mucho que no uso una plancha para el cabello y ya perdí la práctica.

—¡Ay mi reina! Clara que porsupuestaaa ¿Con quién crees que estás hablando? con el mismísimo Dios del estilismo.

Me dijo que me haría un cambio radical y que, si le daba permiso de hacerme un *balayage*, le dije que sí a todo, que confiaba plenamente en él y que me dejara linda, solo me preguntó qué tan corto estaba dispuesta a traerlo y cual era mi color favorito, una vez teniendo la información me dijo que me llevaría a una sala donde no había espejos para que cuando terminara realmente quedara impactada con su magia.

Me coloreó y desvaneció el tinte por mi cabello y me degrafiló. Yo solo veía caer mi cabello, pero estaba confiada en que cuando terminara me sentiría diferente y renovada. Gael por otro lado, seguía en sus masajes y faciales. A la mitad del proceso le pregunté a Angello dónde estaba metido y me dijo que él estaba en la zona de hombres arreglándose el cabello y afeitándose con los barberos expertos.

Angello no me dejaba saber qué pasaba con mi cabello, yo solo veía como me observaba y como usaba tijeras aquí y allá, estaba un poco nerviosa pero muy emocionada de conocer a mi nueva yo. Cuando por fin terminó, me tapó los ojos y me llevó hasta los grandes espejos del salón. Cuando retiró sus manos no reconocí a la que me devolvía la mirada. Mi cabello estaba a la altura de mis hombros, se veía espectacular. Solamente me lo había planchado y arreglado con las manos, nada difícil, quedé fascinada con lo que veía en el espejo, estaba renovada. Me sentía muy pero muy guapa y estaba recuperando la confianza en mí. En cuanto vio mi sonrisa Angello me explicó el por qué utilizó ese tono en mi cabello, simple, hacían juego con el tono gris de mis ojos. De pronto Gael salió detrás de una puerta y se quedó viéndome mientras sonreía, le gustó lo que observaba.

—¡Wow wow wow! ¡Buenos días! Mi nombre es Gael, mucho gusto señorita permítame decirle que es usted una verdadera belleza.

Yo solo sonreí y me puse de todos los colores, después de todo aún me apenaba que él me dijera guapa y mucho más belleza. Estaba feliz con el resultado.

— ¡En verdad me gustó mucho! Mil gracias Angello eres el mejor.

—No agradezcas reinita, solo cuando te pregunten quien ha sido el culpable de tan hermoso cambio, diles que el mismísimo Dios del estilismo Angello.

—En verdad hiciste un excelente trabajo Angy, como siempre te felicito.
Gael se volteó y lo abrazó.

—Ay Gi ya sabes que para eso estoy, para hacer magia mi rey, pero bueno yo ya me tengo que ir, que aún me queda mucho trabajo que hacer. En la noche tendré una pasarela y ya sabes cómo son las modelos de difíciles y después me contrató tu cloncito para una sesión fotográfica. Según él lo llamaron de una revista, pero estoy casi seguro que el muy cínico pagó por salir en ella.

—No lo puedo creer, justo hoy tengo una sesión fotográfica para una revista, por eso te agendé de último momento porque no recordaba con exactitud la fecha.

—No te digo, este muchacho solo anda viendo qué haces para copiarte ¡qué descaro! Pero bueno yo tengo que ir, porque trabajo es trabajo mi querido Gi, nos vemos pronto guapuras ¡cuídense mucho! Ya les puse unas bolsitas con los *shampoos* que deben ocupar y los tratamientos; Miri les explicará todo, bueno bellezas yo corro porque no llego, los adoro mis vidas. ¡Chaooooo!

Tomó una maleta y salió por la puerta disparado. Al intentar abrir mi bolsa para pagar me dijo Gael que ya estaba cubierto. Me sentí apenada y le dije que me lo descontara de mi sueldo, él solo se rio y me dijo que luego lo aclararíamos. Habíamos pasado como cuatro horas en la estética, la plaza ya estaba un poco concurrida pero enseguida nos metimos a una tienda que tenía poca gente. Gael saludó al gerente y enseguida fueron a cerrar con llave las puertas para que ya no entrara nadie más. A las personas que estaban comprando les dijeron que alguien muy importante necesitaba un poco de privacidad. ¡WOW! Cerrar una tienda tan exclusiva era mucho. La verdad no quería gastar mucho dinero, había estado ahorrando para comprarme una moto y algunas cosas para mi familia. No quería depender de Gael todo el tiempo que estuviera en Medellín y tener un medio de transporte me haría sentir libre, más si era una hermosa motocicleta. Fui directo al área de mujeres para ver qué podía encontrar, algo que fuera bueno, bonito y barato. Necesitaba algunas prendas formales, un par de zapatillas y un vestido decente. Cuando llegué al área de zapatos vi unas botas padrísimas *Prada*, decidí que no las compraría.

Había cosas hermosas, yo solo las veía y se me caí la baba, pero todo era muy caro. Fui a decirle a Gael que fuéramos a otra tienda, me costó un poco de trabajo encontrarlo. Lo hallé en una de las áreas más exclusivas escogiendo un montón de pantalones. Caminé hacia él para comunicarle mi decisión de comprar en otro lugar, enseguida me vio y se quedó con cara de sorpresa al ver que no traía nada en mis manos.

—¿Cómo vas Rex?

—Pues bien, creo. La verdad Gael todo está muy lindo, pero no traigo mucho dinero en mi bolsa y así que pensé que podríamos encontrar una tienda un poco más accesible para mi presupuesto.

Me sonrojé un poco, me daba pena decirle eso.

—A ver Rex, si te traje es porque obvio yo voy a pagar todas las cosas que elijas, tómalo como que te estoy dando las herramientas que necesitas para trabajar ¿sale? sino lo único que vas a ocasionar es que yo te compre lo que yo quiera y no se trata de eso, por eso te traje para que fuera a tu gusto y necesidades, si no vengo yo solo.

—Está bien, lo tomaré como mi uniforme ¿de acuerdo?

Regresé al área de damas donde estaba un séquito de señoritas esperándome para atenderme, todas se desvivían por llevarme todo tipo de ropa. Tenía pensado que solo compraría lo que considerara esencial, no quería abusar de él y después de varias pruebas elegí un vestido negro, algunos pantalones, playeras un poco más formales y un par de zapatillas cómodas. Había terminado de escoger las prendas cuando Gael me alcanzó en el área de mujeres, me llamó para que le enseñara la ropa. Se la di y la observó, empezó a separar en dos montones.

—Este vestido es demasiado recatado ¿qué acaso trabajas en un convento? ¿o qué? No seas una anciana y ven vamos a buscar uno que le haga justicia a ese cuerpo que escondes tras tus playeras aguadas, ¡ah! y estas zapatillas parecen de Paty, ni siquiera mi mamá las usaría. ¡Vamos Rex! Sé un poco más atrevida, eres muy guapa, debes de sacarte provecho. Vamos a enseñarte como debe vestir una asistente personal de un representante del género urbano.

Caminamos entre los pasillos, él iba escogiendo distintas blusas, faldas, como cuatro vestidos, pantalones, shorts, botas con tacón, zapatillas del 15, yo sólo me preguntaba cómo le iba hacer para caminar en esos zancos. Llegamos hasta el vestidor y me entregó toda la ropa.

—Muy bien Señorita, quiero que te pruebes cada una de las blusas y camisas con cada uno de los pantalones y shorts que te di, sales y aquí tendré los zapatos y algunos accesorios para hacerlos combinar ¿entendido?

— ¡Si capitán!— le respondí sonriendo.

Me gustaba lo mucho que se concentraba en cuidar todos los pequeños detalles, le gusta la moda, es una pasión para él... Un momento ¿será gay? conozco a pocos hombres que se apasionen de esta manera por la moda, por lo general ir de compras para ellos es un tormento.

—Vamos, ve a cambiarte, ¡Dale!

Me di la vuelta y entré a los probadores, salí con una falda negra que hacia juego con una camisa color blanco que había escogido. Él seguía encantado eligiendo aretes, brazaletes, zapatos altos, tenis, shorts en fin una infinidad de ropa, combinaba todos mis *outfits* y me decía que ponerme, cómo debía pararme y qué actitudes tomar cuando llevaba tal o cual prenda, se sentía soñado enseñándome.

Llegó el momento de los vestidos, me probé un mini vestido negro de mangas largas holgadas y con un escote que hacía ver muy bien, por atrás era en corte V y llegaba hasta abajo del bra. ¡Dios mío! Me sentía muy atrevida, pero eso me gustaba.

Salí muy segura, cuando llegué hasta él se encontraba viendo su celular, de pronto sintió mi presencia y alzó la mirada. Abrió la boca y los ojos de tal modo que me apenó, estaba muy impresionado por cómo lucía con aquella prenda matadora y eso a mí me hacía enormemente feliz. Mi ego había subido hasta las alturas, esa mirada que me dedicaba no la había visto nunca en él, vaya ni cuando fuimos a la fiesta y llegaban todas las modelos platicar con él.

— ¡WOW Rex! Te ves guapísima, ven aquí te voy a dar unos zapatos perfectos para este vestido y por aquí me parece que hay una cadena larga con un dije precioso que lucirá genial.

Caminé hasta él, segura de mí misma, buscó entre el montón de zapatos que tenía ahí y encontró unos *Louis Vuitton* rojos de punta con pulsera.

—Aquí están, permíteme ayudar a ponértelos, tu vestido es muy justo y no quiero que te vayas a caer.

Me puse los zapatos y yo sentía que era el príncipe de la Cenicienta, el solo rose de sus manos en mi piel hacia que me erizara por completo. Salió disparado a buscar algo, después de un par de minutos regresó con dos cajitas en la mano. Cuando las abrió había un dije precioso, era una nota musical hecha de diamantes con una cadena plateada larga, a juego unos aretes con la nota de sol, brillaban intensamente, eran hermosos.

—Gael, están preciosos pero seguro cuestan una fortuna, no puedo permitir que me compres esto, ya sería un abuso.

—Puedes porque yo lo quiero así, así que cállate, no me hagas enojar y date la vuelta para que te ponga el dije.

—Está bien, ¡qué genio!

Me voltee y me recogí el cabello hacia un lado, él paso sus brazos por encima de mí, sentí su aliento en mi nuca, estaba muy cerca de mi oreja derecha y podía oír el ritmo agitado de su respiración. Se me hizo eterno ese momento, pero al mismo tiempo no quería que terminara. Una vez abrochado el dije, me tomó de la cintura y me giró hacía él. Quedamos tan cerca que toda esa seguridad que había sentido al caminar hasta donde se encontraba se había esfumado en cuestión de segundos. Tenía muy cerca su boca de la mía.

— ¡Listo! Ahora véase en el espejo señorita mía.

Camine hacía donde estaba el espejo de cuerpo completo y en verdad me agradó lo que vi, esos zapatos rojos le daban un realce a mis piernas y al vestido negro, el dije brillaba intensamente en mi pecho y de vez en cuando se asomaban unos destellos detrás de mi cabello. Era algo muy sencillo pero muy elegante.

—¿Te gusta lo que ves?

—Claro ¡todo está hermoso!

—No tanto como tú.

Me guiñó un ojo, en ese momento no paraba de pensar en lo mucho que me gustaba, cada vez más y más. Eso está muy mal, él era mi jefe y solo eso, no podía aspirar a nada más. Salimos de la tienda como con cinco bolsas cada uno en las manos, me terminó comprando otros tres pares de zapatillas, una mochila y más accesorios que eligió. Yo estaba muy apenada porque había gastado demasiado dinero en mí, podía ver como disfrutaba el firmar el *boucher* de la tarjeta de crédito sin ni siquiera mirar la cantidad. Ya era tarde, habíamos pasado horas en el centro comercial comprando y arreglándonos, debíamos comer algo antes de irnos a la sesión de fotos.

Llegamos a un restaurant italiano muy rico del primo de Fer. Era acogedor, comparable con un recinto gótico. Había velas por todos lados ambientando el lugar. Las mesas de fina madera decoradas con mantelería típica de la región italiana, al centro una espectacular barra de ensaladas, con diversas clases de lechugas y muchas variedades de verduras, postres coronaban la gran barra, que desviaba la mirada de los comensales hambrientos.

Como es costumbre el personal lo recibió familiarmente, nos asignaron una mesa alejada del bullicio de los comensales. El menú era sencillo, pero con platillos exclusivos, a sugerencia del chef nos envió una exquisita pasta artesanal en aceite de trufa y setas salvajes. Al concluir nos dirigimos hacía el lugar donde se llevaría a cabo la sesión fotográfica, atravesamos toda la ciudad hasta llegar a un edificio enorme y moderno, con cristales ahumados que reflejan su entorno. El lobby era magnífico, tras el gran mueble de la recepción hay un espejo que cubre la pared de lado a lado, los pisos de mármol blanco bien pulido hacían juego con el domo decorado con un candil moderno de luces led. Noté que había un joven bastante apuesto que nos estaba esperando, me sorprendí cuando se acercó y abrazó a Gael. Contrastaba mucho con él, era un poco más bajo, con ojos verdes como aceitunas que al igual que Gael miraban profundamente, cabello rubio y una gran sonrisa cálida.

— ¡Hermanito mío! ¡Qué bueno que ya estás de regreso! ¿Cómo te fue en Ibiza? Debes contármelo todo, te parece si al terminar te vienes con nosotros de regreso a casa para que nos platiques con lujo de detalle cómo te fue, podemos cenar ahí.

— ¡Claro que si bro! Te extrañé mucho, no sabes lo fantástico que la pase, pero veo que en mi ausencia no te aburriste (me volteo a ver) vaya, ¡vaya! ¿Quién es esta hermosa dama?

Me miró como si fuera una máquina de rayos equis, me sonrojé y solo pude sonreír. ¡¡¡Malditos reflejos de nena!!! siempre que alguien guapo me halaga comienzo a coquetearle, les hago ojitos como bebé y mi mano se va directo a mi cabello, donde empiezo a enrollarlo entre mis dedos de una manera tonta.

— ¡Calmao hermanito! Ella es mi nueva asistente personal, se llama Renata, pero todos le decimos Rex.

Enseguida su hermano me dio un abrazo muy fuerte, se apartó, me tomó la cabeza y me plantó un suave beso en la mejilla.

—Mucho gusto Rex, soy Santiago el hermano de Gael.

—¡Qué tal! El gusto es mío.

—Bueno, bueno, ya vamo a darle a las fotos— dijo Gael un poco incómodo por la efusividad de su hermano.

—Santi ¿Dónde es la sesión? ¿Sabes quién será el fotógrafo? ¿Hablaste con Ana Paola?

—Si bro, está allá arriba, ya está todo listo para que empecemos, te estábamos esperando y el fotógrafo es mi amigo Lizardo, nos venimos juntos de España.

—Perfecto, ¡vamos!

Santiago nos guio hasta un elevador, entramos y con una tarjeta le dio marcha, subimos hasta el *penthouse* del edificio. En cuanto se abrieron las puertas llegamos al departamento más grande que había visto. Era casi una casa competa, incluso escaleras, en el lugar donde supongo que debería de estar la sala, había un fondo blanco enorme y enfrente un montón de luces encendidas que daban en distintas direcciones, una mamparas blancas, brillantes y oscuras, los famosos rebotadores de luz. Al entrar una chica como de unos treinta años nos recibió, era alta y muy guapa (como la mayoría de las mujeres que rodeaban a Gael). Vestía un overol de mezclilla con un *crop top* negro, unos tenis de plataforma muy noventeros y estaba toda tatuada de las piernas. Tenía un piercing en la nariz en forma de aro y su cabello era rosado. Era un look bastante peculiar, pero en ella lucía muy *cool*.

— ¡Bae! Gracias por hacer un espacio en tu apretadísima agenda para las fotos, en serio no sabes lo lindo que eres.

Supe que era Ana Paola por que hace unos días había hablado con ella para agendar la cita y que me proporcionara la dirección del sitio. Enseguida supe que no era de Colombia ya que hablaba como si tuviera una papa atorada en la boca.

—Pao, ya sabes que lo hago con todo gusto, mira te presento a Rex mi asistente personal, ella también es mexicana como tú.

—¡Ay no! ¿En serio? Me muero, creo que hablamos por teléfono ¿no?

—Hola Ana Paola, en efecto hablamos por teléfono ¿Cómo estás? Me di cuenta que no tenías acento, pero me daba pena preguntarte si eras mexicana.

— ¡Ay ya sé! Tipo yo también me di mil cuenta que no hablabas como los demás y obvi me dio mil oso preguntarte, está súper saber que seas mexicana.

—Mucho gusto Ana Paola, es bueno saber que hay más paisanas trabajando por estos lugares.

—Ay ya sé, está incre ¿no? *By the way,* Renata puedes decirme Ana Pao como todos mis amigos, cualquier cosa que necesites ya sabes que puedes llamarme, tipo ya tienes mi número y todo ¿no? Mándame un mensaje para que te guarde.

—Claro Ana Pao.

—Buenísimo— giró sobre su eje y aplaudió para que todos la voltearan a ver, me había caído "incre" como ella decía, era una niña fresa pero muy linda.

—*Everybody let´s do this.*

Santiago se llevó a Gael para que lo vistieran y le pusieran un poco de polvo en la cara, de esta manera no brillaría frente a la cámara, yo me senté en uno de los sillones que había en una esquina para estorbar lo menos posible. En lo que preparaban a Gael, Ana Pao revisaba que todo estuviera en perfecto orden para la sesión. Se abrió el elevador y entró un hombre de unos cuarenta años, tenía una melena gris, una argolla en la oreja derecha, sus ojos eran color café y traía una cámara colgada en el cuello, en definitiva, era el fotógrafo. Caminó hacia ellos para saludarlos, luego fue hacia donde estaba el staff y les comenzó a dar instrucciones, todas estas personas tenían un look bastante acorde a su trabajo y eso me hacía sentir un poco fuera de lugar. Cuando comenzó la sesión de fotos yo no hacía más que observar a Gael, ver sus poses, parecía que había nacido para hacer esto y al ser un hombre atractivo por naturaleza, no era difícil que la cámara lo amara. Se veía que no era la primera vez que lo hacía, todo fluía de la manera más relajada posible, él se reía y bromeaba con Lizardo, quien lo supo dirigir de una forma espectacular.

Al finalizar la sesión Lizardo pasó todas las fotos a una computadora que estaba ahí y enseguida se las mostró a Gael, yo me acerqué para ver el resultado final y quedé asombrada del juego de luz y sombra que había logrado el fotógrafo, estaban increíbles. Todos lo felicitábamos por su increíble trabajo y profesionalismo. Cuando estábamos alistándonos para irnos, se abrió el elevador para dar paso a Emilio, no podía creer que corriéramos con la suerte de topárnoslo al final de la sesión de Gael, venía con todo un séquito de personas. De inmediato fijó su mirada en mí y con una sonrisa se acercó.

—Hey hermosa ¡qué gusto verte! Sin duda alguna mi día no podía ser mejor.

Yo solo me limité a estirar mi mano para saludarlo, no quería que Gael hiciera una escena frente a todos.

—Hola Emilio, buenas tardes.

—Pero ve lo hermosa que te has puesto, sin duda Medallo te ha caído bastante bien.

Cuando estaba a punto de contestar Gael me interrumpió.

—Renata nos vamos ya.

—Lo siento Emilio pero debo irme, me están esperando pero fue un gusto saludarte.

—El gusto fue todo mío cariño, espero pronto podamos tener esa cita que tanto anhelo.

Solo sonreí y me di la media vuelta. Salimos del lugar y nos fuimos directo a cenar a casa de Gael, durante todo el trayecto no hizo ningún comentario, creo que porque invitó a Lizardo, Ana Pao y Santiago a la reunión. No quería hacer una escena frente a ellos, me pidió que le llamara a Fernando y a Roberto para que nos alcanzaran en su casa. En el camino pedí unas pizzas del restaurante del primo de Fer. Al llegar, Paty ya había puesto la mesa de la terraza y sacado algunas botellas de vino para brindar. Cenamos muy rico y la pasamos muy bien, Santiago nos contó todas sus aventuras en España al lado de Lizardo. No pude dejar de notar que Ana Pao le coqueteaba todo el tiempo, en cualquier oportunidad le tocaba la mano o lo abrazaba, después de unas cuantas copas de vino le sonreía de más y lo miraba sensualmente.

Uno a uno se fueron despidiendo, Roberto me dijo que mañana al medio día tendríamos una junta, ya que debíamos de preparar el viaje a España, debido a que el tour de medios por el país se adelantaría, así que se tendría que reorganizar todo, para llegar una semana antes de lo previsto. Al final solo quedamos Santiago, Ana Pao, Gael y yo. Se me cerraban los ojos, había sido un día bastante ajetreado y tenía mucho sueño, no quería que la fiesta se terminara por mi culpa pero no me iría sin despedirme.

—Chicos odio ser aguafiestas, pero ya me llegó la hora fatal.

—Pero si es súper temprano Renata, tipo son las dos treinta de la mañana, me contestó Ana Pao arrastrando un poco las palabras, pero con una sonrisa de oreja a oreja.

—Yo lo sé, pero mi día comenzó a las siete y mañana tengo que madrugar para hacerle la maleta de la gira al joven.

— ¿Mi maleta? pero si no soy un niño chiquito Rex, de todos modos, creo que es buena hora para irnos a dormir.

Él también se paró para despedirse de los tórtolos que no ponían mucha atención a lo que decíamos. Ana Pao reparó en que Gael se había levantado y decidió hacer lo mismo diciendo que ya tenía sueño.

—Bueno bro creo que también nos iremos, voy a dejar a Ana Pao en su casa y nos vemos en la semana para despedirnos, mis papás quieren que vayamos a comer los 4, antes de que te vayas todo un mes de gira, ya sabes cómo son de cursis.

—Muy bien hermanito, nos hablamos para coordinarnos e ir a comer.

—Sale Bro, gracias por todo estuvo increíble.

Nos dirigimos hacia la entrada para despedirlos, iban muy tomados de la mano, ella se iba un poco de lado al caminar, las copas de vino se le habían subido y se le dificultaba caminar un poco, pero Santiago la traía muy bien agarrada dándole estabilidad. Gael me sonrió cuando los vio irse de su casa.

—Estoy seguro que estos dos se traen algo, quien diría ¿no? Ana Pao trabajaba con nosotros hace algunos años, ella era novia de Demián pero ya te imaginarás en que acabó todo. Ella quedó muy dolida después de todo lo que él le hizo, le rompió el corazón en pedazos.

—Ese Demián es un caso perdido le tira a lo que se mueva y si no le pega para que se mueva, no tiene remedio.

—Así es Rex, pero bueno es hora de dormir si no mañana no lo vamos a lograr ¿me puedes despertar un poco más tarde de lo habitual? No me apetece hacer ejercicio, estoy molido.

—Claro que sí Gael, que descanses.

—Y tú tampoco te pares temprano Rex, la junta con Rob es hasta las doce así que aprovecha para dormir porque se viene duro lo de la gira, vamos a romperla en Europa, así que descansa ¿de acuerdo?

Asentí con la cabeza y me fui a mi cuarto, entré y vi que mi cama estaba llena de bolsas de todas las compras que habíamos hecho. Era muy feliz de tener un jefe tan bueno, en verdad le importaba el que yo me sintiera cómoda y como en casa. Gael era uno de los mejores seres humanos que había conocido, nunca me iba a cansar de agradecer a la vida por haberlo puesto en mi camino.

3.

Al otro día me desperté bastante descansada, decidí hacerle caso a Gael y puse mi despertador un par de horas más tarde de lo habitual. Me arreglé y bajé a desayunar. En cuanto acabé me instalé en la oficina, teníamos muchas cosas que organizar, revisar todos los papeles del staff, adelantar los vuelos y las reservas del hotel, organizar el vestuario, hacer una lista de todo lo que debía de llevar consigo, ubicar una farmacia, un hospital y un doctor por cualquier cosa que sucediera.

Esto era muy importante porque, aunque yo solo me ocupaba de que Gael estuviera bien, debíamos tener conocimiento de los lugares que podríamos requerir, por si sucedía alguna emergencia dentro del equipo de trabajo de Vanoy Company.

En punto de las doce del día llegó Roberto para que comenzáramos a trabajar. En ese momento me di cuenta de que no había ido a despertar a Gael hasta que Rob me preguntó por él. Me enfrasqué en buscar hospitales, restaurantes, medios de transporte y demás para el viaje. Yo tenía que encargarme de que todo funcionara a la perfección, íbamos a estar todo un mes fuera de casa. Eran muchas fechas y ciudades distintas. Había que viajar en el autobús de la gira, organizar ruedas de prensa, convivencias con los fans, entrevistas, bailarines, no sabía cómo iba a lograr coordinar todo eso, ahora sí iba a comenzar el reto más grande y quería que todo saliera lo mejor posible, no quería defraudarlo.

Madrid fue nuestro primer destino, ahí abriría la gira y se llevaría a cabo la rueda de prensa, tendría dos fechas en dicha ciudad. Esa noche estaba muy nerviosa, tenía mucha presión, quería que todo fuera perfecto, no podía escaparse ningún detalle por más mínimo que fuera y además viajar en avión no era mi fuerte, Gael no lo sabía, era tonto que se lo dijera, la mayor parte de este trabajo constaba en viajar.

Salimos de la casa en la madrugada. Al llegar al aeropuerto estaban todos los chicos, nos saludamos con mucho gusto pues tenía algunos días que no nos veíamos. Comenzamos a abordar el avión y yo me sentía muy nerviosa, traté de que no se notara mucho. Me tocó ir a un lado de él, cuando despegó el avión, no pude dejar de apretar su mano muy fuerte. Él correspondió a mi apretón y con una mirada dulce me dijo:

—Tranquila a mí tampoco me gusta cuando el avión despega, pero ya te irás acostumbrando.

Me sentí un poco apenada. En cuanto el avión se estabilizó lo solté inmediatamente. Debo confesar que no descansé hasta que llegamos a nuestro destino, el viaje fue muy largo, lo único que quería era bañarme y curiosamente no tenía sueño. Roberto me explicó que se debía al cambio de horario y al estrés al que estábamos sometidos. Cuando llegamos al aeropuerto ya había miles de fans esperándonos, el lugar estaba a reventar. Gael se detuvo varias veces a tomarse fotos con los fans que habían ido a recibirlo. Estaba muy cansado, pero no quitaba la sonrisa de la boca y recibía todos los regalos que le daban personalmente. Roberto y yo abríamos paso entre la multitud mientras que Fer iba cuidándole las espaldas. Dios mío eran demasiadas personas. Los policías se apiadaron de nosotros y nos ayudaron a llevar a Gael a una sala VIP. Una vez ahí salí a recoger nuestras maletas. Roberto también salió a checar toda la logística del transporte del equipo, los técnicos y bailarines.

Cuando por fin logré reunir nuestro equipaje, me dirigí a la sala VIP donde le pedí a la seguridad del aeropuerto que nos ayudara, era mi primera misión imposible ya que conforme el tiempo avanzaba, más gente llegaba a verlo. Pensé que no lo lograríamos. Llegaron alrededor de quince personas de seguridad, nos dijeron que nos escoltarían hasta el estacionamiento donde estaba una de las camionetas esperando por nosotros. Roberto ya se había adelantado con el staff y los técnicos hacia el lugar donde se llevaría a cabo el evento, solo íbamos Gael, Fer y yo... Bueno y quince policías a nuestro rededor.

Se abrió la puerta del aeropuerto y había aún más personas esperando. Todos estaban gritando. Nosotros avanzamos con el apoyo de la seguridad, Gael no dejaba de decir gracias y lo siento. Una chica alcanzó a colarse hasta delante de los policías y le gritó que lo amaba y que no podía esperar a verlo el día de mañana en su concierto. Gael se estiró y le dio la mano, acto seguido ella se desmayó y tuvimos que parar para ayudarla a levantarse. Cuando por fin logramos salir de ahí nos subimos a la camioneta, había gente que pegaba en las ventanas gritando y diciendo Gael al unísono. En mi vida había visto eso, salvo en las películas.

Salimos del aeropuerto y comenzamos a recorrer Madrid, era precioso, estaba realmente asombrada de lo grande que es esta ciudad. Es un lugar moderno, pero conserva construcciones majestuosas, me sentía tan feliz que estaba segura que nada podía arruinar ese momento. Había dejado todo arreglado desde Medellín para poder disfrutar el viaje lo más posible.

Cuando llegamos al hotel solo bajé yo de la camioneta para supervisar que las reservaciones estuvieran listas, además de tener que hacer el registro de todos. Entré al lobby y me atendió una señorita muy amable, cuando verificó nuestra reservación se dio cuenta de que de las once habitaciones reservadas solo tenían nueve disponibles.

— ¡¿Cómo!? ¿¡Por qué!? Si yo personalmente hice la reservación, confirmé vía telefónica y correo electrónico. ¡Señorita no pueden hacerme esto! ¿En dónde voy a alojar a los demás integrantes de mi staff?

En ese momento quería morirme, no podía tener peor suerte. Estaba segura de que ahora sí me iba a despedir. Para terminarla de fregar en la ciudad había un congreso turístico y la ocupación hotelera estaba al 100%. En ese momento solo quería que alguien me matara. Le pedí a la chica de recepción que me ayudara a arreglar el problema, me dijo que podría ponerme camas extras en algunas habitaciones para que durmiéramos más personas. Así que con miedo, triste y derrotada regresé a la camioneta y les expliqué lo que había sucedido, que intentarían acomodar a todos en las habitaciones que teníamos, hasta conseguir las otras dos habitaciones restantes. Gael y yo éramos los únicos que dormíamos en habitaciones separadas, yo por ser la única mujer del staff y él por ser el artista, los demás dormían siempre acompañados. Al final tendría que acomodarme con los chicos en alguna de las habitaciones y aguantarme a dormir con puros hombres. Tenía pensado en compartir con Fer y Roberto que siempre dormían juntos.

Una vez que terminé de explicarle mi logística a Gael pensé que me gritaría y correría en ese preciso momento, ya que se me quedó viendo muy fijamente y con cara de pocos amigos (con justa razón, era totalmente mi responsabilidad).

—A ver Renata, relájate ¿ok? Mientras hablabas y balbuceabas yo lo estaba resolviendo en mi cabeza, ya lo tengo todo listo. Escúchame bien, tú y yo dormiremos en mi *suite*, total tengo una cama *king size*. Roberto y Fer y los demás que duerman como ya los tenías designados, es la mejor forma que encuentro de poder acomodar a todos o tú ¿qué opinas?

—Como tú quieras Gael, de verdad me siento muy apenada por esto, pero la chica de recepción me dijo que en cuanto se le desocupen las habitaciones faltantes me lo hará saber para reacomodar al staff.

Volví al *lobby* del hotel a completar el registro y decirles cómo iba a ser el uso de las habitaciones y el protocolo de seguridad que ellos como hotel tenían que cumplir. Bajó Fernando y le di su llave, los demás aún estaban instalando el equipo. Me comuniqué con Roberto para decirle que ya estaba todo listo para que vinieran a instalarse. Fui por Gael para decirle que nuestra (¿en serio era nuestra?) habitación estaba lista. Me sentía inquieta, me resultaba extraño el hecho de tener que compartir habitación con él y en la misma cama.

Llegamos a la *suite*. Era enorme, tenía una vista hermosa, había una sala en la entrada que tenía una terraza con un jacuzzi privado y justo en medio de la habitación estaba la cama blanca con almohadones que lucían esponjosos. Eran como pedacitos de nube, junto a la cama había una mesita con un plato de fresas con chocolate, una hielera con una botella y dos copas. Esto era lo más cercano a una luna de miel que tendría, pero sin la parte de la pasión. Me sentía angustiada por tanto romanticismo. Me acerqué hacia el closet que era enorme, para dejar mi maleta y empezar a sacar las cosas personales de Gael. Usaba más cremas que yo y le gustaba tener todo en orden en el lugar que estuviese.

—Rex, luego trabajas. Vente a disfrutar de estas deliciosas fresas y una copita de champagne, total ya resolvimos lo de los cuartos.

—Este... No, gracias Gael aún hay mucho que hacer, me voy apresurar para ir a organizar lo de las comidas.

Gael llevaba una alimentación muy estricta, tenía que comer cinco veces al día, si no, no rendiría.

— ¡Oh! Vamos Rex ¿cuántas veces has estado en Madrid con esta vista?

—Es la primera vez que piso Europa Gael, pero en verdad tengo muchas cosas que preparar, ya habrá tiempo de descansar.

— ¿Pero entonces no lo vas a disfrutar? Vamos Rex, una copita.

Me acerqué a la mesa y lo vi tan relajado que me dieron ganas de unírmele, pero tenía mucho tiempo que no tomaba y no quería ni pensar que pasaría si me dejaba llevar por su encanto y la copa de champagne. Todo era muy peligroso, debía salir lo antes posible de ahí. Solo le toqué el hombro y le agradecí para después realizar fuga a discreción. Una vez que terminé de realizar todas las tareas me di cuenta que solo habían pasado un par de horas, así que reuní fuerzas y me adentré a la habitación. Noté que él ya no estaba. Hasta ese momento pude relajarme. Me acosté en la cama a mis anchas, me quité los zapatos y por fin pude descansar. Me encontraba de lo más cómoda cuando se abrió la puerta del baño y salió Gael, acabado de ducharse y solo tenía una toalla amarrada en la cintura.

Fue inevitable que no me le quedara viendo como boba por unos segundos, se veía tan hermoso y tan perfecto... Sentí que no podría contenerme y mi corazón palpitaba al cien. Me di cuenta que me había quedado como idiota con la boca abierta, me paré en dos segundos y me volteé. Acomodé la cama para disimular.

—¿Rex pasa algo?

—Obvio no— respondí con una voz chillona.

Tomé mi ropa y me metí al baño. Cerré la puerta y me quedé viendo el espejo. Me sorprendí sonriendo como una tonta. ¡Carajo! Me vi como niña de quince años, va a pensar que me gusta. Hice una pausa ¡Un momento! ¿Cómo por qué va a pensar que me gusta o que me atrae? ¿Será que me está comenzando a gustar diferente? Claro que no, es mi jefe o sea no, tal vez fue el momento y ya... Ni al caso...

Mejor me metí a bañar para tranquilizar las hormonas. Cuando salí me di cuenta que había sacado la pijama de calor. Era un mini short y una blusa de tirantes ¿es en serio? Maldita sea, tendré que salir así y luego volverme a cambiar. Me la puse y me amarré la toalla a la cabeza, salí del baño y él estaba sentado en la cama, solo traía un maldito pantalón de dormir, ¿qué demonios le sucede?

—Hey señorita piernas largas, que bien te las tenías escondidas ¿eh?... ¿Ya tan pronto en pijama? Si apenas son las siete y media de la noche.

Como era de esperarse me sonrojé y lo ignoré. Caminé directo a mi maleta para sacar una pijama más decente y mientras tomaba un pantalón y me regresaba a cambiar me aventó una almohada.

— ¿A dónde vas con ese pantalón de monja? ¿en serio irás a cambiarte de nuevo? Quiero saber qué lado de la cama vas a elegir.

—En realidad me da igual Gael, uno: ya no tengo nada que hacer y me apetece irme a dormir a las ocho de la noche, dos: no es un pantalón de monja, tú disfrutas paseándote semidesnudo por la habitación, pero para mí es incómodo.

—Muy bien me quedaré con el lado derecho.

Se acostó y cerró los ojos.

—Solo quiero decirte algo, si decidí que te quedaras conmigo y no con alguien más, es porque no quiero que te vayan a faltar al respeto o que se vaya a dar alguna situación que se pueda malentender. No quiero que te pase algo malo, ¿me entiendes? y no es que "disfrute" pasearme semidesnudo es así como duermo yo. Ya relájate Renata, no es para tanto, eres como mi hermana.

¿Era como su hermana? Eso me dolió. Me fui a cambiar y en lo que estaba en el baño tacaron la puerta. Oí como Gael abrió, era la voz de Fer.

— ¡WOW! ¿Qué paso aquí? Solo los dejé unas horas y tú ya listo en la cama mientras la señorita está refrescándose en el baño, tú no pierdes el tiempo Gi.

—Pues qué quieres, no pudo resistir unas horas conmigo. Ya sabes como soy, no se me va una sola.

Salí como huracán del baño y me le quedé viendo a Fer con cara de pocos amigos.

—Ya quisieras Gael, y tú Fernando ¿qué chingaos quieres?

No pensé en mi comentario, solo lo hice, estaba molesta que los dos pensaran que me derretía por este idiota y que en cualquier momento caería a sus pies. Fer no paraba de reírse, estaba a punto de aventarle la toalla de mi cabeza.

—Hey ¡tranquila Rex!, solo pasé a visitarlos. Pensé que podríamos ver una película y tal vez pedir algo para cenar.

—Algo así como una pijamada— dijo Gael.

—Así es bro, debemos de aprovechar y relajarnos un poco antes de que empiece lo bueno, espero que no te vayas a asustar Rex.

— ¿Asustarme yo? ¡Claro que no! A mí nada me asusta.— dije en un tono sarcástico.

—Vamos Rex, no te pongas así, sé que hoy fue un día difícil pero mira que tu tortura conmigo solo durará un par de días. Después te irás a tu habitación.

—Está bien Gael. Elijan una película en lo que pido algo para cenar, ¿Fer tu qué quieres?

—Una hamburguesa y una malteada de fresa por favor.

— ¿Y tú Gael?

—Lo mismo que tú.

Elegir por él ya se estaba haciendo una costumbre. Después pensar unos minutos qué podíamos cenar hablé al *room service*.

—Hey Rex ¿quieres ver alguna película en especial? Gael y yo no logramos ponernos de acuerdo.

—No tengo preferencia alguna, con que no sea romántica por mi está perfecto.

— ¿De verdad? Pensé que eras esa clase de chica que muere por ver películas románticas.

—Pues no, el romance no es mi fuerte.

—Cierto Rex, nunca te hemos preguntado si tienes algún noviecillo esperando en México o algo así.

—Vamos Fer deja de molestar a Rex o si no, nos va a correr a los dos de la habitación— dijo Gael riendo.

—Obvio no Gael, primero me echan a mí que a ti y pues respondiendo a tu pregunta, no, no hay nadie que me espere en México o en alguna otra parte. Digamos que no tengo interés en esas cosas.

—Vamos Rex, eso sí que no puedo creerlo. Eres muy linda, debe de haber alguien escondido por ahí ¿o no Gael?

Me salvó la campana. Me levanté a abrir la puerta y le lancé una almohada a Fernando en la cara. A veces me hacía preguntas complicadas que no sabía cómo contestar. Me asomé por la mirilla de la puerta y era el joven de servicio que traía nuestra cena.

—Pase, ponga la charola en la mesita por favor. Gracias.

Pagué la cuenta y el joven salió de la habitación. Repartí la cena y me senté en la orilla de la cama. Gael y Fernando comían bastante rápido, ellos ya habían terminado cuando yo aún tenía la mitad de mi plato. Lo cierto es que el que Fernando estuviera ahí me hacía sentir más relajada. Después de terminar mi cena y sacar los platos al pasillo me recosté en la cama a ver la película. Minutos más tarde mis ojos comenzaron a cerrarse lentamente, solo podía escuchar a lo lejos las carcajadas de Gael y Fer.

7:00 A.M.

Desperté muy temprano y descansada, había dormido como un bebé. Ni siquiera me di cuenta en qué momento Gael se durmió. Me paré al baño a lavarme la cara y los dientes, no quería que Gael viera que suelo ser un desastre en las mañanas.

—¿Rex?

—Buenos días Gael, estoy en el baño. Voy en un momento.

—No, está bien. Solo quería asegurarme que seguías en la habitación y no me habías abandonado— dijo con una risita.

—Veo que alguien despertó de buen humor.

—Sí, la verdad es que descansé bastante. Hacía años que no dormía así de bien, tal vez se deba a la compañía.

No supe qué decir, a veces sus comentarios llegaban a confundirme un poco.

—Bueno Gael, es hora de despertar. Apresúrate que hoy tenemos la rueda de prensa y después tenemos la última tarde libre antes de que comiencen tus presentaciones.

—Perfecto, tal vez podemos pasar la tarde juntos. Hay un par de lugares que me gustaría mostrarte.

Me encantó la idea de poder pasar una tarde a su lado en Madrid. Era lo más parecido a un sueño. Llegamos a "La Gran Vía". Es el lugar más exclusivo en Madrid para hacer compras, ahí se encuentran todas las marcas internacionales más importantes. Nunca había estado en un lugar similar, era como la 5ta avenida de New York. Gael parecía niño chiquito en dulcería, entraba a todas las tiendas y compraba todo lo que veía. Estaba feliz. Pensé que, si en todas las ciudades sería igual, llegaríamos con mucho sobre equipaje a Medellín. Entramos a *Channel*. Nunca había estado en una tienda así, nada que ver con las tiendas que había visitado en Medellín. Gael se emocionó tanto que gastó una fortuna en maquillaje y accesorios para mí.

Cuando por fin se cansó de caminar regresamos al hotel a dejar todas nuestras compras y a cambiarnos para la rueda de prensa.

Estaba realmente cansada esa mañana nos despertamos muy temprano, caminamos todo el día por "La Gran Vía" y habíamos entrado a casi todas las tiendas del lugar, al llegar a la rueda de prensa había muchísimas personas, luces y *flashes* por todos lados. Todos le hacían preguntas a Gael al mismo tiempo. Fue una locura, lo bueno es que Rob y Fer estaban ahí, de lo contrario no sé cómo hubiera logrado hacer todo ese trabajo yo sola. Subí a nuestra habitación a tomar una ducha, Gael se quedó abajo hablando con Roberto acerca de la rueda de prensa. Al parecer todo había salido excelente.

Al salir del baño Gael y Fer ya estaban ahí. Parecía que no tenían nada mejor que hacer que seguir atormentándome. Tocaron a la puerta y la abrí un poco molesta. Me encontré a una persona con cara de arreglo floral. Era un joven del hotel, seguramente para Gael. Pensé que eran por parte del hotel para felicitarlo por la rueda de prensa. Puse las flores sobre una mesita que había en el centro de la habitación y le entregué la tarjeta que traía a Gael. La abrió y la leyó rápidamente, la cara le cambió. Comenzó a leer en voz alta:

Linda, espero que pases unos días agradables en Madrid y aceptes cenar conmigo esta noche. Sé que estás libre así que no aceptaré un no por respuesta.

Un beso
Emilio.

Me quedé helada.

—Creo que esas flores son para ti. No creo que Emilio piense que soy "linda" y mucho menos que quiera cenar conmigo.

Me dio la tarjeta y la volví a leer, no sabía qué hacer. Era la primera vez en mucho tiempo que me mandaban flores. Me sorprendió que Emilio supiera en que hotel nos hospedábamos y el número de la habitación de Gael. Era claro que lo quería molestar. Era un arreglo hermoso, tenía muchas rosas blancas, mis favoritas. Al leer por tercera vez la tarjeta no pude evitar sonreír, Emilio era guapísimo y me hacía sentir halagada el saber que quería salir conmigo. Fer se acercó de manera lenta y sonriendo pícaramente, parecía un adolescente y se comportaba como tal.

— ¿Vas a ir? Emilio tiene razón, deberías de aprovechar. Después no vas a tener tiempo ni de respirar. Yo te recomiendo que vayas, ¡ve! Te vas a divertir rompecorazones.

No sabía si creerle a Emilio ¿lo hacía porque en verdad quería salir conmigo o solo por fastidiar a Gael? Miré a Gael y noté que estaba viendo al frente con el ceño fruncido. Me ignoraba y estaba mudo, de pronto comenzó a sonar mi celular. Era un número desconocido, podría ser algún empresario de los shows de Gael, así que contesté.

— ¿Bueno?

— ¿Te gustaron las flores, bonita? Espero que tu jefe no se haya molestado por que las envié, no es mi intención ocasionarte problemas.

—No te preocupes, muchas gracias están muy bonitas.

—¡Como tú! En fin ¿Cenarás conmigo esta noche?

—No lo sé, realmente me halagas, pero estoy muy cansada, fue un día largo.

—Vamos Renata, permíteme llevarte a cenar, no te arrepentirás, lo prometo.

—Está bien— dije sin pensar.

—Perfecto, paso a las nueve por ti a tu hotel, te esperaré en el *lobby*. Nos vemos en unas horas preciosa.

Colgué. Fer estaba molestando a Gael y se reía a carcajadas como loco, no entendía cuál era el chiste.

—Te gané Gi así que págame, sabía que iba aceptar— dijo con una risa burlona.

Se divertían apostando sobre mi vida, par de idiotas.

— ¿Acaso apostaron si iría a cenar con Emilio?

—Claro, yo aposté a que sí irías y Gi a que no, así que gané— respondió Fer, mientras Gael me dedicaba una fría y molesta mirada, decidí ignorarlo.

Volteé a verlos con desprecio. Comencé a arreglarme. No sabía que ponerme, era la primera vez en mucho tiempo que salía con un chico, era verano y hacía mucho calor. Decidí ponerme un vestido floreado de tirantes y unas alpargatas a juego, deseaba sentirme cómoda y relajada para que no me llevara a algún sitio muy elegante. Me maquillé lo más natural posible, puse mayor esfuerzo en los labios. Gael me acababa de comprar un labial rojo carmín, quería molestarlo y aparte me quedaba de lo mejor. Cuando estuve lista salí del baño y me despedí de ellos con una gran sonrisa. Fer y Gael me observaban como si nunca hubiera visto a una chica, a veces siento que se les olvida que en realidad soy una mujer. Debo reconocer que me gustó cómo me miraron los dos, ninguno pestañeaba.

Estaba en la puerta cuando sentí que alguien me tomaba la mano de la forma más dulce, era Gael quien se había acercado a mí. En su mirada había decepción y tristeza. No estaba segura de qué le pasaba, a veces se me dificulta mucho entenderlo.

— ¿En verdad tienes que ir Rex?— dijo con un tono muy suave.

Me hizo dudar por un momento. ¿Por qué me hacía dudar?

—Solo es una cena. Tranquilo, sé cuidarme— le dije con una pequeña sonrisa.

Me solté de su mano y salí de la habitación, no miré hacia atrás porque si lo hacía sabía que querría quedarme. Me metí al elevador y no volteé hasta que las puertas estuvieron cerradas. En ese momento me percaté de lo nerviosa que estaba, en realidad no sabía por qué estaba haciéndolo. ¿Quería salir con Emilio o solo quería provocar una emoción diferente en Gael? Bajé hasta el *lobby* y ahí estaba Emilio esperándome. Se veía muy guapo, con esa sonrisa perfecta y esas pestañas tan largas... Dios mío, se acercó y me saludó con un beso en la mejilla.

— ¡Renata te ves hermosa! Seguro brillarás en el lugar al que te llevaré.

—Espero no sea nada demasiado formal, es que creo que no traje la ropa adecuada pues no tenía planeado nada de esto.

—No te preocupes hermosa, ya lo verás, vamos.

Me tomó de la mano para caminar, era la primera vez que no tenía que esperar y realmente se sentía muy bonito.

Salimos del hotel y nos dirigimos hacia su auto. Era un *Jaguar F* descapotado, color perla, precioso. Emilio se veía muy bien manejando ese coche tan extravagante. Yo disfrutaba tanto de la vista como de verlo a él. Recorrimos una parte de Madrid y llegamos a un restaurante. Él era muy caballeroso, abrió la puerta para que me bajara, me tomó de la mano y me llevó dentro. En medio del restaurante había un elevador, subimos y pude ver a través del cristal toda la ciudad. Llegamos a una terraza enorme y solo había una mesa, me imagino que no ha de ser fácil salir sin ser reconocido. Nos acercamos y retiró la silla para que me sentara. Tantas atenciones me ponían nerviosa, hacía mucho tiempo que ningún hombre era tan considerado. Bueno... A veces Gael cuando no parece que está en sus días llega a ser muy considerado.

Comenzamos a platicar de cómo me sentía trabajando, si no extrañaba mi país y cosas así. Me limité a decir lo menos posible, no quería hablar sobre cosas importantes, traté de cuidar lo más posible mis palabras. Nos llevaron unas copas y una botella de champagne, brindamos y continuamos con nuestra platica. Quería saber todo de mí y en el momento en que yo le preguntaba algo cambiaba la conversación. Lo único que averigüé fue que él también era de Medellín, tenía dos hermanas las cuales adoraba y el amor de su vida decía ser su madre. Tenía un perro que se llamaba Rufino y disfrutaba pasar los días en un *spa* o un gimnasio. Se podía notar, ya que era más musculoso que Gael. A pesar de su hermética plática pasé una noche agradable. Terminamos de cenar, dimos una vuelta más y me llevó al hotel cerca de las doce de la noche como la cenicienta, pensé. Se bajó del auto para abrirme la puerta, en cuanto lo hice me tomó de la cintura y sin decirme nada me besó. Eso no lo esperaba, ni siquiera lo vi venir y aunque no me desagradó, no me sentí tan cómoda. El simple hecho de saber que era enemigo de Gael no me dejaba disfrutar mucho del momento. Me separé y me despedí lo más rápidamente posible. Le agradecí por la velada y entré al hotel sin mirar atrás. Por alguna estúpida y tonta razón sentía que Gael había visto todo y que estaría furioso cuando yo entrara a la habitación. Estaba en el elevador pensado en lo que había ocurrido. Había una atracción física muy intensa entre Emilio y yo, eso nadie lo podía negar, era algo notorio, pero a la vez no podía dejar de pensar que no era Gael. Por fin llegué a la habitación, abrí muy despacio esperando no hacer ruido. Me quité los zapatos en la entrada por si Gael estaba dormido, no quería despertarlo, solo prendí la luz del baño. Me quité la ropa y me di cuenta de que me estaba viendo por el reflejo de un espejo, no dije nada. Me puse la pijama y apagué la luz.

Fui a mi lado de la cama para dormirme, me acosté contra su espalda y no dejaba de pensar en que ahí estaba a un lado de mí, en que estaba tan cerca pero al mismo tiempo tan lejos. Pude sentir el calor de su cuerpo... No podía creer que pensara tanto en él, eso no era normal. Se movió un poco y de inmediato cerré los ojos para que pensara que ya estaba dormida. Se puso exactamente detrás de mí, sentía su respiración sobre mi cuello, pero no me tocaba. Quería moverme pero no tenía el valor, así me quede dormida. Al despertar me di cuenta de que su brazo estaba rodeando mi cintura. ¿En qué momento sucedió eso? Quité su mano lentamente para no despertarlo y me levanté. Tomé mi ropa y me dirigí a la ducha. Una vez dentro del baño y con la puerta bien cerrada intenté recobrar el aliento, ¿en qué momento me abrazó? ¿Acaso yo lo abracé también? Esto no me puede estar pasando, soy su empleada, tengo que controlar lo que me está provocando, debo de sacarlo de mi cabeza a como dé lugar o voy a perder mi trabajo. Salí del baño lista para comenzar el día y ponernos a trabajar. Empezaba todo lo bueno, debía despertarlo. No sabía cómo iba a reaccionar cuando lo hiciera así que fui directo a abrir las cortinas para que entrara un poco de luz.

—Buenos días Gael, ya es hora de comenzar el día. Vamos ¡Arriba!

Solo se volteó y puso una de las almohadas en su cara. Noté que no estaba muy de buenas (para variar) las mañanas no eran lo suyo pero debía lograr que se parara para hacer un poco de ejercicio y comer. Después de eso tendríamos mucho trabajo.

—En serio Gael, ya es hora y debes ir al gimnasio y desayunar.

Se sentó en la cama y balbuceo algo así como "no quiero", aún tenía los ojos cerrados y no tenía nada de ganas de comenzar el día.

—Muy bien, te voy a dejar un momento para que te cambies y estés listo para desayunar. Regreso en 25 minutos por ti, no más ¿está bien?

Me dirigí hacia la puerta para ir al restaurante cuando me dijo:

—¿Y cómo te fue con el señor florecitas Renata?

—Mmm... Me fue bien, gracias.

En ese momento se metió al baño y yo salí de la habitación para supervisar el desayuno. Todos comenzaron a llegar, Fer tenía una sonrisa como de niño tonto. Supuse que me interrogaría acerca de mi cena con Emilio así que decidí ir por Gael para así no tener tiempo de hablar con él, pero justo cuando iba de salida me lo topé. Me dedicó una larga y fría mirada mientras caminaba y se siguió de largo.

¿Con que así iba a ser Gaelito? Pues lo que él no sabe es que si alguien puede ser indiferente en este mundo soy yo, simplemente me di la vuelta y me senté a la mesa para comenzar a desayunar. Él se sentó frente mí y solo dijo buenos días en voz alta, bastante serio, todos le respondieron amablemente. Fer no aguantó y comenzó a preguntarme sobre mi "cita", que como me había ido y a donde me había llevado y no pudo contenerse y terminó preguntando por el "besote" que me había plantado. ¿Quéééé? ¿Acaso me estaban espiando? Sentí como mi cara paso por todos los colores hasta que comenzó a ponerse roja.

—En verdad Renata lo que hagas o no en tus salidas sociales no es algo que nos interese, ni es un tema para el desayuno, si quieren saber cómo le fue a la señorita, pregúntenselo en otro momento en el que yo no esté presente, ¿entendiste Fernando?

—¡Marica! relájate muchísimo, solo es un comentario para alegrar la mañana, porque desde que bajaste parece que quieres matar a alguien.

Todos lo observamos esperando una respuesta, pero enseguida regresamos la cara hacia nuestra comida. Terminamos el desayuno en silencio, nos paramos y nos dirigimos a las camionetas. Esa tarde sería el concierto y teníamos que ver que todo estuviera listo, hacer las pruebas de luz, sonido y checar que estuviera en su camerino todo lo necesario. Llegamos al recinto *Wizink Center*, en donde iba a ser el concierto. Gael no me habló en todo el camino, no solamente a mí me hacía la ley del hielo, sí que parecía que estaba enojado con todos. Ni con Fer hablaba y eso ya era mucho, me preocupaba, está a punto de tener su primer concierto de la vida en España y no lo podía hacer así. No era una buena forma de empezar esta nueva etapa de su carrera, era como comenzar con el pie izquierdo. Una vez dentro del recinto se subió al escenario y comenzó a darnos órdenes de una forma muy hosca, sobre lo que debíamos hacer. Nadie entendía por qué estaba así, tan agresivo. ¿Es real su arrogancia y mal humor? Vamos a comenzar de nuevo con esa actitud. Con mucha cautela Fer se acercó y le dijo algo al oído, no tengo idea de que fue, pero se quedó un poco más tranquilo.

Se dirigió a su camerino y estando ahí se encerró para escoger la ropa que usaría esa noche. Le había llevado una maleta con 25 cambios para que escogiera que ponerse, la vestuarista solo le daba un visto bueno, porque él siempre elegía sus cambios. Mientras hacía eso Roberto y Fer checaban el sonido, luces y que los bailarines estuvieran listos para el ensayo general. En lo que él estaba encerrado yo checaba que todas las salidas estuvieran libres, que los del servicio de *catering* hubieran traído todo lo que Gael requería, al mismo tiempo planeaba con Roberto el *Meet&Greet* con los fans españoles. Después de una hora salió listo para ensayar y ni siquiera me volteó a ver. Cada vez estaba más insoportable. Al terminar el ensayo se fue directo a su camerino sin siquiera decirme si las cosas habían salido bien. Había estado muy contento en el escenario y pensé que se había relajado, pero no.

Pasó junto a mí y solo me dijo:

—Avísame cuando sea la hora y no quiero que nadie me moleste, gracias.

Bueno al menos era educado, me dijo gracias, ¿qué se supone que haría una hora ahí sola como *muppet*? Salí a recorrer el recinto, me aseguré de que mi celular y mi radio estuvieran prendidos por si llegaba a ofrecerse alguna cosa. Era el Antiguo Palacio de los Deportes de Madrid, estaba lleno de gradas y palcos privados. Nunca había estado en un lugar tan grande. Estaba encantada con la organización y seguridad que tenían, cientos de personas yendo de una a lado a otro con radios, con gafetes, todos uniformados acomodando y verificando que todo estuviera en orden. Seguí recorriendo y tomando fotos de aquel imponente lugar, me sentía muy feliz de tener esta oportunidad de viajar por el mundo y conocer lugares tan hermosos y llenos de vida. Por un momento me dejé llevar y quise dedicarme a viajar, aunque tenía muy presente el mal humor de Gael, me habría gustado que en lugar de irse a encerrar y amargar la tarde hubiera venido a conocer el lugar tan maravilloso que estaba a punto de hacer explotar de música, sabor y mucha buena vibra. Volteé a ver mi reloj y ya era hora de prepararlo para el *Meet&Greet*. Me apresuré y tomé camino hacia mi realidad, donde tenía que tratar con una estrellita que parecía señorita consentida. Al llegar toqué fuertemente para avisarle que ya era hora. La puerta solo se abrió misteriosamente y decidí entrar.

Lo encontré listo y terminando de ponerse los zapatos, el camerino olía riquísimo, se acaba de perfumar de una manera exagerada. Se veía hermoso, con su *outfit* diseñado a la medida, seguramente por él y su sonrisa perfecta. Lucía fresco y listo para comenzar el show, brillaba como una verdadera estrella.

—Listo Gael, prepárate porque ya es hora de conocer a tus fans, me indicó Roberto que ya los están haciendo pasar a la sala para que puedan estar contigo. Habrá un fotógrafo para sacar las fotos oficiales y no se permite que los chicos usen sus teléfonos celulares ¿de acuerdo?

Solo asintió con la cabeza y se siguió viendo en el espejo como si no le hubiera dicho nada. Yo decidí no tomarlo personal y continué con mi trabajo. Después de unos minutos Roberto me avisó que ya todo estaba listo para que él saliera a convivir con sus admiradores, vendría por nosotros al camerino para llevarnos hasta la sala. Fueron los minutos más largos de mi vida, Gael escuchó todo lo que Roberto me dijo por el radio. Se sentó frente a mí y me miró fríamente, parecía que me iba a matar con la mirada, justo cuando iba a confrontarlo y preguntarle cuál era su maldito problema se abrió la puerta y milagrosamente entró Roberto.

—Muy bien chicos ya es hora, solo quiero decirles que en verdad estoy muy emocionado porque el momento por el que tanto hemos trabajado y soñado, desde que comenzamos esta aventura ha llegado. Estoy muy orgulloso de ti Gael, porque todo lo que has logrado mi hermano, es por tu humildad con los admiradores, eres una persona real, tanto arriba como abajo del escenario.

De pronto Gael sonrió y abrazó a Roberto, le dijo al oído algo que no entendí y se rieron, se dieron la vuelta y salieron del camerino dejándome ahí plantada. Los alcancé y vi cómo iban abrazados y riendo como si no hubiera pasado nada. Este chico iba a volverme loca, de un segundo a otro cambiaba por completo de estado de ánimo. Pero creo que eso era lo que necesitaba, que Roberto le dijera lo grandioso que es. Llegamos a la sala donde estaba todos esperándolo, me sorprendió la cantidad de chicas que estaban ahí con sus mantas, *posters* y pancartas con el nombre de Gael. Unas chicas comenzaron a gritarle y otras incluso a llorar, era tanta la emoción, gritos, risas, demasiada gente. De pronto me faltaba el aire, comencé a marearme y decidí salir. Nunca había sentido tanta energía tan de golpe.

Las puertas eran de cristal, me senté en el piso y observé todo desde fuera. Fer estaba a un lado de Gael por si alguien quería propasarse con él. Algunos chicos se pellizcaban unos a otros, mientras hacían fila para tomarse una foto con su ídolo, otros más se paralizaban solo con verlo. De pronto unas chicas sacaron sus celulares para transmitir en vivo el momento en que estaban con Gael. Contrario a todo lo que le había dicho en el camerino, Gael tomó el celular y grabó el momento, mandó saludos a todos. Las chicas estaban tan felices que Roberto no le dijo nada y permitió que las personas que habían estado esperando disfrutaran de su compañía. Después de una hora y media de risas, poemas, lágrimas y mucha emoción, Gael salió de la sala agradeciéndoles el haberse tomado un tiempo para compartir con él. Salió sin mirarme y se fue directo al *backstage* para preparar todo para subir al escenario. Yo me levanté y lo seguí. Parecía invisible. Decidí quedarme en un lugar donde no me viera, para mi sorpresa seguía molesto, una vez más había cambiado de estado de ánimo en 3 segundos. ¡Esto es increíble!

¡Todo listo! Subió al escenario y comenzó a dar su show. Lo hizo como si no pasara nada, entregado al 100%, dejando su alma con cada canción, con cada baile y teniendo una sonrisa sincera que iluminaba todo el recinto. Yo observaba el show desde un lado y podía ver la cantidad de gente que estaba ahí, se sentía mucha fuerza en el lugar y él estaba en su elemento creando todo eso. Al terminar el concierto salió justo del lado donde yo estaba, se me había olvidado su malhumor y su arrogancia, me había envuelto con su fuerza y no dejaba de verlo grande, como en verdad era. Se me acercó y se puso de cuclillas para estar a mi altura, me miró fijamente y me hizo una caricia en la cara, sin decir ni hacer nada más. Inmediatamente después se fue al camerino.

Es demasiada bipolaridad, este hombre me va a volver loca. Tal vez esa fue su forma de agradecer mi apoyo y disculparse... Minutos después comencé a felicitar a los bailarines y a todo el equipo, había sido un show espectacular. Me imagino que van a querer ir a festejar el éxito de la noche. Los empresarios que nos habían contratado entraron felices y felicitaron a Roberto, querían ver a Gael para elogiarlo.

Después de veinte minutos salió con una sonrisa para recibir a la gente, aún había que hacer una rueda de prensa para los medios locales. Noté que estaba muy arreglado, pero imaginé que se debía a que tenía que recibir a mucha gente. Después de una hora de felicitaciones y estrechar manos sin parar, se fue a la sala de prensa para atender a todos los reporteros. Yo aproveché para guardar todas sus cosas. Después de dos horas regresó triunfante al camerino, comenzó a peinarse y aplicarse más loción, seguramente iríamos todos a festejar el buen inicio de la gira por Europa.

—Rex, voy a salir solo esta noche, si quieres puedes irte ya al hotel, terminó tu sufrimiento de hoy conmigo.

—Ah ok. Me imagino que Fer irá contigo, ¿ya le avisaste a Roberto?

—No, no voy con Fernando y no le tengo que pedir permiso a Roberto, no es mi papá Renata.

Se dio la media vuelta y salió sin decir más. Terminé de arreglar sus cosas y salí de ese lugar, me sentía muy abrumada y confundida, ese día habían pasado muchas cosas. Lo único que quería era caminar un poco y tomar aire. Me encontré a Roberto afuera platicando con dos señores que lucían importantes, los pasé y me fui directo a las camionetas donde ya estaban casi todos listos para regresar al hotel. Me subí y esperé a que nos fuéramos, necesitaba irme ya, tenía muchas ganas de llorar. Había sido una tonta por pensar que iríamos todos como una familia feliz a festejar el triunfo del "jefe".

Por fin llegué al hotel, Roberto me dijo que estaba lista la cena para todo el equipo, pero yo no tenía hambre. Era la una y media de la mañana y no sabía dónde carajos estaba Gael. Entré con la esperanza de que estuviera ya dormido, pero no estaba ahí. Me sentí un poco extraña ya que siempre estábamos juntos, me puse a ver la televisión y me quedé dormida. Alrededor de las cuatro y media de la mañana me desperté y él no estaba. Chequé mi celular para ver si no tenía alguna llamada o un mensaje, pero no había nada. Tampoco podía estar esperándolo aquí que me volví a dormir. A las seis de la mañana escuché que abrían la puerta de la habitación, era él. Entró cautelosamente, tomó su pantalón de pijama y se metió al baño. Al cabo de cinco minutos salió cambiado y se acostó.

—¿Estás dormida?

No le contesté, pero mi corazón palpitaba tan fuerte que estaba segura que él se daría cuenta de que estaba más despierta que un oficinista después de haberse tomado cuatro tazas de café.

—Muy bien, despiértame en una hora.

Me quedé lo más callada y quieta que pude.

Ya no quería dormir, tenía que despertarlo pronto. Me quedé contemplando la oscuridad, luchando con todas mis fuerzas para no dormirme, pero al cabo de 10 minutos caí rendida en los brazos de Morfeo. De pronto sentí la luz en la cara y abrí los ojos, Gael ya estaba despierto y con ropa deportiva.

—¡Buenos días alegrías! Veo que a alguien se le pegaron las sábanas.

— ¡Buenos días Gael! La verdad no te escuché, pero ya me paro en seguida ¿qué es lo que necesitas?

—Pues ponte ropa para hacer ejercicio, en lo que tú te cambias yo bajaré por un desayuno ligero y te traeré algo a ti también.

—Como tú digas Gael, si quieres me apresuro y te alcanzo allá abajo, no tiene caso que subas.

—No Rex, el gimnasio está aquí arriba así que permíteme traerte algo de comer, sin excusas cuando suba ya te quiero lista, ¿okay?

—Está bien, Gael.

Se dirigió a la puerta y antes de que saliera, me horroricé al escuchar salir de mi boca, la pregunta que mi cerebro había estado formulando desde que me dijo que iba salir.

— ¿A dónde fuiste? Me desperté como a las cuatro de la mañana y aún no llegabas.

— ¡Ay Rex! si crees que te voy a contar sobre mi cita de ayer, estás muy equivocada, creo que nuestra relación no está aún en ese punto.

Ni siquiera me contestó de frente, se quedó parado viendo hacía la puerta y después siguió su camino directo a la salida. Era un... ¡Aghhhh! Lo odiaba... Estoy segura de que disfrutó mucho contestarme eso, lo quiero matar, como que "nuestra" relación no está ahí aún, ¿entonces en dónde carajo está? Él sí me puede pedir que no vaya a mis citas con Emilio, pero yo no le puedo preguntar a dónde fue porque "nistra rilacion ni ista ahí". *Bullshit.*

Me paré y me fui directo a cambiar, todavía el señor quería que lo acompañara a hacer ejercicio. Subió y me trajo un plato de fruta, un café y pan tostado con mermelada.

—No te preocupes Rex, esto es solo para que tu cuerpo tenga la energía suficiente para lo que vamos hacer.

— ¿Y qué es lo que vamos hacer? ¿O aún no estamos en el punto donde me puedes decir qué quieres que haga?

—Tranquila mujer, seguro estas así porque no has desayunado o ¿acaso te molestó que no te haya contado los detalles de mi velada?

Noté que era algo que le divertía, tenía en la cara esa sonrisa de niño que se sale con la suya, cada minuto que pasaba quería matarlo aún más.

—Molesta ¿yo? Para nada Gael, vamos al gimnasio.

Tomé una rebanada de pan y me dirigí hacia la puerta sin voltear hacia atrás, él me siguió. Llegamos al gym y vi que los aparatos estaban hacia un lado dejando un gran espacio en medio, donde había unas colchonetas como las que yo usaba para entrenar.

—Hoy quiero ver que tan buena eres peleando.

—¿Es en serio? ¿Peleando?

—Así es Rex, es hora que saques todo el coraje que tienes conmigo. He escuchado que no es bueno acumularlo, así que boxearemos un poco.

—Gael ¿de qué hablas? Jamás he peleado con nadie, es más ni siquiera mato mosquitos. No quiero hacerlo.

—Vamos Rex será divertido.

Llegó Fer con cara de dormido y enfundado en unos pants.

—Buenos días amigos, veo que a ti también te obligó a venir, no te ves muy contenta que digamos.

—No estoy enojada si eso es a lo que te refieres, solo que no entiendo cuál es el objetivo de esto.

—Ya te lo dije Renata, no quiero que acumules estrés— dijo Gael mientras sonreía y yo torné mis ojos en blanco.

Decidí usar todo mi enojo y frustración. Era el momento de sacar todas las emociones que me estrujaban el corazón, después de todo ¿cada cuánto te dan permiso de agarrar a golpes a tu jefe?

—¿Estás lista?— dijo Gael.

—Claro.

Se acercó Fer a ponerme una careta y unos guantes que ni siquiera sabía de donde había sacado.

Se acercó a Gael e hizo lo mismo.

—Bueno chicos quiero un juego limpio y Rex, es tu momento, demuéstrale a Gael de qué estás hecha. Recuerda que ayer salió y no te dijo a donde.

Soltó una enorme carcajada. ¿Es enserio? ¿Ahora todos saben sobre mi berrinche de anoche? Dio la señal y comenzamos a "combatir". Nunca había hecho esto antes, pero en cada golpe pensaba en todo lo que Gael hacía que me hacía enfurecer tanto. Suena ridículo, lo sé, pero es la mejor forma para sacar todo el estrés y todo aquello que tenía en la cabeza. Solté el tercer golpe y me lastimé la muñeca, grité como nunca y de inmediato Gael se quitó lo guantes y la careta para ayudarme.

—¿Estás bien?

—Sí, creo que me lastimé un poco, pero estoy bien.

—Fer, ve por un médico.

—No Gael, estoy bien. No es necesario, aparte odio a los médicos.

—Por favor Rex, fue mi culpa. Deja que te revisen, así voy a estar más tranquilo, anda Fer ve por el doctor.

Fernando salió corriendo del gym.

Gael solo me observaba con carita de perro regañado, parecía muy preocupado. En menos de diez minutos Fer estaba de regreso con el dichoso médico.

—Por aquí doctor.

—Y bien ¿Cómo es que te has lastimado niña?

Gael iba a hablar y yo lo interrumpí.

— Solo estábamos jugando doctor, yo les dije que no era nada serio, pero ellos insistieron en que me revisara.

—Venga niña, joder que eso lo voy a decidir yo, que para eso soy el doctor, no vos.

Puse los ojos en blanco de nuevo. Realmente me disgustan los doctores. Me revisó la muñeca y dijo que solo había sido un ligero esguince, nada de qué preocuparse. Me vendó la mano y me dio un medicamento. Me dijo en un par de días estará bien.

—Bueno niña que debes de cuidarte ¿eh? No quiero que vayas a empeorar después, estas lesiones si no se cuidan pueden agravarse.

Gael le dio las gracias al doctor y salió de ahí.

—Noté tu molestia cuando llego el médico ¿Por qué no te agradan?

—Algún día te lo contaré, pero nuestra relación no está aún ahí.

—Sabía que en algún momento me dirías eso, pero bueno anda cuéntame cómo te fue en tu cita con Emilio— dijo Gael riendo.

—Y vuelve la burra al trigo.

—¿Cómo dices?

—¿Neta no lo vas a dejar ir Gael?

Me di la vuelta y salí del gimnasio, estaba muy molesta con él.

Gael salió tras de mí y me alcanzó.

—Renata, tranquila es solo una broma ¿de acuerdo?

—Pues es que no parece broma Gael, creo que lo que haga con mi vida personal es mi problema y si aguanto que Fer y los chicos me hagan burla. Pero no entiendo, si tenías tanto problema ¿por qué no lo dijiste?

—Lo dije señorita, te tomé del brazo y te dije ¿tienes que ir? Pero me dejaste ahí, parado como un idiota esperando a que te arrepintieras y no salieras con el cabrón que más odio en la vida.

—Pues eso lo hubieras dicho en su momento y todo sería diferente Gael, pero no; debías quedarte callado guardando todos esos comentarios para ahorita.

—El hubiera no existe Renata.

—Tienes razón, pero no te preocupes más por eso, hoy me voy a cambiar ya de habitación, así que no tendrás que quedarte parado como idiota otra vez, con permiso.

Me fui, no podía estar un segundo más o terminaría llorando como una nena, además no le daría el gusto de verme deshecha. Esta vez era diferente, no volvería a romperme delante de un hombre.

—Renata, ven acá que no hemos terminado de hablar. ¡RENATA TE ESTOY HABLANDO!

Bajé por las escaleras y llegué directo a la habitación. Marqué a recepción para que me dieran otro cuarto, me dijeron que justo tenían listo el que me debían y me mandarían a un *bell boy* para que me ayudara con el equipaje, eché todo en mi maleta y esperé fuera del cuarto.

Cada vez que se abría el elevador mi corazón se salía pensando que era Gael, y me vería como una niña tonta berrinchuda con mis cosas en la mano. Después de unos cinco minutos que parecieron eternos, llegó el *bell boy* y me llevó hasta mi nueva habitación. Le di propina, cerré la puerta y me deshice. Lloré, lloré y lloré hasta que no tenía más lágrimas. ¿Por qué carajo Gael tenía esa facilidad de hacerme enojar? ¿Por qué estaba dejando que me afectara tanto su trato? Solo era su empleada, no podía aspirar a más, tenía que sacarme de la cabeza toda esperanza. Estaba enojada conmigo porque desde hacía ya mucho tiempo me prometí no dejar que mi corazón le ganara a mi cerebro. ¿Cómo me había permitido siquiera "pensar" en una posibilidad como esa?

Extrañaba mucho a mi hermana, necesitaba a una amiga. Me sentí sola y sin nadie con quien hablar, seguramente estaba a punto de perder mi trabajo. Luego de haberle gritado y retado como lo hice, Gael me iba a echar a patadas. Llamé a mi hermana a México, sin importarme la hora ni el costo de la llamada.

—¿Bueno?

—Hola ¿Isa?

— ¿Quién habla?

—Soy... Soy Rex hermana ¿cómo estás?

—Bien chaparra ¿Qué pasa? ¿Estás bien?

—Sí... Bueno, más o menos.

Se me cortó la voz, no aguante más

—Renata no me espantes, ¿qué te pasó?

—Gael... es un estúpido

— ¿Qué te hizo?

Le conté todo lo que había pasado desde la vez que conocí a Emilio hasta hace unos minutos cuando había mandado a Gael al carajo. Ella me escuchó y me pidió que me tranquilizara, que tenía que hablar con él y decirle que me ayudara a regresar a México. Me dijo que si él se rehusaba tenía dinero ahorrado para mandármelo y que regresara directamente a casa. Al final le di las gracias y le dije cuanto la extrañaba a ella y a los niños. Le aseguré que hablaría con Gael y que resolvería esto de la mejor manera, me sentía un poco más aliviada al saber que mi hermana estaba pendiente de mí, ya no me sentía tan sola. Colgué el teléfono y me dispuse a tomar una ducha para así preparar todas mis cosas y marcharme, cuando escuché que tocaban a la puerta.

Pensé que sería Gael, que venía a reclamarme por lo grosera que había sido con él. Me apresuré a abrir, pero cuando lo hice no había nadie, solo estaba una bolsa con un moño y una nota pegada en ella.

Rexy:

Te pido una disculpa por la forma tan descortés en la que me comporté toda esta semana. Tienes razón, debo aprender a decir las cosas en el momento y no dejar que me sobrepasen, en verdad lo siento mucho.

Estas botas las compré en Medellín y te las quería regalar después del primer show, porque sabía que todo sería un éxito estando tú a mi lado, pero me comporté como un verdadero idiota, espero aceptes mis disculpas y mi regalo

Gael.

¿Cómo? Yo le había gritado y él me regalaba zapatos y me pedía disculpas. ¿Cómo era eso posible? ¿Es en serio? ¿Acaso estoy dormida? Tomé el teléfono de nuevo y le marqué de inmediato a Isa, le conté y le leí la nota 3 veces.

—Hermana, has encontrado al hombre perfecto ¡¡Renata!! Corre y abrázalo fuerte, no lo dejes ir nunca, te doy permiso.

—Estás loca Isabela, ¿Qué hago? ¿Le hablo y le pido perdón?

—No, vas hacer lo siguiente: te vas a bañar, te vas poner lo más bonita que puedas y le vas a tocar a la puerta y en cuanto abra.... Te le avientas a los besos y le dices que lo amas.

—Isabela, en serio.

—Está bien amargada, al menos te hice reír ¿no? Bueno báñate y ve a hablar con él Rex, dale las gracias por el regalo, pero que tú también perdiste el control, dile que estas muy apenada y que no se volverá a repetir, que entiendes perfectamente si te pide que te vayas.

—Está bien hermana algo así le diré, en cuanto haya hablado con él te aviso que pasó ¿de acuerdo?

—Solo dile lo que te nazca del corazón mi Rex y si, aquí ya son más de las diez de la noche. Me hablas mañana, porque yo me tengo que levantar y dejar a los niños en la escuela.

—Está bien hermana, eres una anciana, te amo y te extraño más, *bye.*

—Sí, lo soy, ya tengo edad para dormirme a las nueve de la noche si así lo deseo y se dice ADIÓS no *bye,* que no se te olviden tus raíces ¿eh?

—Tú no cambias, ¡adiós!

Ya lista para hablar con Gael fui directamente hasta su habitación y toqué la puerta. Parecía que me estuviera esperando porque abrió inmediatamente, apareció con una sonrisa y me jaló para darme un abrazo. Me quedé sin palabras, todo aquel discurso que había ensayado mientras me bañaba y caminaba hasta su habitación se fue de mi mente.

—Fui un idiota, discúlpame en verdad Rex. Te prometo que no volverá a pasar y de hoy en adelante te diré todo lo que sienta. Me molesta demasiado que salgas con Emilio, no entiendo esa manía de él de quitarme todo lo que es mío, o considera que me pertenece. No es que diga que eres un objeto, pero para él todo es un juego Renata, es un escuincle que ha tenido mucho éxito porque a la gente le gusta lo que hace, reconozco que es bueno en su trabajo, pero no entiende que en esta vida hay que ser agradecidos y luchar por tener nuestras propias cosas.

Me tomó de la mano y me llevó hasta su cama, nos sentamos frente a frente y no soltaba mi mano, me vio a los ojos y me contó la historia sobre él y Emilio.

—Yo apoyé mucho a Emilio al principio de su carrera porque me veía reflejado en él. Me hacía recordar los momentos en que yo buscaba una oportunidad y "The King" me ayudó, me enseñó a ser agradecido con la vida y con Dios, nunca me pidió nada a cambio, solo que siempre ayudara a la gente que intentaba entrar a nuestro mundo. Cuando conocí a Emilio hice justo lo que me pidió "The King".

—Emilio fue mi alumno y poco a poco entablamos una relación muy estrecha, él prácticamente vivía en mi casa, cantaba en mi estudio, convivía con mi familia y con toda mi gente. Yo creí conocerlo como nadie, pero estaba muy equivocado. En ese tiempo yo salía con Karina Volkhevon una modelo venezolana y estábamos muy enamorados, tanto que se había mudado a vivir conmigo. Éramos muy felices juntos. Mi madre ya me había dicho que últimamente veía a Emilio muy cambiado, que se sentía la estrella del momento. Su fama iba creciendo a pasos agigantados, pero yo confiaba en que esa actitud sería momentánea, todos hemos pasado por ello, pero debes de aprender a manejarlo. Pensé que le había enseñado a ser humilde y agradecido con las personas como me enseñó "The King", pero fue en vano. A veces la fama te come. En fin, todo se quebró cuando un día encontré a Emilio y a Karina en mi cama, no podía creer lo que estaba pasando, yo le había dado todo y en cambio él me pagaba acostándose con mi novia y en mi propia casa. Para mí eso fue algo muy fuerte y doloroso. Terminé mi relación con Karina, quedé muy herido, me convertí en una persona desconfiada. Me prometí no volver a enamorarme de alguien a lo tonto, en este ambiente es difícil encontrar a alguien que te quiera por lo que eres y no por lo que tienes. Hasta que llegaste tú y me hiciste volver a confiar en las personas, pero ¿sabes? Lo peor de todo fue que su relación no duró, al cabo de 3 meses ya estaban separados. Mi nana dice que él solo quiere lo que yo tengo. Es algo muy extraño, pero es por eso que quiere salir contigo, solo te desea porque sabe que de alguna forma estás conmigo, sabe que eres mía.

Se quedó callado. Yo no supe que hacer, volteé a ver nuestras manos, no me había soltado ni por un instante y yo no podía sostener su mirada. Era un momento muy importante, él se estaba abriendo completamente conmigo.

—Odiaría que te lastimara Renata, no es buena persona o al menos ya no. Mira, si supiera que es alguien bueno como Fernando no me molestaría en absoluto, pero Emilio solo va a jugar contigo. Te lo digo en serio.

Yo me quedé callada, era demasiada información. Lo que más me tenía en shock era que había dicho que era "suya" y luego que si salía con Fernando estaba bien. ¿Qué me estaba tratando de decir?

—Mmm Gael, te agradezco que me hayas confiado parte de tu vida, pero no creo que tengas que preocuparte por mí, en verdad estoy bien. Créeme, sé cuidarme muy bien, en especial a mi corazón. Pareciera que no, pero yo también he vivido cosas que me han enseñado a no confiar tanto en las personas, si estoy lejos de mi país, de mi familia y de mis amigos es por algo.

— ¿Cuál es esa razón?

—Preferiría no hablar del tema por ahora. Quiero que sepas que no suelo dejar a cualquiera en mi vida, hasta que llegaste tú, con tus cambios de humor tan repentinos.

—Bueno, no sé si eso es bueno o malo Rexy.

—Yo tampoco. Gracias por preocuparte y gracias también por todas las atenciones que has tenido conmigo hoy, en especial por las botas.

—Me sentí una idiota gritándote en medio del pasillo, estoy muy apenada contigo Gael y entendería perfecto si tú ya no quieres que traba...

—No digas tonterías Renata, disculpas aceptadas. Sé que yo también te hice perder el control, creo que sería mejor no meternos en nuestra vida personal ¿de acuerdo? Ya entendí que eres una niña grande que no necesita que la protejan.

Yo nunca dije que no necesitara de alguien que me protegiera, pero no me iba a poner a discutir sobre lo que entendió o no. Maldita sea con este hombre nunca se está en paz.

—Está bien, gracias Gael, me voy a mi habitación para tomar mis cosas e irnos al recinto, ya casi es la hora de salir.

Le solté la mano, me paré y me fui hacia la puerta. Podía sentir su mirada en mí y eso me ponía muy nerviosa. Maldito sea el momento en que dejé que Gael tuviera tanto control sobre mí.

—Ah y una cosita más, me tomé la libertad de llamar a México para hablar con mi hermana, pero no te preocupes cubriré el gasto que haya generado.

—No te preocupes Rex, puedes hacer las llamadas que necesites, yo las pago. Tómalo como símbolo de tregua ¿de acuerdo?

—¡Gracias!

Ya una vez aclarado el tema de Emilio nos reunimos en el *lobby* y nos fuimos a trabajar. El segundo concierto fue todo un éxito, igual que el del día anterior. Muchas personas amaban a este hombre y cómo no hacerlo si es todo un profesional en lo que hace. Al terminar el día, todos estábamos de buen humor, en especial Gael. Parecía que nuestra pequeña charla le había hecho cambiar de humor, hasta bromeaba con Fer y los bailarines. Decidió llevarnos a celebrar a un restaurante y brindar por nosotros, estaba agradecido con la gente de Madrid y con todo el staff, en general nos desempeñamos al cien para que el resultado fuera perfecto.

Debíamos marcharnos al día siguiente, teníamos más fechas en otras ciudades de Europa pero Gael estaba demasiado contento. Seguimos la fiesta hacía uno de los clubes de moda, "Teatro Kapital" era un lugar inmenso. Al fondo del espacio resaltaba el escenario para presentaciones privados, increíbles palcos de madera de tres pisos a las orillas del recinto, luces colgantes por todos lados, sin lugar alguno nunca había estado en un lugar tan majestuoso y grande. Nos llevaron a uno de los palcos más exclusivos, toda la noche nos trataron como reyes. Yo me sentía de lo más feliz, bailamos y bebimos hasta que ya no podíamos más. Yo no estaba acostumbrada, así que no bebí mucho porque no quería hacer una escena en pleno club. Por otro lado Gael parecía invencible, tomaba y tomaba sin parar. Yo estaba asombrada con su aguante. Todo iba perfecto hasta que me di cuenta que solo quedábamos Fer, Gael y yo, no tenía idea de cuando se habían marchado los demás. Gael y Fernando se abrazaban como si fueran hermanos. De algún modo lo eran, Fer siempre ha estado a su lado en tiempos difíciles. Ambos cantaban y se balanceaban peligrosamente, en ese momento supe que ya era hora de irnos a casa. Tomé todas las cosas y me aseguré de que la cuenta estuviera saldada, una vez fuera me las arreglé para pedir un taxi. Yo era la menos ebria, pero aun así me daba risa todo y me iba de lado.

De pronto se me acercó un chico bastante atractivo, ya saben de esos peligrosos que te hacen dudar de todo lo que sabes sobre los hombres. Me preguntó si estaba sola, me invitó a irme con él y pasar el resto de la noche divirtiéndonos, yo le di las gracias y le dije que estaba acompañada, pero este chico insistió e insistió. Se quedó ahí a un lado, yo me sentía incomoda, pero no quería hacer mucho ruido para que no se dieran cuenta mis chicos borrachos. Estaba esperando el taxi mientras Fer y Gael seguían abrazados diciéndose lo mucho que se amaban. El chico español no dejaba de hacerme plática e insistirme que me fuera con él. De pronto me tomó la cintura e intento besarme, cuando menos lo pensé Gael estaba encima de él dándole una severa golpiza. Lo peor fue que Fer se le unió. Intenté separarlos, pero era muy tarde, se había formado un grupo de personas que había reconocido a Gael. Demonios, Roberto se iba a enojar muchísimo. Rápidamente los tomé del brazo y paré al primer taxi que pude.

Le pedí que tomara todos los atajos posibles para así poder llegar lo más pronto posible al hotel, pero aun así fue demasiado tarde, un puñado de periodistas ya nos esperaban a la entrada.

—Fernando escúchame con atención, debemos meter a Gael sin que lo aborden y diga algo.

—Yo... no... voy a decir nada preciosa, pero con mi chica nadie se mete, NADIE.

—Bro que buen golpe le diste a ese idiota que intentó robarte tu chica.

— ¡A VER SE CALLAN LOS DOS! NO SOY LA CHICA DE NADIE, NECESITO DE SU ENTEREZA ¿DE ACUERDO? NO PODEMOS PERMITIR QUE VEAN A GAEL ASÍ.

El chofer me volteó a ver como diciendo ¡Eso chica! pon orden entre estos dos borrachos. En el camino había estado *texteando* a Roberto para avisarle que íbamos para allá y que probablemente habría reporteros por un inconveniente que había pasado en el club, solo me contestó con un seco "OK". Sentí un terror inmenso, si no había logrado que Gael me corriera, con esto seguro Roberto lo haría. Llegamos a la entrada y le dije al chofer que se acercara lo más que pudiera. Le di doscientos euros y le pedí que se bajara con nosotros para poder darle dinero por su silencio. No queríamos que los reporteros estuvieran indagando, me dijo que no era necesario y me dio su teléfono por si necesitaba algo en Madrid. Me dijo que podía confiar en él, se veía buen hombre.

El momento llegó, ¡a bajarnos!

—Vamos Fer, necesito entereza no me falles.

—Claro que no cuñada, yo por delante, Gael en medio y tú detrás. Y tu bro ni se te ocurra abrir esa bocota tuya.

—Marica a mí me ha comido la lengua el ratón.

Estaba muy ebrio, Roberto nos iba a matar. Lo vi en la puerta del hotel esperándonos con dos tipos de seguridad. En cuanto abrimos la puerta se hizo un caos. Se bajó Fernando y Gael me volteó a ver, tomó mi mano y salió del coche casi arrastrándome. No veía más que *flashes* de las cámaras, gente haciendo preguntas y poniéndome micrófonos al lado de la boca. Me dieron tres golpes en la espalda entre tanto empujón y jaloneo, fueron los metros más largos de mi vida. Cuando por fin entramos y dejamos detrás a todos los medios, sentí dolor en todo mi cuerpo.

Fuimos directo al elevador sin voltear a ver a nadie. Roberto nos siguió, entró y no dijo ni una palabra. Yo quise presionar el botón de mi piso, pero no me dejó.

—No señorita, usted también va al cuarto de Gael conmigo.

Ni siquiera lo volteé a ver, solo bajé la cabeza como niña regañada. Todos estábamos muy callados, incluso el par de borrachos, parecía que no iban ni a respirar. Parecía que tenían tanto miedo como yo. Por fin llegamos a nuestro destino final, literal.

—Muy bien jóvenes, creo que ya saben que lo que hicieron esta madrugada, no es ninguna gracia. Creo que los tres son lo bastante grandes como para ser responsables de sus actos, por lo que mañana a primera hora tendrán una rueda de prensa donde se disculparan con la sociedad española por tal alboroto. Tú Gael, irás a ver personalmente al chico que dejaste golpeado en la calle y darás un comunicado en las redes sociales. Todos tus conciertos tendrán *Meet&Greet* y no me importa lo cansado que estés, no habrá descanso para ti.

—En cuanto a ustedes dos, Fernando te regresas mañana mismo a Medellín porque aquí no tienes nada que hacer y tú Renata limítate a hacer tu trabajo, ahora corren rumores que el chico español que casi mata Gael estaba "acosando" a la "novia" del cantante. Explícame qué carajo pasó.

Me temblaba todo, hasta la boca, en mi vida había sentido tanta pena y miedo juntos.

—Si Roberto, pues mira te voy a explicar. Yo, ellos, tranquilos... no entendí... me defendí... todo paso rápido... cuenta pagada.

No lograba unir una sola frase, estaba tan nerviosa y tenía un undo en la garganta, me quería poner a llorar por haber sido tan estúpida. Me cubrí la cara con las manos para evitarlo, debía ser fuerte, tomé aire e intenté aclarar las ideas en la mente.

Roberto me vio con una mirada paternal, todo el enojo que tenía desapareció en dos minutos. Se acercó y me abrazó, no pude más y me rompí. Gael y Fer solo nos veían y bajaban la mirada viéndose los pies, estaban muy apenados, pareciera que ellos también querían llorar.

—Tranquila Renacuajo, seguro lo voy a arreglar como siempre, pero dime ¿te hizo algo ese chico? Porque si fue así podemos contrademandar.

—¿Contrademandar? ¿Pero cómo?

—Las malas noticias vuelan, el chico está en el hospital diciendo que Gael Navarrete el gran artista se las va a pagar, que esto no se va a quedar así.

En eso Gael se acercó tímidamente.

—Roberto, no sabes lo mal que me siento, creo que reaccioné mal. No me tuve que poner así pero el muy idiota trato de besar a

Renata EN MI CA-RA ¿Lo puedes creer? No tuvo ningún respeto, yo estaba ahí parado.

—Tranquilo cachorro, ya vayan a dormir. Mañana vamos a solucionar esto, la rueda de prensa es a las diez de la mañana. Los veo abajo a las nueve para que acordemos que van a decir ante los medios. Vaya novatada que nos dieron, bonita forma de empezar el tour por Europa.

—Gracias Bob, te vemos mañana, perdónanos de verdad— balbuceo Fer.

Roberto se dio la vuelta y nos dejó ahí a los tres, Fernando hizo lo mismo y se fue hablando solo. Yo me disponía a irme a mi habitación cuando Gael me tomó la mano.

—Rex, ¿estás bien? Perdón por haber sido tan territorial, después de la charla en la mañana, espero me perdones. Creo que disculparme contigo se está volviendo un hábito.

—No te preocupes Gael, estás borracho y no sabes lo que haces.

—Esa no es ninguna excusa, claro que sé lo que hago. Sé perfectamente que nadie se mete con mi chica, anda ve a descansar bonita, mañana arreglaremos todo esto, no te preocupes, Roberto no te va a correr y aunque no lo quieras, siempre te voy a proteger.

Me sonrió y se tiró en su cama, en menos de cinco segundos estaba roncando profundamente. Con que "su chica", me sentí feliz a pesar de que eran las cinco de la mañana y tenía solo tres horas para descansar. Sí me quería este cabeza dura.

4.

¿Qué es ese ruido? ¿Por qué todo me da vueltas? ¿Dónde estoy? Me volteé y vi la hora, ocho y media de la mañana. Aún tenía un poco de tiempo, cerré los ojos y de pronto.... ¡OCHO Y MEDIA DE LA MAÑANA!

Era tardísimo, la rueda de prensa era a las diez. Roberto dijo que a las nueve en el restaurante. Me levanté rápido y casi me voy de boca, estaba demasiado mareada, la cabeza me quería explotar, tenía la vista nublada y seguía vestida con la ropa de anoche. Después de haber salido de la habitación de Gael tenía recuerdos muy borrosos de cómo había logrado llegar a mi cama. Me duché lo más rápido que pude y bajé para ver a Roberto, ahora si tenía que explicarle qué era lo que había sucedido para poder defender lo mejor posible a Gael. Cuando llegué a la sala de juntas, mis dos defensores ya estaban ahí con un café en la mano cada uno. Yo le sonreí a Gael pero él solo me vio y volteo la cara enseguida. ¿Qué demonios?

—Buenos días Rex. Cuéntanos tu parte de la historia porque para ser honestos no nos acordamos de nada, en mi caso me quede hasta el momento en que uno de los bailarines me dijo que ya se iba, de ahí no recuerdo nada— dijo Fer.

Se me cayó el alma al piso.

—¿No recuerdan nada, pero nada de nada? ¿Ninguno de los dos?

—No Rex, nada de nada, Gael ni siquiera sabía que golpeó a alguien, en la mañana llegué a su cuarto para comentar la noche de ayer y para preguntarle cómo la había pasado. Todo era risas y diversión hasta que Gael abrió su *Twitter* y le llegaron más de tres mil notificaciones de periódicos, periodistas y más. Nos dimos cuenta que era *trending topic* y en ese momento le marcamos a Roberto.

Gael no decía una palabra, era la primera mancha en su carrera artística. Estaba viendo al piso, como apenado o enojado, no sabría definir bien cuál era su sentir, pero me evadía completamente. Me volteé hacia Roberto y Fernando, les conté desde el momento en que nos quedamos los tres.

Cuando terminé, Roberto tenía cara de sorpresa, realmente estaba asombrado de cómo habían ocurrido las cosas, de cómo había "manejado" la situación y de cómo logré traerlos hasta el hotel.

—En verdad Renata me tienes sorprendido, hiciste un excelente trabajo, en este caso no creo que sea necesario que tú des la cara, los únicos que deben pedir disculpas son estos dos. Vete a descansar, tienes una muy mala cara, el hotel ha sido un excelente anfitrión y debido a los hechos nos darán permiso de salir al anochecer de aquí. Yo ya tengo todo listo para que nos vayamos a la siguiente ciudad.

—Pero Roberto, yo soy tan responsable como ellos.

—No Renata, en serio no querrás enfrentarte a una horda de periodistas amarillistas que solo esperan encontrar un punto débil para hacerte decir cosas que nunca quisiste. Gael y Fer tiene más tablas que tú en esto, aún debemos resolver lo de la "chica" de Gael, así que es mejor que no te vean a su lado, no queremos más rumores rondando. Vete a descansar y ocúpate de que todo el equipaje de Gael esté listo para hoy en la noche, gracias.

Tomó a Gael y a Fernando por los brazos y salieron de la sala de juntas. Yo terminé de desayunar lo más rápido que pude y pedí una aspirina para el dolor de cabeza, ¡me quería explotar! Tomé agua y me fui directo a la habitación de Gael. Acomodé toda su ropa en la maleta, guardé sus zapatos y todos sus artículos personales, su cuarto olía a alcohol y a su loción.

Una vez que finalicé la tarea me fui a mi cuarto a terminar de empacar mis cosas, al cabo de tres horas sonó el teléfono para avisarme que todo había salido de maravilla, que Gael había hecho una disculpa pública en sus redes sociales, había ido a visitar al chico que había golpeado y se había aclarado el rumor acerca de la supuesta relación entre Gael y yo. Me dijo que nos veíamos a las seis para irnos a nuestro siguiente destino. Decidí marcarle a Isa para contarle todo lo sucedido, aún era temprano en México, necesitaba hablar con alguien, me sentía desilusionada y triste. Mi corazón se estrujó nada más de pensar que no se acordaba de nada, ni siquiera sabía por qué tenía que dar esta rueda de prensa, todo aquel discurso sobre "nadie se mete con mi chica" había sido efecto del alcohol. Era una tonta por pensar que Gael sentía algo por mí, estas estúpidas esperanzas debían de morir ahora, estas mariposas en el estómago debían irse y si tenía que tomarme un litro de insecticida para acabar con ellas lo haría.

Así fueron pasando los días, ciudad tras ciudad, muchísimos conciertos; Milán y Berlín habían sido todo un éxito, sin duda alguna la fama de Gael había crecido favorablemente, aún y con el tropiezo que habíamos tenido en Madrid. Todos lo amaban, los conciertos se abarrotaban de multitudes adoradoras de él, todo era un éxito rotundo, mientras que yo por otro lado, cada día que pasaba aprendía más cosas sobre Gael, pero también poco a poco me iba encariñando más.

Las mariposas en el estómago se sentían con más frecuencia, aunque yo no quería que fuera así. Después de Madrid, Gael se había convertido en un hombre adorable, atento, lo notaba más tranquilo y concentrado. Él nos dejaba ver a todos el increíble ser humano que era, en verdad estaba considerando ese litro de insecticida.

Una noche después de uno de sus conciertos, en la hermosa cuidad de Paris, Gael terminó tan feliz que nos llamó a todos para invitarnos a salir.

—Venga equipo esta noche ha sido todo un éxito y eso se debe celebrar, han hecho un buen trabajo y de vez en cuando debemos divertirnos. Todos a cambiarse que ya es momento de relajarnos.

Nos fuimos a mudar de ropa al hotel para salir, yo no sabía bien que usar, pero traía algunas de las prendas que Gael me había regalado, tenía ganas de complacerlo, por alguna extraña razón. Seleccioné a su gusto mi ropa. Como casi no me maquillo no sabía muy bien cómo hacerlo. Le hablé a Alicia la maquillista para que viniera a ayudarme. Alicia llegó y me dejó espectacular, natural pero muy *ad hoc* para una salida en un antro de moda. También me enseñó como peinarme y sacarle partido a mi cabello. Cuando me vi en el espejo me agradó mucho lo que vi. Alicia no cambio para nada mi estilo, solo lo mejoró.

Llegamos al antro más exclusivo de París *"LE VIP ROOM"*. Era casi imposible entrar ahí. En la entrada había una larga fila pero Rob arregló todo para que no tuviéramos ni siquiera que formarnos, simplemente nos aproximamos a la puerta, él se acercó a una de las personas de seguridad y le dijo algo al oído. No sé cómo lo hizo, él no habla francés y en menos de tres minutos ya habíamos entrado todos.

El lugar no era muy grande, tenía una gran cabina de sonido al fondo, cinco enormes pantallas suspendidas del techo proyectan videos musicales, la barra esta iluminada por luces led de muchos colores, aunque es un lugar muy moderno conservaba su identidad parisina, nos sentamos a un lado de la pista principal. Era un lugar reservado solo para nosotros, a los costados estaban cuatro personas de seguridad custodiándonos, no se le permitía el acceso a nadie, excepto al equipo. El lugar estaba repleto, yo quise hacer un recorrido y abandoné la mesa por unos momentos.

Cuando regresé, Gael estaba en el centro de la mesa y todos los demás alrededor. Yo estaba junto a Rob. Comencé a platicar con Alicia, ambas estábamos maravilladas con el lugar, de pronto sentí una mano en la cintura, cuando volteé estaba Gael sosteniendo una copa mirándome fijamente.

—Rex, venimos a divertirnos no a platicar, para chismear, como dicen en México, mañana antes del concierto se van a tomar un café.

Me sonrió y guiñó un ojo ¡Dios! ¡Puede ser más perfecto! No lo creo. Le hice caso y tomé la copa que me ofreció, comencé a divertirme y bailar con todo mundo, hasta con él. En las pantallas comenzaron a proyectar videos de Gael. Unas chicas del lugar se dieron cuenta que él estaba ahí y se quisieron acercar a saludarlo, pero seguridad les impedía el paso. El solo se acercó a saludar a una de ellas, parecía algo molesto. Después de varios intentos lograron entrar al área en donde nos encontrábamos, estaban coqueteando con todo el staff; de pronto reparé en que la misma chica que se acercó a saludarlo estaba platicando con Gael. Él no le ponía mucha atención, solo sonreía y asentía con la cabeza. Sentí celos de verlo con ella, pero tuve que aguantarme, no tenía más opción.

Después de unos treinta minutos ya no me sentía a gusto estando ahí con esas chicas perfectas y arregladas. Le dije a Alicia que ya me quería ir porque se me habían subido las copas, ella se ofreció a acompañarme pero no la dejé. Me acerqué a Rob para avisarle que me iba porque me sentía mal, obviamente no le iba a decir la verdadera razón de mi repentina huida. Le pedí que no le dijera a nadie más que me sentía mal, no quería que se preocuparan. Me despedí de él sin que nadie lo notara y me fui de ahí, no quería ver a Gael con esa mujer, no quería que se diera cuenta del poder que ya tenía en mí. Simplemente no quería sentir, ya no quería sentir.

Llegué a mi habitación y me miré en el espejo, yo tenía lo mío, era guapa, tenía buen cuerpo, una cara muy bonita, pero en definitiva no tenía la seguridad que ese tipo de mujeres tienen, ese andar tan decidido, tan elegante, con clase. Comencé a imaginar muchas cosas que podían pasar entre esa mujer y Gael. Ella estaba decidida a tenerlo y era evidente que ya se conocían, esa familiaridad con la que lo había saludado, la manera en la que se le iluminaron los ojos cuando lo vio llegar.

Sentía celos por supuesto, pero también me invadía una tristeza enorme. Solo de pensar en que alguien más lograra llegar al pensamiento más profundo de Gael, de pronto como balde de agua fría me di cuenta que para ese punto ya estaba absolutamente enamorada de Gael. No pude evitarlo, todo esto que sentía era algo muy familiar, dolorosamente familiar. No me lo podía permitir, no me iba a volver a pasar. Comencé a desmaquillarme al mismo tiempo que un montón de lágrimas rodaban por mis mejillas sin control alguno. Sentía ira en ese momento, dejé que volviera a pasar y sollozando como niña me puse la pijama. Solo quería estar en la comodidad de la cama, hundida entre las sábanas y la almohada para luego despertar sin ningún tipo de sentimiento hacía Gael. Debía matar todo lo que sintiera, aunque ya fuera algo tarde.

De pronto tocaron a la puerta de mi habitación, miré el reloj y vi que apenas hacía una hora que había llegado. No le había avisado a Rob que ya estaba en el hotel, supuse que era él. Con mucho pesar me levanté, me sequé las lágrimas y abrí la puerta. Mi corazón se paró por un segundo y comenzó a latir rápidamente, era Gael.

—Hola ¿puedo pasar?

—Sí claro ¿está todo bien?

—Eso mismo quiero saber yo, cuando me di cuenta ya no estabas le pregunté a Roberto por ti y me dijo que te sentías mal. Quería saber que ocurría. ¿está todo bien contigo?

—Mmm, creo que me engenté, han sido días de mucho estrés y no he comido muy bien. Seguramente se me irritó el estómago a causa del alcohol, pero ya me siento mejor, solo necesito descansar.

—No lo creo, sino no estarías llorando ¿puedo pasar?

—Claro, adelante.

Entró y se sentó en la cama, esperó a que cerrara la puerta y me sentara a un lado, no quería verlo a la cara.

—Rex ¿puedo pedirte algo?

—Sí claro, dime.

—¿Puedo dormir esta noche contigo?

Se me pusieron frías las manos, mi corazón latía a mil por hora, el notó mi nerviosismo.

—Solo quiero cerciorarme de que estés bien, por lo de tu supuesto dolor de estómago.

—Claro, gracias. No es necesario.

¿Gracias? ¿Como por qué le di las gracias? Estaba tan nerviosa que no sé ni que le contesté. Apagué la luz de la habitación, él se quitó los zapatos y la camisa, ¡Dios! ¿Por qué me haces esto a mí? Me acosté a un lado de él, estaba bastante cerca de mi cuerpo, no decíamos nada y pasaron un par de minutos cuando de pronto él se volteó hacía mi espalda.

—Rex, ¿ya estás dormida?

Me volteé hacía a él para contestarle, pero no tuve oportunidad, se acercó mucho más a mí y sin previo aviso me besó. Yo me quedé pasmada sin saber qué carajo hacer, pero después de unos segundo caí rendida y lo besé también, no podía creer lo que estaba pasando. El continuó besándome tiernamente hasta que todo giró en pasión y desenfreno. Sentía su cuerpo pegado al mío, cómo lentamente su temperatura se elevaba, su corazón latía al mismo ritmo que el mío, me acariciaba y me apretaba como si no me quisiera dejar ir jamás. ¿Acaso Gael podía sentir lo mismo por mí? ¿Podía ser eso posible? De pronto paró y solo me abrazó fuertemente. Me dio un beso en la frente y no dijo nada más, eran demasiadas emociones para un día. Lo abracé con la misma intensidad que él a mí, me anclé a su cuerpo, no quería parar de sentirlo junto a mí, no quería que ese momento se esfumara.

Abrí los ojos con el sol dándome en la cara, había dormido increíble, tenía mucho tiempo que no lograba conciliar el sueño sin despertarme a media noche. De pronto volteé hacía el otro lado de la cama y me percaté de que Gael no estaba, entré en confusión ¿Fue un sueño? ¿Me lo imaginé?

Decidí ir a verlo para saber si todo lo que había sucedido no eran invenciones mías. Me alisté para salir y cerciorarme que se encontrara en su habitación, toqué sin recibir respuesta alguna. Le escribí pero no me contestó, volví a tocar más fuerte.

La puerta se abrió lentamente, era Fer.

— ¿Fer? pero ¿qué haces aquí?

—Hola Rex, a mí también me da gusto verte. Pues ya vez Bob ya me levantó el castigo y me dejó volver. Aparte Gael me escribió hace un par de días, dijo que ya me necesitaba de regreso.

—Vaya, no me lo esperaba.

—Vamos pasa, no te quedes ahí.

—Y Gael, ¿sabes dónde está?

Entré a su habitación y vi a Gael sentando en la cama, en cuanto me vio salió de inmediato de la habitación sin decirme ni una sola palabra. Me sorprendió su actitud de rechazo, yo solo giré para intentar decirle "hola" pero ya no estaba ahí.

—Fer, ¿me puedes explicar qué pasa con Gael?

—Disculpa Rex pero no te puedo decir nada, solo te pido que estés tranquila, te aseguro que todo va a estar bien. No te quedarás sin trabajo, solo tenemos que darle su tiempo, debes de entender que para él no es nada fácil, llegaste como un terremoto a su vida.

— ¿Fácil? Pues para mí tampoco lo es Fernando.

Siempre era yo la que tenía que entenderlo pero ¿qué hay de MÍ? Él solo se dedicaba a jugar conmigo y con mis sentimientos. Yo estaba confiando en él y en cambio solamente huía de mí, eso ya me tenía cansada ¿qué se creía? Para mí también era difícil. Fui una tonta, evidentemente Gael ayer estaba borracho otra vez, hizo lo mismo que en Madrid. Decidí irme a mi habitación a empacar, todavía teníamos que viajar a un par de ciudades más y de ahí regresar a Madrid, ahí seria el cierre de la gira, no podíamos aflojar el paso, no había tiempo para lamentos estúpidos.

Los siguientes días Gael se portó muy frio y distante conmigo. Era evidente que no me quería cerca de él, solo me hablaba para lo esencial y fue ahí donde entendí que era obvio que no sentía lo mismo por mí. Yo también cambié mi actitud hacia él, intenté ser lo más profesional posible, no hablar si no me lo pedían, no molestarlo más que para lo esencial. Me limité a hacer mi trabajo. Comencé a pensar seriamente en renunciar después de concluida la gira, esto no podía continuar así, si bien quería a Gael, debía de quererme más yo.

5.

Estábamos en Roma, la penúltima ciudad de la gira. El ambiente se sentía pesado, el *staff* ya estaba muy cansado, todos querían regresar a sus casas con sus familias, había sido un desgaste físico y emocional muy fuerte. Salí a caminar y recorrer las bellas calles de Roma, todo era nuevo para mí, había fuentes por todos lados. Roma es una ciudad que siempre quise visitar, me detuve a leer un letrero que decía:

"Roma la cittá dell'amore"

Amor... JA, era lo único de lo que no quería saber en ese momento. Como era un día caluroso, vestía unos shorts y unos tenis, nada sofisticado, hasta la noche seria el concierto.

—¿Usó protector solar?

Volteé y era Gael, ¿qué demonios quería ahora? Yo solo me quería relajar y tener un poco de paz y con el ahí era imposible.

—¿Te puedo acompañar?

—Supongo.

Solo me sonrió y me hizo una señal para que comenzáramos a caminar. Se me hacía muy raro, ya que todo el tiempo se esforzaba para no estar cerca de mí, después de unos minutos caminando comencé a notar que se estaba agitando mucho, eso no podía ser nada bueno.

—Gael, ¿te sientes bien?

—No.

En ese instante se puso más blanco que un fantasma, acto seguido se desmayó. Intenté detenerlo pero Gael es más grande que yo, solo podía sentir como se desvanecía entre mis brazos, terminó tirándome a mí también. Un señor iba pasando y me ofreció ayuda, entre los dos lo acomodamos en el piso y el señor pidió una ambulancia. No tardaron ni cinco minutos en llegar, yo me sentía muy angustiada, no entendía qué estaba pasando o porqué Gael no reaccionaba. Tenía mucho miedo de que le estuviera pasando algo malo, podía sentir como mi vida se iba con él, no podía respirar solo de verlo así. Al llegar al hospital, Roberto y Fer ya nos esperaban en Urgencias ya Gael había recobrado el conocimiento para ese momento, pero nadie sabía lo que le había pasado. Lo tuvieron en observación en lo que Fernando llenaban todos los datos para que lo pudieran atender, el doctor que lo estaba checando no dejaba de hacerme preguntas de lo sucedido. Yo estaba muy consternada por lo que pasó, no sé ni cómo logré contarle al doctor lo que había ocurrido. El doctor lo revisó y le hizo una serie de estudios, después de un par de horas solicitó hablar con algún familiar. Solo entró Roberto, se tardaron aproximadamente cuarenta minutos que para mí fueron los más eternos que había vivido. Cuando por fin salieron de la habitación le pregunté a Roberto que le había dicho el doctor.

—Tranquila Renacuajo, el doctor nos dijo que se trata de una descompensación a causa del ritmo de trabajo excesivo que ha llevado en este último mes. Le mandó reposo absoluto por dos semanas y un medicamento para que esté más tranquilo y relajado, algo así como un calmante.

Yo no pude evitar llorar, las lágrimas brotaban por mis ojos como si Gael se hubiera muerto. Roberto solo me abrazó y me dijo que todo estaría bien.

—Vamos Rex él es muy fuerte, va a sobreponerse pronto ya lo verás. Quiere verte, corre.

Entré a la habitación y estaba conectado a unos aparatos y tenía suero en su muñeca. Me sentía mal, tenía un poco de culpa al verlo así, no sé por qué.

—Hey bonita pasa, no te quedes ahí parada.

Me senté a un lado de él, tenía unas ganas incontrolables de besarlo pero no era el momento adecuado. Sentí un alivio profundo al tenerlo cerca y fue ahí donde me di cuenta que no quería perderlo, no podía perderlo. Gael era más importante de lo que yo quería reconocer.

—Gael en verdad me asustaste mucho, bueno a todos, sentí que te perdía ¿ya te sientes mejor?

—Ahora que te veo sí. Tranquila Rexy voy a estar bien, siento mucho haberte asustado de esa manera. Lamento mi comportamiento de estos últimos días, pero no sabía cómo actuar, solo necesitaba un poco de tiempo para aclarar mis ideas. Hoy precisamente fui a buscarte para hablar contigo.

—¿Conmigo?

—Sí, tenía, bueno, tengo algo importante que decirte, pero creo que ahora no es el mejor momento, aún me siento un poco fatigado.

—Sí Gael, no te preocupes, ya habrá un momento adecuado. Anda descansa yo estaré aquí cuando despiertes.

Una vez que Gael se quedó dormido salí de la habitación. Fui a buscar a Roberto, teníamos que replantear lo de la gira ya que Gael debía descansar. Salimos del hospital y fuimos directo al hotel, convocamos a una junta para tratar lo que iba a pasar con los conciertos que quedaban pendientes. Por primera vez tomé la palabra en la junta, no lo pensé, lo único que quería era cuidarlo para que nada malo le pasara.

—Pues bien, como ya lo saben algunos el estado de Gael es un tanto delicado, el médico dijo que lo que tiene es el síndrome de fatiga crónica, esto debido al exceso de trabajo que hemos tenido estas últimas semanas. El tratamiento que el sugiere es descanso absoluto, le envió unas píldoras para que pueda relajarse y descansar.

Rob tomó la palabra.

—Así es chicos creo que lo más conveniente es que todos volvamos a casa y nos tenemos unos días, coordinare con Renata la fecha para concluir la gira, ahora lo más importante es la recuperación de Gael. ¿Están todos de acuerdo?

Sin pensarlo todos dijimos que sí, para todos lo más importante era Gael, al final del día él es la cabeza del equipo y sin él todos estaríamos perdidos, en especial yo. No me había dado cuenta de cuanto lo quería hasta que lo vi desvanecerse frente a mí, no sabíamos cómo lo iba a tomar Gael, siempre ha sido muy profesional, pero en ese momento lo más importante era su salud. Roberto alistó todo para regresar al *staff* al otro día y cancelar conciertos, dar ruedas de prensa, entrevistas y todo lo necesario para que los fans supieran la verdadera razón de su ausencia. Fer y yo regresamos al hospital para ver como seguía Gael e informarle de los nuevos planes.

Al llegar a la habitación de Gael, vimos que tenía la tele encendida y estaba en un canal de farándula donde había un video de todo lo sucedido en el parque. Al parecer algún fan lo reconoció y grabó el momento cuando llegaba la ambulancia por nosotros y nos llevaba. En dicha nota se podía leer en los títulos, "Gael sufre de una crisis en las calles de Roma mientras tomaba una caminata con su novia". En cuanto lo leí sentí como me puse roja y no quise voltear a verlo.

—Así que novia, ¿eh? Ah caray, no sabía que tan serio era lo de ustedes dos, pensé que solo le andaban dando gusto al gusto.

Gael soltó una carcajada y yo le propiné un buen golpe a Fer en la espalda.

Nos sentamos a hablar con él para explicarle las recomendaciones del doctor y de las decisiones que ya se habían tomado. Gael no se sentía muy cómodo, quería cumplir con los conciertos y con sus fans. Le hicimos ver que sus fans entenderían, que era por su salud y bienestar. Al final logramos que accediera, así que regresaríamos a Medellín para que Gael pudiera descansar en casa. La verdad es que a todos nos caería bien descansar un poco. Gael nos dijo a todos que nos fuéramos a casa a estar con nuestras familias, ya que habían sido semanas de trabajo intenso. En ese momento pensé que por fin podría ir a México a ver a mi hermana, después de tanto tiempo, pero por otro lado no quería dejarlo solo. Era una decisión difícil. Le dije que antes de irme a México prefería ir primero a Medellín, deseaba llegar a su casa para dejarlo instalado y después me iría a ver a mi familia. Nos alistamos para viajar. Debido a su estado, Gael necesitaba viajar en primera clase. Yo creía que lo más conveniente era que Fernando o Roberto lo acompañaran y yo viajar en clase turista, pero al plantearle la idea a Gael no le pareció bien.

—Creo que los cuatro podemos viajar juntos, no hay necesidad de que te vayas en clase turista Renata, Bob arregla todo para viajar lo antes posible por favor.

Al llegar al avión nos asignaron nuestros lugares y debido a la premura del viaje solo logró comprar dos asientos juntos y los otros dos separados. En cuanto abordamos el avión Roberto nos preguntó qué lugares queríamos y Gael pidió que yo me sentara a su lado por si necesitaba algo. Desde que se había enfermado había cambiado mucho, se portaba muy tierno conmigo, buscaba cualquier pretexto para tomarme de la mano y todo el tiempo quería que estuviera cerca de él. Una vez sentados sentí la necesidad de comunicarle a

Gael que había decidido quedarme en Medellín para cuidarlo. En ese momento lo único que quería era no separarme de él.

—Gael, quería decirte que decidí quedarme en Medellín contigo. Quiero cuidarte y asegurarme de que sigas las indicaciones del doctor al pie de la letra, claro, si no tienes inconveniente.

Él me tomó la mano y me dedicó una mirada, era profunda, llena de ternura y cariño. Se acercó a mí y me dio un beso en la frente.

— ¿Las indicaciones del doctor? ¿Qué no los aborreces? Rex no quiero que te sientas obligada a permanecer conmigo, ¿acaso no tienes ganas de estar con tu familia unos días? Solo serán un par de semanas y después tendremos que regresar a España a terminar la gira.

—Ya lo pensé muy bien, sé que en Medellín tendrás a un séquito de personas cuidando de ti, pero me sentiría más tranquila estando yo a tu lado. Espero que no te moleste.

—Por supuesto que no bonita, estaré más que encantado de que podamos pasar un rato de descanso juntos.

Le sonreí, no le solté la mano ni por un momento. El avión estaba a punto de despegar, él sabe perfectamente que odio esto. Me apretó la mano para hacerme sentir segura, cerré los ojos y el avión comenzó a elevarse. Odiaba esta sensación en el estómago. Por alguna razón cuando Gael tomaba mi mano, el miedo cesaba poco a poco. Llegamos en la madrugada a su casa, estaba toda su familia reunida. Nos estaban esperando, era lógico. Estaban muy preocupados por lo que le había sucedido, tanto así que en cuanto lo vieron, sus padres y Santi corrieron y se abalanzaron sobre él. Yo me sentí un poco incómoda porque incluso su mamá se soltó a llorar. Tomé las maletas y me subí sin que se percataran de nada, pensé que era un momento muy íntimo, yo no tenía lugar ahí. Me fui directo a la habitación de Gael para desempacar y acomodar los medicamentos en la mesita de noche, después bajaría a explicarle a la familia que era lo que había pasado. Una vez que dejé todo en orden, bajé por una jarra de agua para que Gael la tuviera a su disposición y pudiera tomar sus medicamentos a tiempo. Al llegar a la cocina me encontré con todos sentados en el desayunador platicando.

— ¡Mi niña!

Era Paty, me abrazó y se puso a llorar como Magdalena, yo no entendía qué pasaba.

—Paty ¿qué sucede?

—Pues que le salvaste la vida a mi niño Gael, gracias por estar en su vida, sin ti no sabemos dónde estaríamos ahorita.

La señora Milena se paró y me dio un fuerte abrazo y le dijo a Gael.

—Nene, te has encontrado a un ángel.

Yo solo le sonreí y comencé a explicarle lo que había dicho el doctor y que me aseguraría de que su hijo siguiera las indicaciones al pie de la letra.

—De verdad muchas gracias por tantas atenciones que has tenido con mi hijo, sé que Dios te lo va a pagar de la mejor manera Rex.

Gael solo me regaló una mirada de agradecimiento.

La señora Milena me pidió que me fuera a descansar, me despedí de todos y me fui a dormir. Estaba tan cansada que apenas pude subir las escalares y ponerme la pijama, en cuanto toqué mi cama caí rendida. Cerca de las once de la mañana abrí los ojos. Me desperté asustada, yo iba a cuidarlo y me había quedado profundamente dormida. Tenía que darle sus relajantes muy temprano y no debía saltarse ninguna dosis, buena enfermera resulté. Me puse una bata sobre mi pijama y me dirigí a su cuarto, toqué tres veces la puerta y no me abrió. Entré, pero él ya no estaba en su cama. Me aproximé a la mesita de noche y me percaté que se había tomado su medicina, salí del cuarto y bajé a la cocina. Había un aroma en el ambiente a huevos revueltos y pan tostado, en cuanto llegué me di cuenta de que el desayuno ya estaba listo, olía delicioso. Junto a la estufa estaba Gael vestido con unos pants y sirviendo un plato, al sentir mi presencia, volteó.

—Espero que te gusten los huevos revueltos con pan tostado, ya sé que no estás en casa, pero quiero que te sientas como si estuvieras ahí... Pero conmigo.

Cuando dijo "conmigo" vi que se sonrojó levemente y dejó de verme. Me sorprendí al ver que ahora él empezaba a tener dificultades para manejar las miradas ¿me estoy perdiendo de algo? Ese hombre era un misterio, en respuesta a él me senté a la mesa esperando mi porción, en cuanto la hizo comencé a desayunar.

—Pues la verdad no eres mal chef. Me gustó bastante mi desayuno, muchas gracias por hacerme sentir en casa Gael.

—Es lo mínimo que puedo hacer por ti, Paty ha ido al supermercado, seguro ella nos cocinaría cosas aún más deliciosas que huevos revueltos. En verdad no cocino mucho, tuve que buscar un tutorial en *YouTube*.

—El desayuno está excelente. Por cierto, noté que tomaste tu medicina, exactamente tiene que ser a las nueve y media de la mañana, se supone que yo te la daría pero evidentemente no escuché el despertador.

—No te preocupes, no tienes que cuidarme tanto, créeme que se acatar reglas, bueno a veces. Eres muy atenta conmigo Rex y es por eso que te tengo una sorpresa como agradecimiento por todo lo que haces por mí.

—No tienes que hacerlo, yo decidí quedarme contigo porque así lo quise, no porque me fueras a premiar o algo parecido.

—Lo sé, pero aun así quiero darte esto, apúrate a desayunar para que lo veas.

Me apresuré para ver cuál era mi sorpresa, me dijo que teníamos que salir al jardín y me tapó los ojos. Me llevó caminado hacia el lugar en donde estaban sus carros. Una vez ahí me destapó los ojos y había una hermosa moto con un moño azul que la adornaba. No podía creerlo, era la moto de mis sueños, la que tanto quería comprarme pero no había podido hacerlo. No daba crédito a semejante sorpresa. ¡Una motocicleta! Estaba muy emocionada y sin pensarlo lo rodeé con mis brazos y lo besé, fue un beso tierno y lleno de amor. Lo mejor de todo fue que él me correspondió el beso, después lo abracé muy fuerte y le di las gracias una y otra vez. Unos minutos más tarde me di cuenta de lo que había hecho y me sentí apenada. Ahora yo lo había besado. Me aparté de él y me dirigí hacía donde estaba mi moto, era hermosa y perfecta, tenía las llaves pegadas al *switch*. Me subí y la arranqué para evadir el momento del beso.

—No estoy segura de que pueda aceptarla Gael, es muy costosa y no es necesario.

—Rex, claro que puedes, piensa que, cuando estemos en casa podrás salir a donde quieras y ya no dependerás de mi cuando no esté.

Me encantó la forma como lo dijo, parecía que él tampoco quería que me alejara de su vida. Entramos a su casa y para mi fortuna ya había llegado Paty, no era necesario hablar sobre lo sucedido hace unos minutos.

—Hey mi niño ¿cómo te sientes?

—Estoy muy feliz Paty, le acabo de hacer un regalo a Rex y ella me respondió aún mejor.

— ¿A sí? ¿Y cómo es eso?

—Pues me besó.

¿Era en serio? No podía sentirme más apenada, ahora todo mundo iba a saber lo que sentía por él y eso era lo que menos quería. Suficiente tenía conmigo misma y mis instintos estúpidos.

—Fue un accidente, me acerqué demasiado a abrazarlo para darle las gracias por el regalo, eso fue todo— dije viendo al piso esperando que así mi mirada no fuera a evidenciarme.

—Con que un accidente, pues que accidente tan más oportuno— dijo Paty con cara de aprobación.

—Bueno Gael es hora de que vayas a descansar un rato, no quiero que te agites demasiado.

—Como usted diga jefa. Y Rex... Me encantó el beso que me diste, creo que debo de darte regalos más seguido.

Se dio la media vuelta y salió de la cocina con una sonrisa de oreja a oreja, me encantaba la idea de que quisiera besarme de nuevo.

—¿Y bien?

Paty me preguntó con cara de intriga.

—Anda Rex cuéntame, ¿qué es lo que está pasando entre ustedes dos?

—Entre nosotros, nada— dije con voz titubeante.

—Anda mi niña dime, que tarde o temprano lo sabré, así que cuéntame.

—Ay Paty, no lo sé, han pasado tantas cosas, Gael es un hombre increíble, claro tiene sus momentos, pero la mayor parte del tiempo es adorable. Fue inevitable que me enamorara de él, pero pues no sé si él siente lo mismo.

—Mi reina, ¿por qué lo dices? es obvio que él siente algo por ti, ¿si no por qué diría que quiere besarte de nuevo?

—Es complicado de explicar, yo he pasado por mucho y te juro que no estaba en mis planes nada de esto, pero simplemente ocurrió. Tengo miedo Paty, mucho miedo, no me gustaría ser solo un juego para él.

—Renata lo conozco y sé que no va a ser así, tal vez sea un poco complicado al principio, pero poco a poco se irá haciendo más fácil. Él te quiere, lo vi en sus ojos desde la primera vez que te vio entrar a la casa. Llegaste a darle luz y color a su vida.

—Hace algún tiempo que no me decían eso, pero bueno Paty, me voy a mi habitación. Dejaré de quitarte el tiempo porque supongo que tienes muchas cosas que hacer y yo mucho en que pensar, gracias por el apoyo.

—No hay de que niña y no tengas miedo, el mundo es de los que se arriesgan, recuerda eso.

Fui a mi habitación, no podía dejar de pensar en Gael. Deseaba con todas mis fuerzas estar con él, pero el miedo y la duda me invadían. Salí al balcón a tomar un poco de aire, lo necesitaba, después de unos minutos me armé de valor y fui hasta su habitación. Toqué despacio, estaba dudando de lo que iba a hacer y cuando estaba a punto de irme de ahí, abrió la puerta.

—¿Qué pasa Rex? ¿Todo bien? Aún no es hora de mis medicamentos.

—Lo sé, ¿puedo pasar?

—Sí, claro adelante, ¿porque tanto misterio, qué pasa?

No lo pensé, lo abracé y comencé a besarlo. Lo tomé de la mano y lo llevé hasta su cama, podía sentir como la temperatura de mi cuerpo se elevaba lentamente y él solo se dejaba llevar por el momento. Mis manos comenzaron a temblar al tocar su cuerpo, pero no podía parar de hacerlo. Él tiernamente me tomaba por la cintura, besaba mi cuello y lentamente desabrochaba mi blusa, era un momento mágico, las mariposas que antes sentía ahora aletean con más intensidad y los nervios cesaban poco a poco. Comenzó a tocar mi espalda, podía sentir mi respiración acelerarse cada vez que Gael pasaba sus manos sobre mi cuerpo, paró por un momento.

— ¿Estás segura de esto?

Lo deseaba tanto que me abalancé sobre él, sin pensar en nada más, todo se hacía más intenso. Comencé a tocar su abdomen perfecto, por fin podía tocarlo, él era completamente mío. Cedí ante mis deseos, mientras él tocaba mis piernas... Hicimos el amor de una forma en que jamás lo había hecho antes, podía sentir como su corazón latía al mismo ritmo que el mío. Poco a poco todo se normalizó, después de eso me sentí tan feliz. Estaba renovada, era lo mejor que me había pasado. Por fin había estado con él, ahora sabía que sentía algo más por mí, tan intenso como lo que yo siento. Me abrazó y caí rendida ante él.

Al despertar él estaba ahí a mi lado, no sé cuánto tiempo dormimos. Podía ver como su cuerpo se iluminaba lentamente con la luz del sol, sentía como el tiempo transcurría despacio. En ese momento despertó y me regalo una sonrisa.

—Hola bonita, ¿cómo te sientes?

—Mejor no puedo estar— le di un tierno beso, —creo que dormimos demasiado, no sé ni qué hora es, ¡tus medicinas! lo olvidé por completo.—

—Tranquila amor, las tomé mientras dormías, te vi tan profundamente dormida que no quise despertarte— dijo mientras acariciaba mi cabello.

Era la primera vez que me decía amor, nunca pensé que alguna vez lo diría.

—Bueno quiero que te arregles y te pongas linda, hoy iremos a almorzar con mi familia, tengo una sorpresa preparada para ti.

— ¿Otra sorpresa? En verdad no es necesario.

—Amor, no me discutas. Anda y arréglate en lo que yo hago un par de llamadas.

Me fui a mi habitación, no dejaba de pensar en lo que había sucedido. Estaba un poco confundida porque no sabía ahora en que estatus estaba nuestra relación. ¿Éramos amigos, novios o seguía siendo su asistente? E ir a almorzar con su familia no aligeraba mis nervios. No es que me fuera a presentar como su nueva novia, ni siquiera esperaba eso, pero no sabía si iba a poder controlar mis impulsos de tocarlo.

Toc toc toc...

—¿Puedo pasar?

—Sí, adelante.

—¡WOW Rex! ¡Te ves hermosa!

Se quedó mirándome por unos minutos, sentía como me comía con la mirada. No vestía nada sofisticado para que él me viera así, solo usaba un vestido y unos tenis.

—¡Gracias!

—Ahora ya sé todo lo que se esconde debajo de ese vestido.

—¡Gaellllll!

Me sentí un poco apenada ante su comentario, aunque me encantaba el halago, me sentí hermosa y segura de mí misma.

—Sí, estoy lista.

Me tomó de la mano y salimos de mi habitación. Ya en el jardín Carlo estaba esperándonos. De inmediato nos subimos a la camioneta, recuerdo como me sudaban las manos, las sentía heladas, no sabía cómo debía de comportarme ahora, estaba confundida.

—Rex ¿por qué estás tan seria, ocurre algo?

—No, todo bien Gael.

Traté que ocultar mi nerviosismo, no quería que se percatara de mi confusión. Recorrimos la cuidad hasta llegar a uno de los restaurantes más exclusivos de Medellin. Era hermoso, estaba decorado muy industrial, tenía largas mesas de madera, plantas y flores colgantes por todos lados. Era un lugar muy natural y sofisticado al mismo tiempo. Llegamos hasta nuestra mesa en donde ya nos estaban esperando sus padres y su hermano Santi.

—¡Nene! Mi amor

Su mamá se levantó de inmediato a abrazarlo.

—Cucha, ¿cómo estás?

Le dio un beso en la mejilla, mientas se alejaba de ella para saludar a su papá y a su hermano. Yo no sabía qué hacer, así que solo me limité a saludar cordialmente a todos, tomé asiento a un lado de Gael.

—Vamos bro, dinos qué pasa. Anoche no me dejaste dormir por tu mensaje tan misterioso.

—¿Por qué lo dices? Solo quise que viniéramos a almorzar todos juntos. Ordenemos algo de comer, tenemos toda la mañana para conversar.

Gael estaba acariciando mi pierna, en lo que yo trataba de leer mi carta. Por los nervios no lograba comprender nada. Después de unos minutos regresó el mesero a tomar nuestra orden. Yo pedí lo mismo que Gael, no pude hacer una elección propia.

—Y bueno hijo mío ¿qué es eso tan importante que tienes que decirnos? ¿Te has sentido mal de nuevo?

—No pa', nada de eso, al contrario, me he sentido mejor que nunca, de maravilla podría decir y todo se lo debo a Rex. Ella ha logrado que mi humor mejore y me sienta más fuerte.

—Vaya Rex, resultaste ser muy buena enfermera, lograr que su humor mejore, eso ya es bastante.

Yo solo sonreí, me apenaban sus comentarios y no tenía mucho que decir al respecto.

—Vamos nene, dinos que traes entre manos ¿por qué tanto misterio?

—Vamos familia, primero quiero contarles cómo nos fue en la gira, tuvimos mucho trabajo, pero todos se portaron a la altura y dieron el máximo. Bob y Rex supieron liderarnos muy bien a lo largo de todas estas semanas, sin duda ellos han sido mi pilar más fuerte. Después de que me enfermé he pensado mucho en mi futuro, ustedes, lo que quiero para mi carrera, en fin, mil cosas y aunque estuve un poco confundido en el proceso, ahora estoy más seguro que nunca de lo que quiero para mí y eso eres tú.

Gael con leve movimiento giró su cabeza hacia mí, tomó mi mano, podía sentir como temblaba ligeramente, lo hacía mientras me miraba fijamente, sin parpadear.

—He decidido darle una oportunidad más al amor, quiero hacer las cosas bien, ya no quiero pasar mis días solo. Es difícil estar lejos de casa y de ustedes, sé que Rex va a ser la mejor compañera de vida. Así que, Renata frente a mis padres y mi hermano quiero pedirte formalmente que seas mi novia.

¡¡¡WOW!!! Eso no lo vi venir, casi escupo el jugo que estaba bebiendo. Sus palabras me caían como balde de agua fría, quería desmayarme en ese momento, no estaba lista para que hiciera público lo nuestro tan pronto. Todas las miradas se centraron en mí.

—¿Rex?

Me quedé congelada, seguía sin poder articular ni una sola palabra, creo que me puse algo pálida.

—Lo siento, me tomó por sorpresa, pero claro que sí, sí quiero ser tu novia.

Todos comenzaron a aplaudir, parecía más una propuesta de matrimonio que de novios, es decir, no es que no me agradara la idea que Gael hiciera público nuestro noviazgo, la formalidad con la que lo hizo es la que me asustaba un poco.

—¡Por los novios!

El señor Enzo pidió la palabra.

—Me parece excelente que por fin te hayas decidido hijo mío, y hagas las cosas bien tal y como te lo he enseñado siempre. Me parece mejor enterarnos por ti y no por los medios.

—Serán el chisme de la semana— dijo Santiago en un tono muy sarcástico.

Dijimos salud, mientras yo quería ahogarme en mi jugo, ¿los medios? No había pensado en eso, no quería ser una figura pública y que todo el mundo volteara a verme como un bicho raro. Sentía mil cosas en ese momento. Por un lado estaba tan emocionada de ser novia de Gael, pero también tenía mucho miedo, no sabía si las cosas iban a funcionar como yo lo esperaba. Ya me había equivocado otras veces y no quería que con Gael fuera así, pero bueno, debía de correr el riesgo, ¿cuántas veces tienes la oportunidad de tener un novio como él?

El almuerzo avanzó, todos platicaban sobre los éxitos de Gael y los nuevos proyectos que venían. Yo por otro lado, trataba de asimilar todo lo que estaba ocurriendo, todo pasaba tan rápido, debía llamar a Isa y contarle, no quería que se fuera a enterar por los medios. Pensaba en cómo darle la noticia, sabía que se iba a alegrar por mí, mi hermana siempre buscaba la forma de hacerme feliz. Mientras todos seguían conversando yo me limitaba a sonreír y decir a todo que sí.

—Bueno nene nos vamos, aún tenemos un par de cosas por hacer, cuídate mucho mi amor y cuídala.

—Claro que sí Cucha, te avisaré cuando estemos de regreso.

No presté mucha importancia a su comentario, supuse que se refería a la gira. Teníamos algunos conciertos pendientes en Madrid.

—Linda, felicidades, no sabes lo tranquila que me siento sabiendo que Gael tiene a su lado a una mujer como tú. Como dicen en México, me saqué la lotería contigo.

—Gracias Mile, yo también estoy muy feliz de estar a su lado.

El señor Enzo y Santi se despidieron de mí y de Gael. Por fin ya había terminado, tomé asiento tratando de recobrar el aliento.

—¿Amor qué pasa? He notado que has estado muy callada durante toda la comida.

—Estoy bien, solo un poco sorprendida, eso es todo.

— ¿Sorprendida? ¿Por qué?

—La verdad es que no pensé que fueras a hacer público lo nuestro, no es que me moleste ni nada, solo me tomó por sorpresa.

—Bueno Rex como ya te había dicho, quiero hacer las cosas bien y por eso decidí decírselo a mi familia. Quiero que sepas que mi compromiso contigo va muy enserio, quiero que seas mi compañera de vida.

Yo solo lo besé, me sentía más tranquila de que él se tomara las cosas tan en serio como yo. Gael tenía ese poder de hacerme sentir segura y protegida, tanto que no podía imaginar mi vida sin él.

—Bueno amor vámonos que tenemos cosas pendientes, hay una sorpresa más para ti.

—¡¿Otra?!

—Sí, y estoy muy seguro que te hará más feliz que el ser mi novia.

—No creo que eso pueda ser posible— respondí con una sonrisa.

Llegamos a casa y yo me sentía un poco cansada, creo que es por todo lo nuevo que estoy viviendo. Era una nueva etapa y quería correr a mi habitación y llamarle a mi hermana para contarle todo lo que estaba pasado. Quería explotar de tanta felicidad que tenía en mi cabeza.

—Gael ¿ya me dirás cuál es la otra sorpresa? — dije gritando como niña chiquita emocionada.

—No comas ansias bonita.

—¡Gael, anda dime ya!

—Creo que debes de buscar otro apodo para mí, ¿o acaso nunca dejarás de decirme Gael?

—Está biiiien amor, ya dime por favor.

—Amor, mucho mejor, bueno pues mañana muy temprano saldremos de viaje.

— ¿De viaje? Pero a donde vamos, no estoy muy segura de que sea buena idea viajar, aún sigues delicado de salud y no sé si el doctor crea que hacer un viaje sea prudente en estos momentos.

—Pues déjame decirte que en la mañana le marqué y me dijo que era una excelente idea, un viaje a tu lado me va a relajar mucho. Anda señorita linda ve a hacer tus maletas. Empaca ligero, si te hace falta algo allá lo compramos.

Puse los ojos en blanco y me di la media vuelta, era evidente que no me diría a donde viajaríamos. Estaba tan emocionada que me olvidé de todo lo demás. Llegué a mi habitación, me quité los zapatos y comencé a elegir mis mejores *outfits*. Quería verme espectacular para él. Cuando terminé de empacar fui a buscar a Gael a su habitación pero no estaba. Bajé a la estancia y grité por toda la casa a ver si me contestaba. Paty me interceptó saliendo de la cocina, me dijo que Gael estaba en su estudio. Preferí no irlo a molestar, sabía que cuando se encerraba en su estudio era su tiempo sagrado. Regresé a mi habitación y le marqué a mi hermana para contarle las nuevas noticias, tenía tiempo libre y quería hablar tranquilamente con ella. Le llamé un par de veces y no me contestó. Eso era raro, Isa vive pegada al teléfono. Le marqué a Manuel y tampoco hubo respuesta, supuse que estarían ocupados o en algún evento social, ellos a diferencia de mi amaban las reuniones. Me puse a leer pues no había tenido tiempo libre para hacerlo en muchos días.

Sonó mi celular muy temprano, era un número desconocido pero con lada de México. Cuando contesté no tuve respuesta alguna, preferí no tomarle importancia. Me di cuenta de que me había quedado dormida leyendo, buena lectora resulté. Salí a buscar a Gael ya que desde el día anterior no lo había visto.

—¿Amor? Grité por toda la casa, esperando su respuesta para saber dónde estaba.

—Aquí abajo, estaba a punto de ir a despertarte, ya todo está listo.

Bajé las escaleras y corrí a besarlo.

—Veo que estás emocionada, me gusta cuando eres así. Ya verás que te fascinará el lugar al que vamos.

— ¡Claro que sí! ¡Ya quiero saber a dónde me llevas!

—Ah que novia tan desesperada tengo. Voy a llamar a Carlo para que suba por tu equipaje, el mío ya está en la camioneta. En lo que hago los últimos arreglos ve a comer algo que ya debemos salir hacia el aeropuerto.

Fui corriendo a la cocina, quería hacerlo todo lo más rápido posible. Solo tomé una fruta y un poco de café porque volar no es lo mío. Llegamos al aeropuerto y bajamos del auto. Caminé hacia las aerolíneas en las que usualmente viajábamos pero Gael me tomó de la mano y me condujo hacia otro lado del aeropuerto, era una zona aún más exclusiva que el VIP.

— ¿Gael a dónde vamos? Pensé que viajaríamos en alguna aerolínea comercial.

—¿Amor en verdad creías que viajaríamos en un avión comercial? Claro que no, no quiero que sepas a donde vamos hasta que lleguemos ahí.

Había tomado en cuenta todos los detalles del viaje, aunque alquilar un avión solo para nosotros dos era mucho. Llegamos hasta la pista de Jets privados y un hombre caminaba hacia nosotros, era un señor de unos 50 años, muy bien parecido. Su uniforme de piloto era impecable.

—Señor Navarrete, soy Anthony su piloto, Mr. King puso su avión a su disposición, ya estamos listos para cuando ordene emprender su viaje.

—Gracias capitán ¡pues vamo! Estamos listos.

Abordamos, el avión era realmente majestuoso, los asientos eran de piel en un tono beige con acabados en madera de caoba. Una gran barra de bar relucía al costado derecho de la nave, al fondo se ubicaba el comedor de una forma curva por demás extraña, no por eso dejaba de ser espectacular. Los sanitarios contaban con perillas en lavabos e inodoros de oro. La azafata nos comentó que del lado izquierdo del avión se encontraba la habitación personal del señor King. Nunca me había subido a un avión privado y el hecho de que Gael se tomara tantas molestias me hacía sentir soñada, como una verdadera princesa y además no podía creer que estaba en el avión privado de "The King". Era todo un sueño. Gael me dio una copa de champagne para que me relajara ya que el viaje sería un poco largo.

Le hice caso, bebí mi copa, me relajé, aunque estaba muy ansiosa por llegar a nuestro destino.

Después de unas cuantas horas se acercó el copiloto para indicarnos que estaríamos a punto de aterrizar, que debíamos abrocharnos los cinturones de seguridad. El aterrizaje comenzaría en pocos minutos, tomé a Gael de la mano, comencé a sentir en el estómago la horrible sensación de como descendía el avión, cerré mis ojos y dejé que el tiempo pasara.

—Amor llegamos, es hora de que veas tu sorpresa.

Me sentía muy feliz de que por fin habíamos llegado. Bajé las escaleras del avión y subí la mirada para lograr identificar el lugar en donde estábamos. A lo lejos vi cómo se acercaban unos niños corriendo hacia mí, ¡eran mis sobrinos! No lo podía creer. Corrí lo más rápido posible para alcanzarlos, los abracé con tal fuerza que los dejé sin aliento. Isa corrió hacia mí e hizo lo mismo. Comenzamos a llorar, no podía creerlo, casi habían transcurrido cinco meses desde mi partida y nuevamente ya estaba en Guadalajara con mi familia.

—¡Hermanita! Te ves hermosa, tan cambiada, tan segura.

—Isa ¡te extrañé tanto! Tengo muchas cosas por contarte, no sé ni por donde comenzar.

—Pues empieza por presentarme a tu jefe, ese será un buen comienzo.

—Lo siento, por la emoción me olvidé de él, Gael quiero presentarte a mi hermana Isabella.

—Gael Vanoy, encantado de conocerte, Rex me ha hablado tanto sobre ustedes que moría de ganas de conocerlos.

—Y nosotros a ti, dijo Isa mirándolo tiernamente.

Yo no podía separarme de mis sobrinos, Bruno el mayor me dijo que si podía tomarse una foto con Gael, quería presumirlo en el colegio. Le dije que sí pero que esperara a que llegáramos a casa, no quería que se armara todo un escándalo en el aeropuerto. Salimos de ahí y nos fuimos directo a casa de mi hermana. Los niños estaban realmente emocionados, no podían creer que Gael estuviera con ellos. Esta era la primera vez que conocían a un cantante de talla internacional. Por otro lado, Gael se portó muy atento con ellos, se tomaba fotos y hacían videos, mientras les contaba sobre nuestros viajes por Europa. Al llegar a casa olía delicioso, ya estaba la comida preparada, ¡tortas ahogadas! mi platillo favorito. En verdad extrañaba la comida mexicana, nos sentamos a la mesa y comenzamos a comer, yo ni hablaba, estaba muy concentrada comiendo.

—Renata, ¡te vas a ahogar!— dijo Isa con tono de mamá regañona.

—Lo siento, moría de ganas por comer, esto es la gloria.

Gael miraba como comía, tenía una gran sonrisa en su rostro. Mi hermana comenzó con su interrogatorio, clásico de Isa.

—Y bien, cuéntenme qué es lo que está pasando entre ustedes, ¿por qué tanto misterio con este viaje?

— ¡Isabella!

—Ay Rex pues quiero saber, Gael solo me marcó y dijo que tenían una sorpresa para nosotros, ¿estás embarazada?

— ¡Y dale con lo del embarazo!

— ¡No para nada! — dijo Gael con cara de preocupación.

—Pues la verdad es que a mí también me sorprendió este viaje tan repentino, pero estoy feliz de estar aquí y poder contarte todo en persona.

—Renata, ya dime, me matas con tanto misterio.

Debo de confesar que no sabía cómo decirle a mi hermana que Gael y yo éramos novios, solo se lo dije. Mi sobrinita Luisa corrió a abrazar a Gael, estaba tan emocionada, no podía creer que mi novio fuera famoso, hasta le pidió que fuera a su escuela para que sus compañeras le creyeran que tenía un tío famoso. Gael por supuesto dijo que sí y le dio un beso en la mejilla. Luisa estaba que se moría de la emoción. Mi hermana por otro lado escupió su tequila al escuchar la noticia.

—Vaya eso si no lo esperaba, sabía que Renata vivía enamorada de ti, pero era secreto, no creí que lo fueras a descubrir tan pronto— dijo en tono de burla fijando su mirada en mí.

—Pues creo que nadie lo esperaba, Renata llegó como un terremoto a mi vida, llegó a cambiarlo todo.

—Ay Rex, sí, así es mi pequeña hermana. Pues mira Gael muy artista y todo lo que quieras, pero si tu hieres a mi hermana yo voy a buscarte hasta el fin del mundo y te...

—Isabella, creo que no es necesario tanto drama.

—No es drama hermanita, solo le advierto lo que podría pasar si él te llegara a lastimar, no lo voy a permitir, no de nuevo.

—Un cliché, la asistente que se enamora de su jefe

Manuel intervino muy a tiempo con uno de sus comentarios.

Gael hizo cara de molestia, no le había gustado para nada ese comentario y aparte no estaba acostumbrado al humor mexicano, mi familia podía ser un poco pesada a veces. Estaba tan feliz por estar en casa que no medí mi consumo de alcohol, los tequilas resbalaban por mi garganta como si fuera agua.

—Bueno es hora de irnos— dije con la voz un poco resbalosa.

—Se ve que te urge estar a solas con Gael, cochinona. Me sentiré más tranquila si Manuel los lleva a tu departamento. Mañana te mando tu coche con el chofer. También quiero aprovechar que estás aquí para platicar sobre algunos asuntos de trabajo, sabes que la empresa es de las dos y necesito que tomemos algunas decisiones, pero bueno descansen, mañana te veo en la oficina. Gael fue un gusto conocerte por fin.

Se despidieron dándose un fuerte abrazo, parecían compadres. Durante todo el camino no dije mucho, no podía, comenzaron a llegar muchos recuerdos a mi mente al ver mi ciudad natal. Un poco de melancolía y tristeza me invadía por momentos.

—Bueno jóvenes, llegamos.

Nos despedimos de Manuel y bajamos del auto. Gael venía sosteniéndome porque yo me balanceaba de lado a lado.

—Así que este es el castillo de mi princesa.

—¡JAAA! No es un castillo en comparación con tu casa. Si estas paredes hablaran... Gael me miró con cara de confusión, pero no dijo nada.

—Vamos bonita, te prepararé un café o si no, mañana no te vas a levantar y yo quiero conocer la ciudad que te vio crecer.

Preparó café y comenzamos a platicar, quería saber todo sobre la vida que tuve en Guadalajara. Le intrigaba mucho la forma en que me fui.

—Amor de verdad gracias por esta sorpresa, nunca imaginé que me trajeras hasta aquí, ahora si te rayaste.

—¿Me rayé? Habla bien Renata.

—Es una expresión que usamos aquí para decir que te luciste.

—Es lo menos que puedo hacer por ti princesa, después de todo lo que has dado por mí y como ya te había dicho, quiero hacer las cosas bien. Deseo formar parte de tu vida y de las cosas que te importan.

—Tú ya eres mi vida Gael.

Sentí que lo miré como nunca había visto a nadie en mi vida.

—Rex, quiero pedirte algo.

—Claro que sí mi amor, después de esto, lo que quieras.

—No sabes cómo mi mente vuela cuando dices eso, pero quiero pedirte que siempre seamos sinceros entre nosotros. Prométeme que siempre nos vamos a hablar con la verdad, tú sabes por todo lo que pasé con Karina y los secretos no dejan nada bueno.

—Te lo prometo, te diré todo lo que quieras saber de mí, no quiero secretos entre nosotros.

—Pues, la verdad es que hay una pregunta que lleva mucho tiempo rondándome la cabeza. Quiero saber por qué te fuiste de aquí, ¿por qué te alejaste de todo esto?

Puta madre. No estaba lista para hablar de eso, tenía que pensar en algo rápido, no quería recordar cosas desagradables que me habían sucedido en el pasado.

—Solo necesitaba un cambio. Mi hermana suele ser muy exigente, la verdad es que no me siento lista para hacer muchas cosas que se supone, debo hacer. Quería experimentar cosas nuevas antes de encerrarme en la oficina, pero gracias a eso ahora estamos aquí, juntos.

—En definitiva, es la mejor decisión que pudiste haber tomado, pero dime la verdad, ¿no extrañas todo esto?

—A veces, pero a tu lado todo es mejor sin duda— dije mientras me acercaba a besarlo, no podía pensar en nada más.

Nos fuimos a dormir después de eso, teníamos que descansar, el viaje había sido pesado y a la mañana siguiente teníamos muchas cosas por hacer. No sabía cuánto tiempo estaríamos en Guadalajara, pero quería aprovechar el tiempo al máximo.

Cuando me desperté Gael ya estaba arreglado y muy emocionado por conocer Guadalajara. Estábamos acostumbrados a despertarnos temprano, para él no fue difícil despertarse. Me duché lo más rápido posible, no quería hacerlo esperar. Cuando terminé de arreglarme llamé a mi hermana para saber cuáles eran los planes, quedamos de vernos en la oficina. Tal vez esto sería un poco aburrido para Gael pero debía de acompañarme, no quería dejarlo solo. Llegamos a la oficina de mi hermana. Nos estaba esperando con un desayuno delicioso. Tenía un poco de resaca por todo lo que había bebido la noche anterior pero intenté que no se notara, mi hermana suele ser muy estricta en la oficina.

—Bueno hermanita, es momento de hablar de cosas importantes. Una asociación nos ha propuesto para comenzar la construcción de unos centros comerciales en la zona metropolitana. Creo que es una buena oportunidad para expandir el negocio, pero quiero tu opinión.

—Isa, sabes que lo que tu creas conveniente por mi está bien.

—Lo sé Renata, pero también esta empresa es tuya, tarde o temprano tendrás que comenzar a hacerte cargo de ella. Es el patrimonio que papá nos dejó.

—Rex, creo que tu hermana tiene razón, debes de interesarte más por tu futuro.

—Gracias por darme la razón Gael.

—Ahora resulta que los dos están muy de acuerdo ¿no?

—Amor no te pongas así, pero es que tu hermana tiene razón, no puede cargar con la responsabilidad de todo ella sola.

Ellos estaban en lo cierto, pero no sabía cómo hacerlo, no quería regresar a Guadalajara y encerrarme en una oficina toda mi vida, quería ver el mundo y descubrir cosas nuevas.

—Está bien, lo haré. Envíame los documentos y los revisaré en la noche con más calma.

—Correcto, ¿tienen planes para hoy?

—Isa quería ver si es posible ir hoy por tus hijos al colegio, Luisa me ha dicho que le gustaría que sus compañeras me conozcan y me gustaría complacerla, no quiero que ellas crean que todo es un invento o una mentira. Espero que no haya ningún problema.

—Gael, ¿estás seguro de que quieres enfrentarte a un montón de adolecentes? Pueden ser más latosas que tus fans.

—No te preocupes Isa, estoy acostumbrado a eso, todo estará bien.

—No se diga más, hablaré al colegio para decirles que ustedes irán por los niños. Isa tomo el teléfono pidiendo hablar con el director.

Fuimos por mis sobrinos y ya nos esperaban en el salón de Luisa, estaba todas sus amiguitas felices porque iban a conocer a Gael. Todas se tomaban fotos con él y le pidieron autógrafos. Gael se veía adorable rodeado de tantas niñas, sin duda tenía un don para tratar a las personas. No importaba la edad que tuvieran, él se daba el tiempo para atender a cada una de ellas. Vi que incluso un par de maestras se acercaron para tomarse una foto con él.

De camino a casa de mi hermana le agradecí por ese gesto que había tenido.

—Amor sabes que haría cualquier cosa por hacerte feliz, nunca dudes de eso. Tú puedes pedirme lo que quieras, siempre cumpliré todos tus caprichos.

Todos los días fueron mágicos a su lado, fuimos al cine como una pareja normal, salimos a pasear al centro de Guadalajara y muy pocas personas lograron reconocerlo, eso había sido casi un milagro. La última noche lo invité a cenar a mi restaurante favorito, el "8.33". Era una casona antigua con olor a hogar. Tiene muros de piedra y del techo penden candiles de diferentes formas. El mobiliario tiene un estilo muy mexicano. Gael nunca había estado en un lugar tan tradicional. Los alimentos son servidos en platos y pocillos de peltre que me recordaban a las comidas en casa de mi abuela, en la que servían la mejor ensalada y pastel *red velvet* de la vida. Hice una reservación y pedí que nuestra mesa fuera en la terraza, quería un poco de privacidad con mi novio. A veces podía ser un poco complicado tener citas a solas en lugares públicos. Nos asignaron nuestra mesa y el propietario fue a tomar nuestra orden, pocas veces tienes a una celebridad internacional en tu restaurante, dijo el chef Juan. La cena estuvo increíble, todo fue perfecto, podía ver como Gael disfrutaba mucho el verme feliz.

—Bonita, el lugar y la atención de todos es realmente sensacional.

—Qué bueno que te gustó, estaba muy entusiasmada porque conocieras este lugar.

—Y dime ¿a cuántos galanes has traído aquí?

—¿Qué pregunta es esa? Obvio eres el primero

Me reí... pero, de pronto sentí un hueco en el estómago.

—¿Qué cara es esa? ¡Parece que viste a un fantasma!

—No, estoy bien, solo creí ver a alguien.

¿A caso era él? Esperaba que no lo fuera, sino, podría armarse un lio ahí mismo.

—Creo que solo son un poco de nervios porque mañana nos vamos y sabes que no me gusta mucho volar en avión.

—Tienes razón, siempre se me ha hecho muy curioso eso.

—Bueno amor, creo que es mejor que pidamos la cuenta, aún tengo algunas cosas por empacar. Quiero dejar todo listo, Isa pasará por nosotros muy temprano para llevarnos al aeropuerto, no me gustaría retrasarnos. Al llegar a casa tenemos junta con Roberto y Fer para concluir lo de la gira, aún tenemos mucho trabajo por hacer.

—Está bien jefa, pero debes de aprender más a disfrutar de estos momentos, no se repiten muy seguido. No te estreses por lo que está por venir, todo va a salir bien, ya verás.

Deseaba ir al baño antes de irnos, me levanté y aproveché para buscar al mesero y pedir la cuenta. Iba un poco temerosa porque en verdad no quería toparme con nadie, no quería convertir ese momento mágico en algo desagradable. Pagué rápidamente y salimos del lugar. Llegamos a mi departamento, tenía una eternidad de cosas por empacar, lo había dejado todo para el último momento, incluyendo las cartas de mis sobrinos. Gael se había emocionado mucho comprando cosas, así que de ser dos maletas como había sido en un principio del viaje ya eran cuatro. Al terminar me fui directo a la cama, Gael por fortuna ya estaba dormido. Pasaban tantas cosas por mi mente, tantos recuerdos que no me dejaban en paz, casi no pude dormir esa noche. No podía sacar de mi cabeza a aquel hombre que me pareció ver, ¿en verdad era él o solo fue un producto de mi imaginación?

Sonó mi alarma a las cinco y media. En realidad yo ya estaba despierta, me levanté muy despacio de la cama para dejar dormir un poco más a Gael. Fui a la cocina a preparar algo sencillo para desayunar, café, jugo y fruta, se la llevé a Gael a la cama, quería sorprenderlo un poco.

—Gael, es hora de despertar, te traje tu desayuno.

—Hola amor, qué linda, podría acostumbrarme a esto.

Eran las siete en punto e Isa ya estaba en la puerta, por fortuna todo estaba listo. Me daba mucha tristeza tener que dejar a mi familia, me costaba demasiado despedirme de ellos pero al mismo tiempo estaba ansiosa por regresar a trabajar. Me hacía muy feliz volver a ver a todos los chicos, ellos se habían convertido en mi segunda familia colombiana. En el aeropuerto de Medellín, Carlo y la escolta de Gael ya nos esperaban, habíamos regresado a la normalidad. Las vacaciones de ensueño se habían terminado.

6.

—¡Bienvenidos! ¿Cómo les fue de viaje?

—Bob, hermano, muy bien. Guadalajara es realmente una ciudad hermosa, no sé cómo Renata no extraña ese lugar.— dijo mientras se daban un fuerte abrazo.

— ¡Qué gusto! Ya tendrán tiempo de contármelo todo pero ahora es momento de ponernos a trabajar. Siento haber llegado así, pero tenemos varios pendientes que resolver.

Nos dirigimos a una pequeña área de la casa que Gael había asignado como sala de juntas.

—Bueno Rex, pendientes. Seguimos con lo planeado, el cierre de la gira en Madrid, será el próximo dos de mayo, ya está todo confirmado.

—Perfecto, Gael tendremos que regresar de inmediato a Medellín, nos invitaron a participar en los *Latin Grammys*. Es una gran oportunidad ya que es la primera vez que se realizarán aquí. Tú estás nominado en tres categorías, felicidades cachorro, muy merecido.

—Gracias hermano, es gracias al arduo trabajo de todos.

—Ya está confirmada tu asistencia como lo habíamos acordado.

—Correcto Bob, ¿confirmaste la asistencia de Renata?

—Sí, tal como lo pediste.

¡¿Quéééé?! No, no puede ser, me puse muy feliz al recibir la noticia, sería la primera vez que iría a una entrega de premios tan importante en lugar de verlos desde el sofá de mi casa

—Renata relájate ¿sí? solo son unos premios.

—Hey cacho es normal la reacción de Renata, no te pongas loco, aún nos falta por definir si irá como tu asistente o tu novia.

—Eso aún no lo he decidido, cuando lo haya resuelto te aviso, no creo que eso sea un tema importante.

Ese último comentario me sacó un poco de foco, ¿cómo que aún no había decidido como presentarme? Si era así, entonces por qué chingados quería que lo acompañara. ¿Acaso no se siente cómodo diciendo que soy su novia? Solo porque no era una súper modelo como su ex, tal vez solo quiere tenerme como su noviecita en la familia y no más. Pensar eso me hizo sentir muy mal. Terminamos la reunión cerca de las 9 de la noche, habíamos pasado más de 7 horas trabajando sin parar, coordinando todo para que saliera perfecto. Yo estaba realmente agotada. Paty nos llevó unos *snacks* para que comiéramos algo, sin darnos cuenta se había hecho tardísimo. Roberto se despidió de nosotros mientras terminábamos de cenar. Seguía molesta por el comentario de Gael, no dejaba de pensar en que tal vez se avergonzaba de presentarme en su mundo como su novia.

—Gael, ¿puedo preguntarte algo?

—Sí amor dime.

"Si amir dimi", puse los ojos en blanco.

—¿Por qué le dijiste a Roberto que aún no habías decidido si me ibas a presentar como tu asistente o tu novia ante los medios? ¿No estás seguro? Porque si es así prefiero no ir contigo.

—Ay Renata ¿qué dices? Solo fue un comentario, no significa nada.

—Pues para mí sí, la verdad es que me confunde toda esta situación, no quiero que pienses que por ser tu "novia" tienes que llevarme contigo a ese tipo de eventos, entiendo si prefieres ir con alguien más que sí esté a la altura.

—Qué dramática eres a veces, ¡NO EXAGERES! si lo dije es porque siempre he sido muy reservado con mi vida privada, no creo que estés lista para toda esta presión de ser mi novia, ahora estoy muy cansado como para discutir contigo. Buenas noches.

Se paró de la mesa y me dejó ahí sentada como pepino, se supone que la ofendida debía ser yo y no él. Hice lo mismo y me fui a mi habitación dando un fuerte azotón de puerta. Tenía mucho coraje, para mí, sí era un tema importante y él me había dejado ahí sentada como si no le importara lo que siento. Después de analizar un poco la situación, pensé que tal vez sí había exagerado con mi reacción. Gael tenía razón yo no estaba preparada para enfrentarme a la prensa carroñera. Fui a su habitación, quería disculparme con él.

—¿Gael? Puedo pasar.

—Adelante, no necesitas invitación para hacerlo, es tu casa.

Me senté en su cama, puse los ojos en blanco y bajé la mirada. Me sentía muy apenada por el berrinche que le había hecho, pero me hervía la sangre solo de pensar que podía avergonzarse de ser mi novio. Gael estaba frente a mí, solo con una toalla amarrada a la cintura, se acababa de duchar.

—¿Puedes ponerte ropa por favor? No puedo concentrarme y decirte a lo que vine.

—Renata ¿es en serio? De cuando acá te molesta verme semi desnudo.

—Por favor Gael, cámbiate, hablo en serio.

Hizo mueca de descontento, se fue a su vestidor a ponerse algo de ropa, Gael a veces era muy odioso, me hacía más difícil las cosas.

— ¿Así está bien jefa?

—Deja de ser irónico Gael, yo solo quiero disculparme contigo por mi actitud de hace un rato. Sé que no debí de haber reaccionado así, pero me hiciste sentir como si me quisieras ocultar del mundo. Como si te avergonzara ser mi novio.

— ¿Vergüenza? A ver Renata, ¿recuerdas lo que pasó la primera noche en Madrid, cuando golpeé a ese chico y todo se salió de control?

—Sí, cómo olvidarlo.

—Pues precisamente por eso es que no quiero que sepan que eres mi novia, todas las personas a mi alrededor comenzarán a hacerte preguntas incómodas y sé que no estás lista para eso.

—Tal vez tienes razón, pero me hiciste sentir mal. Es como si no estuviera a tu altura o quisieras ocultarme.

—Obvio no estas a mi altura, mido medio metro más que tú... A ver amor, me disculpo por la forma en que hice el comentario, cuando estés lista te juro que le vamos a decir a todos que eres mi novia, todo a su tiempo Renata, si no lo hago ahora es porque no estás preparada para contestar a sus preguntas, no porque no quiera hacerlo. Sabes que te amo, pero ser mi novia puede ser difícil para ti, debes de acostumbrarte a las preguntas incómodas y sonreír a pesar de eso.

Gael como siempre tenía razón, no estaba preparada para ser la novia de un famoso, todo era muy nuevo para mí. Los noviazgos nunca han sido mi fuerte, era obvio que todos me iban a querer usar para sacar información sobre él. Se acercó a mí para consolarme, me dio un beso mientras me decía que en verdad yo era lo más importante para él y que solo buscaba protegerme. Me recosté a su lado mientras me tomaba por la cintura, amaba que hiciera eso, caí rendida entre sus brazos. Gael era mi punto débil y él lo sabía, sin duda el sexo de reconciliación era muy bueno, pero no quería pasármela peleando con él por todo.

—¡¡¡Buenos días nene!!!

De inmediato desperté. ¡Era su mamá! Casi me da un infarto. Solo tenía puesta encima la playera de Gael y estaba despeinada, pero bueno eso era lo de menos. Me había visto en la habitación de su hijo con solo una playera puesta, me moría de la pena. Gael saltó de la cama, tomó a su mamá de la mano, le dio un beso de buenos días y salieron de la habitación. Yo quería que la tierra me tragara, no podía ni bajar las escaleras, ni siquiera deseaba volver a ver a la señora Mile. Fui a mi habitación a ducharme y ponerme algo decente. Cuando me armé de valor bajé a la cocina, tarde o temprano tendría que verla, era la mamá de Gael. Aunque todos ya sabían que éramos novios, no dejaba de ser un momento incómodo para mí.

—Bueeenos días señora.

La voz me temblaba de tal manera que parecía que estaba ebria.

—Renata ya lo habíamos hablado. Dime Mile, lamento mucho el momento tan incómodo que te hice pasar, debo acostumbrarme a tocar a la puerta.

—¡No se preocupe!

Moría de la pena, no pude decirle nada más, era más su casa que mía.

—Pero cuéntenme ¿cómo les fue en México? Ayer ya no quise venir a saludarlos, Roberto me dijo que tenían mucho trabajo y que no debíamos de interrumpirlos.

—Nos fue increíble Cucha, disfruté mucho México, hasta estoy pensando en comprar una casa en Guadalajara.

—Nene, ¿es muy rápido no lo crees? ¿Qué tal si Renata no quiere?

—Pero si la casa la voy a comprar yo, no ella, pero bueno ya habrá tiempo para hablarlo. Le he dicho a Renata que si quiere hacer arreglos en la casa puede hacerlo, quiero que se sienta cómoda aquí, tal vez tú podrías ayudarla.

—Claro que sí Rex, yo feliz de apoyarte. Podemos ir a desayunar y platicar más tranquilas, sin duda a esta casa le hace falta un toque femenino.

—Gracias Mile, yo encantada, regresando de Madrid podemos verlo.

La verdad es que no quería hacerle ninguna modificación a su casa, eso del toque femenino no era mi fuerte. Además solíamos estar muy poco en casa por el trabajo, creí que no era necesario, pero no deseaba desilusionar a la madre de Gael por eso de dije que sí. Al terminar el desayuno me fui directo a la oficina de Rob, quería darles un poco de espacio y yo, aún tenía pendientes que coordinar para el viaje del día siguiente.

Me fui en mi moto nueva, era la primera vez que tenía tiempo de rodar esa belleza. Entré a la recepción del edificio, me registré con las chicas de admisión, ellas de inmediato me reconocieron. Esperé unos minutos y una de las señoritas me llamó para acompañarme hasta la oficina de Roberto, él ya estaba esperándome. Comenzamos a platicar sobre los últimos detalles del viaje, de pronto la conversación comenzó a tomar un giro más personal.

—Y bien Rex, ¿cómo te sientes con todo esto de Gael? La gira, la prensa, los fans, los *Latin Grammys*, ¿ya estás lista para eso?

—No he pensado en eso, creo que, si Gael quiere que lo acompañe está súper, pero no deseo que se sienta obligado a llevarme solo por ser su novia.

—Entiendo tu punto, él quiere que lo acompañes, si aún no decide cómo te presentará es por un tema de "logística", siempre ha sido muy celoso de su vida personal. No comparte esa parte de él con el público, no tiene nada que ver con su noviazgo o lo que siente por ti.

—Sí, anoche tuvimos una pequeña discusión por eso, pero ya me ha explicado todo y lo entendí mucho mejor.

—Qué bueno, eso me deja más tranquilo, oye ¿y cómo va todo eso del noviazgo?

—Muy bien, la verdad Gael es el hombre perfecto, actúa más adorable de lo normal, busca complacerme en todo y eso me hace completamente feliz.

—No creas, Gael tiene sus detalles como cualquier ser humano, ahora no los notas porque estas muy enamorada. Llevo días queriendo hablarte de un tema un poco más "delicado" por decirlo así.

— ¿Delicado? Rob, ¿de qué se trata?

—Quiero ser muy franco Renata, todo esto del noviazgo será un poco difícil al principio, todos van a querer saber de ti, de dónde saliste, pueden llegar a abrumarte con preguntas incómodas, ¿me entiendes?

En pocas ocasiones Rob me llamaba por mi nombre.

—Me gustaría manejarlo lo más discreto posible, no quiero que todo el mundo sepa de mí o de mi familia, no busco colgarme de la fama de Gael.

—Entiendo, quieres proteger a tu familia, pero ahora eso es lo que menos me preocupa. Podemos manejarlo discretamente y no dar información al respecto, quisiera saber si hay algo que me estés ocultando.

Era el momento para decirle toda la verdad a Roberto, pero no quería que mi vida pasada se ventilara, no estaba lista para enfrentarlo.

—No Rob, no hay nada que esté ocultándote.

—¿Segura? Quiero que entiendas que mi intención no es meterme en tu vida privada, solo quiero protegerte a ti y a Gael. No me gustaría que te llevaras un mal sabor de boca si algo inesperado sale a la luz.

—Roberto ¿por qué tanta insistencia? No hay nada que debas saber.

Lo dije en tono molesto, sus preguntas me empezaban a incomodar.

—Renata, no te estoy atacando, sé que antes de todo esto tenías una vida y solo quiero que tú me cuentes la verdad.

Estaba asustada, creo que Roberto sabía ese secreto que trataba de enterrar con todas mis fuerzas. Tomó mis manos, estaba hablando muy en serio.

—A mí no me puedes ocultar nada, te conozco bien y sé la verdadera razón por la cual buscaste un nuevo empleo y decidiste alejarte de México. Eso lo respeto completamente, yo en tu lugar hubiera hecho lo mismo, es cuestión de tiempo para que Gael se entere de la verdad y no deseo que lo sepa por la prensa o por alguien más. Debes entender que a partir de ahora todo mundo sabrá de ti.

Rob tenía razón, Gael debía enterarse por mí y por nadie más, había dejado que las cosas avanzaran tan rápido que me olvidé de contarle de ese capítulo de mi vida. El miedo me invadía solo de pensar en su reacción, no quería que al decirle la verdad me echara de su vida.

—Todo va a estar bien, Gael entenderá porqué se lo ocultaste, no dejes que pase más tiempo.

Le prometí a Roberto decirle toda la verdad en cuanto regresáramos de Madrid, con lágrimas en los ojos salí de su oficina. Toda mi vida había quedado expuesta ante él. Recorrí la ciudad y me topé con el parque "ARVI". Parecía salido de un cuento de hadas, estaba rodeado de basta naturaleza, eso era lo que necesitaba. Ese lugar irradiaba una paz muy particular, podía sentir como mis pulmones se llenaban de oxígeno puro. Necesitaba tiempo a solas para poder pensar con claridad, perdí la noción del tiempo. Mi celular comenzó a sonar, tenía mil llamadas perdidas de Gael y Roberto, seguro estaban muy preocupados por no saber nada de mí. Le envié un mensaje a Gael para decirle que estaba bien y que pronto estaría en casa. No respondió nada, supuse que estaría ocupado. Para cuando llegué

Gael estaba hecho una furia, era la primera vez que lo veía tan molesto.

—RENATA, ¿Dónde diablos estabas? Estuve llamándote como loco y nunca respondiste carajo.

—Gael estoy bien, solo quise ir a despejarme un poco, necesitaba tomarme un respiro.

— ¿Un respiro? ¿De qué hablas? No puedes desaparecer así nada más, me tenías muy angustiado, estaba a punto de llamar a todos los hospitales de Medellín. Pensé que algo malo te había pasado, así que la próxima vez que necesites un "respiro" solo dilo y YA, no me dejes así.

Se dio la media vuelta y haciendo ademanes salió de la estancia principal. Me sentí muy mal, mi intención nunca fue asustarlo de esa manera. Me marché a su habitación, aún debía de arreglar sus maletas, ese día viajaríamos en la madrugada y todo debía estar en perfecto orden. No quería hacerlo enojar más, del estrés tenía un fuerte dolor de cabeza, creo que era migraña porque era un dolor muy fuerte, pero no quería quejarme. Llegamos por fin a Madrid y me sentí peor. Intenté hacer mi trabajo lo mejor posible, todos notaban mi cara de zombi pero nadie se animaba a preguntar nada. Gael casi no me habló durante todo el vuelo, era evidente que seguía muy molesto. Cuando llegamos al Wizink Center Gael se encerró en su camerino. Preferí no molestarlo, era su momento y debía estar 100% concentrado.

El recinto se comenzó a ocupar, las personas iban tomado sus lugares y las chicas aclamaban por él. Había comenzado el momento del show, Gael subió al escenario y dio lo mejor de sí, estaba muy feliz de haber podido cumplir con todas sus fans después de la cancelación forzosa que tuvimos que hacer. Mientras el concierto avanzaba me fui a su camerino y tomé un par de aspirinas, necesitaba una siesta reparadora. Cerré mis ojos y me recosté, ni siquiera me di cuenta del momento en que terminó el concierto. Al cabo de una hora con cuarenta minutos entró a su camerino muy sorprendido por mi ausencia.

—Renata, ¿estás bien? No te vi en todo el concierto, Bob me comentó que te sentías mal y que aquí te encontraría.

—Sí, me sentía mal, pero ya estoy mucho mejor.

—Qué bien, el concierto fue todo un éxito. Pude cerrar de lo mejor la gira, pero me preocupas, ¿segura que estás bien?

—Si Gael, no debes preocuparte por mí.

—Okay, los empresarios me invitaron a cenar, quieren festejar el cierre de la gira, ¿quieres ir?

—No amor gracias, prefiero ir un rato al hotel a descansar un poco, mañana debemos regresar muy temprano a Medellín.

—Como tú prefieras, pero derechita a la habitación nada de irte a respirar "oxígeno" y pensar en tonterías. Cuando llegues al hotel me avisas por favor, en cuanto termine la cena te alcanzo.

—Si Gael, no te preocupes, no lo volveré a hacer, disfruta tu triunfo con los empresarios, yo estaré bien.

Me fui derrotada al hotel, tenía muchas presiones. Ya no quería pensar más, me di un baño y me fui directo a la cama.

—¡Gael!— lo moví bruscamente, parecía que estaba muerto.

—Creo que alguien despertó de malas.

— "Creo qui alguin dispirti di malis" No estoy de malas Gael, solo no quiero perder el vuelo, levántate YA por favor.

—Amor en verdad lo siento, la cena se alargó de más, discúlpame por haber llegado tan tarde.

—Ya te dije que no estoy enojada, solo quiero irme ya de aquí y báñate apestas a alcohol.

La verdad es que sí estaba molesta. Se quejaba de mi forma de actuar y él estaba haciendo lo mismo. Bajé al *lobby* del hotel e hice el *check out*.

—Buenos días Rex, qué madrugadora.

—Buenos días Roberto, ya están listos para irnos, ¿dónde está Fernando?

—¡Uy! veo que alguien se despertó muy gruñona.

—No estoy gruñona, solo trato de hacer mi trabajo y me lo facilitarían bastante si cumplen con su parte.

—Rex, tranquila en un momento les llamo y les ordeno que bajen de inmediato.

Durante todo el camino hacia el aeropuerto estaba muy callada. En parte estaba enojada por lo de anoche pero también tenía miedo de que ese hubiera sido el último viaje que hacía con ellos. Me daba mucha tristeza pensar que tal vez después de hablar con Gael no los volvería a ver jamás. Abordamos el avión y me senté junto a Gael, él tomó mi mano para tranquilizarme un poco. Yo no quería decirle lo que en verdad me pasaba. Cuando llegamos a casa me fui directo a mi habitación, no deseaba ver a Gael. Sabía que si estaba cerca de él me iba a convencer de cambiar mi actitud y en verdad estaba enojada, quería que se diera cuenta de eso.

—¡Buenos días bonita! Entró a mi habitación con una charola que tenía mi desayuno.

Cuando quería era el hombre más adorable del planeta, así ¿cómo podía seguir enojada?

—¿Sigues enojada?

— ¡Ya te dije que NO! Deja ese tema por la paz.

—Está bien jefa, no te alteres, supuse que ayer estabas muy cansada, por eso preferí no venir a molestarte. ¿Recuerdas que hoy es la entrega de los *Latin Grammys*?

—Sí cómo olvidarlo...

—Bueno pues, por la tarde vendrán Angello y Alicia para arreglarte, yo tengo algunas cosas que hacer con Bob, pero vengo por ti en la noche ¿sí?

—Está bien Gael, ten lindo día.

— ¿Solo así? ¿Y mi beso?

Le di un beso para que se fuera, la verdad es que sí estaba emocionada por los *Grammys* pero no quería hacérselo saber. Se ponía muy intenso cuando actuaba como una fanática más, a veces se le olvidaba que yo no había nacido en su mundo.

—Bueno regreso en un rato berrinchuda.

Terminé mi desayuno, tenía algo de tiempo libre. Fui al jardín a leer y tomar un poco de sol, quería verme espectacular esa noche.

—¡Rexy vida! ¿Cómo está la novia del cantante más famoso de todo Medallo?

—Pero que rápido se corren los chismes por aquí Angello.

—Claro reiny si el mismísimo Gael me lo dijo. Déjame confesarte que quedé impactada con la noticia. Bueno reina, manos a la obra, ya me contarás todo después, ahora debo dejar preciosa a la novia de Gael Vanoy.

Angello y Alicia comenzaron a hacer su magia, me peinaban y maquillaban al ritmo de la música de Gael, Angello dijo que así podría inspirarse mejor. Las horas avanzaban y comencé a desesperarme un poco, no me permitían verme al espejo. Alicia salió de la habitación, Gael había llegado y también debía de arreglarlo a él.

— ¡OMG! ¡Has quedado preciosa! ¡Qué bueno soy! Ahora es tiempo del vestido, Gael ha seleccionado dos atuendos para esta noche pensando en que combines de lo mejor con él.

Los vestidos que había seleccionado eran hermosos, ambos del color azul eléctrico, él sabía que era mi color favorito.

—Renata, pero mírate ¡estás radiante! Sin duda hoy Gael se enamorará más de ti. Solo faltan este par de pendientes, son muy importantes, no los vayas a perder, son de su madre.

Bajé las escaleras y él ya estaba esperándome en la sala. Hice mi entrada triunfal.

— ¡Renata! Te ves más hermosa que nunca.

Me dio una vuelta mientras me devoraba con su mirada.

— ¿Te gusta?

—Me encantas, sin duda seré la envidia de todos esta noche.

—Hay Giii cierra la boca, te la vas a comer. Bueno mis vidis mucha suerte hoy y recuerden decir que Angello el mismísimo Dios del estilismo los arregló. Solté una carcajada, dije que sí asintiendo con la cabeza. Estaba algo inquieta, era la primera vez que Gael iría con una acompañante a los *Latin Grammys*. Siempre iba con su mamá o con alguna de sus primas, me hacía muy feliz poder acompañarlo.

Todo el camino estuvo muy ansioso, creo que estaba nervioso por los premios, quería ganar todas las nominaciones. Le pregunté que si ya había decidido cómo me iba a presentar, solo dijo que sobre la marcha lo resolvería. Ni en mis mejores sueños imaginé que yo podría ir a uno de esos eventos y menos de la mano de Gael Vanoy. Por fin llegamos. Nos recibía un arco de acero cubierto rosas blancas y velas, dando paso a la inmensa pared negra, sobre de ella colgaban Grammys dorados. Del techo colgaban unas enormes luces, Gael tomó mi mano para caminar por la alfombra roja, no podía creer que yo estuviera ahí, rodeada de tantos famosos. Todos actuaban tan natural, se podía ver que lo habían hecho mil veces, la novata ahí era yo. Gael hablaba con todos los reporteros, le preguntaban sobre sus nominaciones. Parecía la reina Isabel saludando a todo el mundo, le tomaban fotos por todos lados, en ningún momento dejó de tomar mi mano, no quería que me separara de él. Algunos le preguntaban por su acompañante misteriosa, solo sonreía y no decía nada al respecto, prefería dejar su vida privada separada de su trabajo. Se acercó una reportera e insistió con la misma pregunta, que si ya había logrado olvidar a Karina su ex novia o si solo trataba de darle celos. Eso le molestó, se limitó a contestar que yo era su acompañante y no hablaría más al respecto, me dio un beso en la mano y entramos al teatro, por fin todo el circo había terminado.

—Y bien ¿fue fácil no lo crees?

—¿Fácil? Si tú lo dices.

La premiación dio inicio. Gael estaba feliz, había ganado las tres nominaciones, a la mejor canción urbana, álbum más vendido del año y artista masculino del año. Sin duda esto representaba un gran paso en su carrera y era más feliz porque los había logrado ganar en su tierra. Cuando los premios terminaron, nos fuimos triunfantes al *after party*. Ahí llegaron Roberto y Fernando. Todos estábamos muy emocionados por los premios que Gael había obtenido, todos los representantes del género se acercaron a felicitarlo por sus triunfos. Yo no podía creer lo que estaba viviendo en ese momento. Eran cerca de las cuatro de la mañana, la fiesta estaba terminando y decidimos irnos a casa.

—Amor entre tantas personas no tuve la oportunidad de felicitarte por tus logros de esta noche. Sin duda ganó el mejor de todos.

—Princesa eso lo dices porque eres mi novia.

—Claro que no Gael, en verdad te esforzaste mucho para conseguir todo lo que tienes.

—Tienes razón, pero este logro es de todos, todos trabajamos duro para tenerlo.

— ¿Te parece si mañana te invito a comer para festejar? Quisiera hablarte sobre algo.

— ¿Perdón? ¿Qué pasa? ¿Acaso te molestó algo de lo que dijeron los reporteros?

—No para nada, se trata de otro asunto.

—Rex dime ya, no me gusta que me dejen con dudas.

—No comas ansias, no se trata de nada malo, solo quiero contarte algo de mí. ¡Gael cuidadooooo!

7.

—¿Alo, Isa? Soy Gael, necesito que vengas ahora mismo para Medellín, es urgente.

—¿Urgente? ¿Por qué me llamas a esta hora?... ¿¡Donde esta Renata!?

—Isabella, no sé cómo decírtelo.

—¿Cómo decirme qué? Gael por el amor de Dios, ¿qué ocurre?

—Veníamos de regreso de la entrega de los premios y no vi un coche que venía de frente hacia nosotros, nos envistió, me distraje por un segundo, fue mi culpa Isabella perdóname, todo esto es mi culpa.

—¿Gael qué dices? ¿Cómo que un accidente? ¿Cómo está mi hermana? ¡Dime por favor!

—Ahora está en cirugía, te necesito Isabella ven rápido por favor, no puedo solo.

—Cálmate Gael, mi hermana es muy fuerte, de inmediato salgo para allá, ahora mismo checo los vuelos y tomo el primero para Medellín.

—No es necesario, el avión de un amigo ya va en camino a México, te comunicaré con Fernando, él te dará los detalles del vuelo.

—Perfecto y Gael, no fue tu culpa, fue un accidente así que tranquilízate, mi hermana nos necesitará fuertes para ella, te veo en unas horas.

Colgué el teléfono, podía sentir como mi vida se iba con ella, la espera me estaba volviendo loco. Lo único que me decían era que Renata seguía en cirugía y que en cuanto tuvieran noticias me lo haría saber. Las horas corrían tan despacio y yo seguía sin recibir noticias, solo podía pensar en todo lo que había sucedido por mi maldita culpa. Rex estaba ahí debatiéndose entre la vida y la muerte, le prometí cuidar de ella y lo había arruinado todo, le fallé de una y mil maneras, solo le rogaba a Dios que todo saliera bien. Entre tanta espera, Isabella por fin llego al hospital.

—¡¡¡GAEL!!!— gritó con lágrimas en los ojos.

—¡¡¡ISA!!!

Corrí a abrazarla, me sentía muy mal, pues también le había fallado a ella.

—¿Tú estás bien? ¿Ya te revisaron? ¿Qué noticias hay de mi hermana?

—Sí, solo unos leves raspones, pero estoy bien, no debes perocuparte por mí.

—Familiares de la señorita Vega, en unos minutos el doctor Del Valle hablará con ustedes, me acompañan a su oficina por favor, adelante.

Tomé a Isabella y nos dirigimos hacia donde nos indicó la enfermera, yo no podía decir nada, tenía un nudo en la garganta, al entrar a la oficina tomamos asiento, esperando a que entrara el doctor.

—Buenas noches soy el doctor Luciano Del Valle, alzó la mirada para saludarnos.

Me sorprendí bastante, era un médico muy joven, alto, un poco más corpulento que yo, de piel muy blanca, casi translúcida, cabello negro y cejas muy pobladas, sin duda era un tipo muy galán.

—¿Luciano?

—Hola Bella.

—¿Bella? ¿Acaso ustedes se conocen?

—Sí, mucho gusto soy Luciano el ex prometido de Renata.

—Creo que me perdí ¿ex prometido? Isabella ¿qué pasa?

—Gael te prometo que voy a explicar todo en otro momento, ahora solo quiero saber sobre el estado de salud de mi hermana.

¿Cómo era posible que Renata hubiera estado comprometida y nunca me lo dijo? ¿Por qué nunca me habló de él? Sentía una furia incontrolable, quería golpearlo en ese momento, me sentí completamente traicionado y estúpido. Isa tenía razón, no era momento de reclamos, solo quería saber cómo estaba Renata, MI RENATA.

—Bella siento mucho encontrarnos de nuevo bajo estas circunstancias tan lamentables, Renata ya salió de cirugía, debemos esperar cuarenta y ocho horas para ver su evolución, tuvo un par de fisuras en las costillas, se fracturó la cervical C5, así como fractura de radio del brazo derecho. Debo comentar que existe una posibilidad de pérdida de memoria a corto plazo, ya que sufrió un traumatismo craneal, para lo que se le realizará una craneotomía descompresiva. Por otro lado, la cirugía fue un éxito, pero como les dije, debemos esperar a ver su evolución, Renata es fuerte, no tengo duda de que se recuperará satisfactoriamente. Los dejaré un momento a solas, con permiso.

El tal Luciano salió de su oficina sin decir más. Yo no podía con tanta información, comencé a frotarme la cabeza, realmente estaba confundido, odiaba todo lo que me estaba pasando.

—Gael, permíteme explicarte.

—Adelante por favor, porque no estoy entendiendo nada.

—Sé que debes sentirte molesto y confundido, pero a mí no me concierne decirte nada, ese es un tema que ni siquiera yo hablo con Renata.

— ¿Molesto Isabella? Estoy furioso.

—Gael sé que mi hermana te ama, no dudes de ello, no en estos momentos que te va a necesitar mucho, no la abandones por favor.

—No la voy a abandonar, pero necesito saber la verdad. Explícame que fue lo que paso.

—Como ya lo escuchaste, Luciano es el ex prometido de Renata, ellos fueron novios por muchos años, siempre fue un pilar para ella. Se conocen desde niños, crecieron juntos y estuvo ahí para cuidarla desde que nuestros padres murieron. Después de un largo noviazgo se comprometieron como era de esperarse, pero algo sucedió, ella lo dejó plantado en el altar. La verdad es que nunca supe por qué, jamás me he atrevido a preguntarle. Después de que murieron mis padres, Renata siempre fue muy reservada hasta que te conoció, tú la hiciste sonreír de nuevo.

No podía creer que esto me estuviera pasando, en verdad Renata se iba a casar con alguien más, con alguien que conocía de toda la vida. Me consumía la duda al no saber qué había pasado, comencé a pensar en tantas cosas. ¿Cómo era posible que él estuviera ahora aquí en Colombia? Somos tan distintos, no podía comprender como era que ella se había enamorado de mí.

—Isabella perdóname, pero todo esto es muy complicado para mí, él es su ex prometido y yo solo soy su novio, no entiendo por qué me lo ocultó.

—Lo sé Gael y créeme que te entiendo, sé que ella no quería lastimarte, creo que por miedo a perderte no te lo dijo. Él fue su prometido, pero era lo único que ella conocía, jamás lo vió como a ti. Gael no dudes de su amor.

Se abrió la puerta de la oficina, era Luciano, dejaba ver una cara de preocupación igual a la mía.

—Lamento mucho interrumpirlos, Renata ya está en terapia intensiva, ¿quieren verla?

Necesitaba verla, Isabella accedió a que pasara yo primero, caminamos por el largo y frio pasillo del hospital y no pude evitar preguntarle.

—Luciano, ¿cierto?

—Así es.

—Nunca tuve la oportunidad de presentarme, soy Gael.

—Se quién eres, el artista ¿no? tu música se escucha por todos lados inclusive aquí.

—Sí, soy el artista, pero también soy el novio de Renata.

—Vaya, el novio, no sabía que Renata tuviera un novio.

—Para mí también fue una sorpresa encontrarme con que tú eras el ex prometido de Renata.

—¿Eres su novio y nunca te habló de mí?

—No, la verdad es que nunca me hablo de ti y sigo sin entender por qué.

—Bueno, creo que ya habrá tiempo de que despeje todas nuestras dudas, yo también tengo muchas cosas que aclarar con ella. Adelante por favor, esa es su habitación. Estaré aquí fuera por si necesitas algo.

Entré temblando, estaba ahí postrada en la cama, con los ojos cerrados, se veía tan tranquila, pero yo me sentía de lo peor. Renata era la única persona que lograba que mis angustias se disiparan y ahora está aquí, inmóvil. Me acerqué para tocar sus manos, estaban heladas como siempre, como el primer día que la conocí. Llegaron a mi mente todos esos momentos mágicos que pasé a su lado, su olor, la forma en que le brilla su cabello castaño con la luz del sol, sus grandes ojos y brillantes, recordé hasta la forma en que arruga la nariz cuando descubre algo nuevo. Todo estaba ahí, pero ella no lograba despertar. Yo siempre traté de protegerla, incluso aunque le molestara. Me hacía sentir tan nervioso... Eso era algo muy raro, ya que el que solía poner nervioso a las personas era yo. Mi nombre sonaba distinto cuando ella lo decía, no podía creer que no despertara. Solo quería ser tan perfecto como ella pensaba que era, solo Renata me hacía sentir completo.

Me acerqué a darle un beso y salí de la habitación, no soportaba verla así, tan indefensa, sin vida. Me sentía impotente al no poder hacer nada, quería ocupar su lugar, debía ser yo y no ella.

Pasaron los días y Rex seguía sin despertar, era como si el tiempo se hubiera detenido, por más que le rogaba a Dios que despertara parecía que él no me escuchaba. Le canté una y mil veces la canción que le escribí antes de nuestro viaje a México. Le conté la historia de cómo llegó a mi vida y como la fue cambiando. Lo que antes era importante para mí, dejo de serlo, lo único que me importaba era ella, ya que sin ella mi vida no tenían ningún sentido. Siempre me despertaba muy temprano para ir al hospital a verla, no quería despegarme de ella ni un momento. Fui al restaurant a tomar un café con Isabella, estaba ahí día y noche cuidando de Renata sin descansar. Platicábamos poco, no teníamos mucho que decir, la espera nos estaba matando. Escuchamos como nos voceaban por el altavoz del hospital, corrimos a la sala de espera buscando a Luciano, algo había pasado.

—Renata acaba de despertar, acompáñenme por favor.

¡No podía creerlo! La alegría invadía cada centímetro de mi cuerpo, corrimos hacia su habitación, estaba tan feliz, iba a besarla y pedirle que se casara conmigo.

Antes de entrar me temblaban las piernas, quería que lo primero que viera fuera a mí, que seguía a su lado y que todo estaría bien.

—¿Amor? ¿Qué pasa? ¿Por qué estoy aquí? Todo me da vueltas.

—Tranquila Rex, todo estará bien— dije mientras me acercaba a abrazarla.

—¡Luciano! ¿Quién es él?

Me quedé congelado, su mirada estaba aferrada a Luciano, no entendía lo que estaba pasando o por qué no lograba reconocerme, solo repetía su nombre una y otra vez. Luciano se acercó a revisarla y nos hizo salir de la habitación. Yo me mordía las uñas, no podía más con la angustia, ¿Qué era lo que estaba pasando ahí dentro? ¿Por qué no me reconoció? Me sentía muy confundido, era como si me hubieran borrado de sus recuerdos, el solo pensarlo me partía el alma, el amor de mi vida no me recordaba. Luciano salió de la habitación y nos dijo que le había aplicado un sedante, estaba muy inquieta por no recordar nada del accidente. Decidió que lo mejor era practicarle unos estudios más a fondo para saber con exactitud la magnitud de la lesión. Terminaron de practicarle los estudios y un poco más tranquilo Luciano nos explicó que a causa del accidente, Renata había perdido la memoria a corto plazo, eso era co-mún es ese tipo de accidentes, su último recuerdo era cuando se probó el vestido de novia. Yo no lo podía creer, me había borrado de su vida.

—Lamento muchísimo esta situación, sé que no va a ser nada fácil para ninguno de nosotros, pero la buena noticia es que Renata recobrará la memoria en algún momento. El proceso puede ser un poco largo pero lo importante es mantenerla tranquila.

—¿Cuánto tiempo le tomará?

—No lo sé, cada paciente es distinto, puede ser en cuestión de días o semanas, pero quiero ser claro con ustedes, hay pacientes a los que les cuesta más recuperarse, les puede llevar algunos meses hacerlo.

¡¡¡MESES!!! No podía vivir con esa idea, quería acelerar el proceso. Le dije a Luciano que hiciera todo lo que fuera necesario. No importaba cuanto costara, a como diera lugar me tenía que recordar, no había otra opción.

Isabella decidió que lo mejor por el momento era que no le dijéramos nada de lo que había sucedido. Recibir tanta información de golpe podría causarle un shock emocional, solo le diríamos lo necesario, que ellos no se habían casado por una propuesta de trabajo que le habían ofrecido a Luciano en Colombia y que yo era su jefe. Yo no quería hacerlo, no quería mentirle a Renata, sabía que cuando supiera la verdad iba a ser peor, pero no tenía otra opción. Al final los tres solo buscábamos el bienestar y la tranquilidad de Rex. Solo les pedí que no me alejaran de ella. Cuando entramos de nuevo a la habitación yo no podía creer que ella no me recordara, aunque el simple hecho de mirarla me alentaba a seguir adelante. Juntos le explicamos lo que sucedió, su accidente y todo lo que habíamos acordado. En parte era verdad, Rex se quedó un poco más tranquila. Pedí que nos dejaran a solas.

—¿Gael, cierto? Creo que recuerdo tu nombre— dijo mientras me regalaba una sonrisa.

—Sí bonita, soy Gael.

Me moría por dentro al no poder besarla. Noté que se sonrojó al escuchar que le decía bonita, para mí era inevitable no hacerlo, Renata era la mujer más hermosa que había conocido en mi vida.

—Luciano me dijo que no te has movido ni un momento de aquí. Gracias, sé que pronto recordaré y todo volverá a la normalidad.

—Tranquila Rex. Siempre estaré a tu lado para cuidarte.

—Es gracioso.

—¿Qué es gracioso?

—La forma como lo dices, tan seguro, me haces pensar que no es la primera vez que lo haces.

—Poco a poco me irás recordando y sabrás por qué lo digo así.

—¿Tú me ayudarás a recordar?

—Claro que sí. Te ayudaré y estaré contigo hasta que me recuerdes por completo.

—Hablas muy raro, como si fuéramos más que jefe y empleada.

—Somos más que eso Rex, nuestra relación es muy cercana, algo así como mejores amigos.

—¿Hablas en serio?

—Claro que hablo en serio, no tengo porque mentirte.

—Wow, no pensé que me llevara tan bien con mi jefe, de piquete de ombligo.

—Es natural, pasamos mucho tiempo juntos.

—¿En serio? Siento ser tan preguntona, pero todo esto es tan nuevo para mí.

—No te preocupes, te contaré todo lo que quieras saber.

—Gracias jefe. Eres muy amable.

—Bueno, creo que debo dejarte descansar.

Me acerqué a ella para darle un beso en la mejilla, sentí como su corazón latía más fuerte mientras le tomaba la mano.

Renata era tan dulce, yo sabía que en el fondo me recordaba. Era evidente que yo le gustaba, aunque para ella fuera algo nuevo. Me hacía feliz saber que de alguna forma se sentía bien conmigo, iba a lograr enamorarla otra vez.

Al cabo de un par de días Luciano la dio de alta y se fueron a vivir a su departamento como estaba pactado. Esa idea me envenenaba el alma, sabía que en mi casa, su casa, se iba a sentir más cómoda, pero eso solo la iba a confundir más. Pasó casi una semana y yo no tenía noticias de ella, no sabía lo que debía hacer, me sentía perdido. Fernando vino a mi casa a verme, me sentía muy solo, me sugirió que la buscara, no podía dejar pasar más tiempo, que la llevara a todos los lugares que habíamos recorrido juntos en Medellín, que la trajera a casa. Tal vez eso le ayudaría a recordarme más rápido. No lo pensé ni dos veces, puse en marcha el plan para recuperarla. Hablé con Bob para decirle que haría una pausa en mi carrera hasta que Renata estuviera mejor, no me importaba el tiempo que eso llevara, Renata lo valía todo. Le marqué a Luciano para decirle que quería pasar un poco de tiempo con ella, quería llevarla a sus terapias y sorpresivamente él no se opuso a eso. Si no fuera porque es

Renata y su ex prometido viven juntos, podría decir que hasta amigos podríamos ser. Me apresuré a salir de mi casa y me puse la loción favorita de Renata. Pasé a comprar sus flores preferidas y llegué al departamento de Luciano. Estaba sumamente ansioso y toqué muy fuerte la puerta, parecía que la iba a romper. No tuve respuesta alguna, comencé a desesperarme, a lo lejos pude escuchar su voz diciendo ¿quién es? El simple hecho de escucharla hacía que todo mejorara. Era increíble verla nuevamente.

—Soy yo, Gael.

—Gael, ¡me asustaste! Disculpa las fachas, mi hermana ya se fue a México y no me dejaba mover ni un dedo.

Al pasar, de un vistazo aprecié lo pequeño del lugar, un sillón de piel individual color negro y frente a él una gran pantalla con un Xbox de última generación, lo cual desentonaba con lo reducido de la estancia. El comedor igualmente pequeño pero lindo. Pude ver como las manos de Renata temblaban, no podía sostenerme la mirada, era obvio que la ponía muy nerviosa.

—Pero siéntate por favor ¿quieres una taza de café?

—Sí, claro.

—Sin azúcar ¿cierto?

—Sí, veo que no lo olvidaste.

Ella se sorprendió de poder recordar. Era un pequeño detalle pero me daba esperanza.

—Oye Rex, ¿te puedo llamar así verdad?

—Claro, llámame como tú quieras.

—Okay, ¿te gustaría ir a desayunar mañana conmigo? Quiero llevarte a uno de tus lugares favoritos.

—Eso suena excelente, ya me aburrí de estar aquí encerrada todo el día, Luciano siempre está trabajando y yo no tengo amigos aquí ni con quien salir.

—Pero qué dices, claro que tienes amigos, me tienes a mí a Fer, Bob, bueno hasta mi nana.

—¿Tu nana? ¿Pero cómo?

—Pues sí Rex, vivías en mi casa... Perdón me expresé mal, te la vivías en mi casa.

—No pensé que tenía amigos aquí pero me encantaría conocerlos de nuevo y que me cuentes un poco más sobre mi trabajo contigo.

—Para mí será un placer contarte todo lo que hacíamos juntos. No pudo evitar sonrojarse un poco, podía sentir como temblaba cada vez que me acercaba a ella, eso me encantaba. La forma en que se ponía nerviosa cada vez que la tocaba o me acercaba a ella.

—¿Te parece si paso por ti a las nueve? Prometo ser puntual, sé que detestas que llegue tarde.

—Veo que sabes muchos detalles de mí, me siento mal de no poder recordarte.

—No te angusties, todo a su tiempo, no te desesperes. Tengo un regalo para ti.

—¡Otro regalo! Olvidé agradecerte las flores, de hecho son mis favoritas.

—Lo sé, procuro llenarte de regalos, amo la forma en que arrugas la nariz cuando los abres. Anda ábrelo.

—¿Un celular?

—Sí, así podremos hablar siempre que quieras, cuando estés aburrida o te sientas sola, puedes llamarme.

—Gracias, es un lindo detalle de tu parte, me hacía falta uno.

—De nada bonita.

Termine mi café, era tiempo de irme, no quería abrumarla con tantas cosas. Estaba lleno de ilusión, no podía creer que todo marchara tan bien, no negaba que me dolía dejarla, no quería hacerlo, pero no tenía otra opción. Le di un beso en la mejilla y me fui. Se quedó en la puerta como la primera vez que la dejé en su habitación en mi casa. Al llegar fui directo hacía mi estudio, no quería estar en ningún otro sitio si no era con Renata, todos los rincones de la casa me la recordaban. De alguna manera tenía que sacar todo lo que sentía y escribiendo era la única manera en que sabía hacerlo. Después de algunas horas sonó mi celular, era ella.

Hi boss, gracias por el teléfono, has hecho mi vida mucho más sencilla, estoy ansiosa por verte mañana ¡descansa!

Me alegré tanto de recibir su mensaje. Eso significaba que ella pensaba en mí, quería verla y besarla, no sabía si iba a poder controlar mis impulsos. Esa mañana desperté muy temprano, odiaría hacerla esperar. Era como si fuera la primera vez que teníamos una cita, moría de ganas por contarle todo y llevarla a recorrer Medellín. Bajé de mi auto y fui directo a su puerta.

Toc, toc, toc... esta vez toqué con más delicadeza.

—Vaya *boss*, sí que eres puntual.

—No lo soy, pero por ti hago el sacrificio.

—Espero no estar muy informal para el lugar al que me llevarás, la verdad es que no sé mucho de la vida en estos momentos.

—No te preocupes tú siempre estás hermosa, ¿nos vamos?

—¡Claro!

La tomé de la mano para caminar hacia donde estaba estacionado mi auto, viejas costumbres, vi que a ella no le molestó en lo más mínimo que lo hiciera.

—*Boss* vaya que tienes buen gusto, no sé si sepas, pero amo los carros y motos, de hecho, quería estudiar ingeniería automotriz, pero mi hermana siempre me ha dicho que eso es de hombres. ¿Sabes? era una de las cosas que tenía en común con mi papá, amaba verlo arreglar sus *challenger* del 71.

—Sabía lo de los autos, pero no que a tu papá también le gustaban, no hablamos mucho acerca de ellos.

—Es que no me gusta, aunque contigo siento que es muy fácil hablar de todo, dime ¿a dónde me llevarás?

—Pues iremos a uno de tus lugares favoritos, hemos ido algunas cuantas veces.

—No sabes cómo me frustra no recordarte, trato con todas mis fuerzas. A veces vienen imágenes a mí, pero es un poco confuso, no sé si es real o solo es producto de mi imaginación.

—Ten por seguro que todo lo que recuerdas es real, tomará un tiempo, pero sé que me vas a recordar por completo.

Entramos al restaurante, le pedí a la *hostess* que nos asignara la misma mesa que cuando fuimos la primera vez. Quería que el lugar se le hiciera lo más familiar posible.

—Gael, es bellísimo. ¡Me encanta! Algún día te llevaré a mi restaurante favorito en México.

—"8.33" ¿no?

—¿Cómo lo sabes?

—Ya estuve ahí.

— ¿Cómo es eso posible?

—Pues digamos que pasamos unas mini vacaciones en Guadalajara, me llevaste a todos los lugares que te gustan y hasta fui al colegio de tus sobrinos.

—¡Nooooo! Me muero. Necesito que me cuentes más, siento que no sé nada de ti.

—Pues te platico que tengo un hermano menor que se llama Santiago es mi luz y bueno Fernando ni se diga, es mi mejor amigo. De hecho, ustedes son muy unidos, siempre tuvieron una conexión muy especial, él siempre nos acompañó en nuestras mejores aventuras.

—Qué gracioso, tenemos muchas coincidencias.

—¿Qué coincidencias?

—Lo de que tu hermano sea tu luz. Es raro porque así le digo a Luciano, siempre he pensado que él es la luz de mi vida, cuando éramos niños él odiaba que le dijera así, pero después que le dije el significado lo amó.

Ese comentario me dolió en lo más profundo de mi ser, sin duda subestimé demasiado lo que habían vivido, Renata jamás me dijo algo así a mí.

—Gael ¿estás bien? Te pusiste muy serio.

—Sí, lo siento. Me fui por un momento.

—Bueno, sígueme contando, qué más hicimos juntos.

—Uyyyy tuvimos mil aventuras, fuimos a muchos lugares de Europa. Solíamos viajar mucho, tú eres mi asistente personal.

—No lo puedo creer, odio no recordar eso.

—Te llevaré de nuevo algún día, no te preocupes.

—¿Y qué hay de tus conciertos? ¿También te ayudaba en eso?

—Por supuesto, eres muy organizada, esa fue una de las razones por la cual te contraté. Tú llegaste a poner orden en mi vida, aunque por el momento decidí tomarme una pausa hasta que estés mejor.

—¿No crees que eso es demasiado? Digo, no creo que yo sea tan indispensable para que no puedas realiza tu trabajo, tal vez puedas encontrar a alguien más que haga lo mismo que yo ¿no crees?

—Sí, sé que hay más personas que lo puede hacer, pero por el momento lo único que me interesa es que tú te recuperes por completo, lo demás puede esperar.

—No me digas eso, me siento mal que no trabajes por mí culpa, no quiero cargar con eso.

—Esa decisión ya está tomada y no podrás hacer nada al respecto, mejor dime qué más quieres saber.

—Cuéntame más de ti.

—Pues amo andar en bici, de hecho, salimos todos los días a andar por la colina que está cerca de nuestra casa. Amo la música, esa es una de mis pasiones más grandes.

—¿Es enserio? A mí no me gusta andar en bicicleta, ¿cómo lograste que me subiera a una?

—Sé tantas cosas sobre ti que podría escribir un libro. Desde tu color favorito hasta que odias volar en avión, siempre estás de buen humor, aunque hayas tenido un día pesado, siempre tienes una sonrisa que dar. También sé que amas la forma en como hablo, te derrite mi acento colombiano.

—Cálmate señor acento colombiano... Veo que sí sabes mucho de mí, sabes tantas cosas que da miedo.

—Pues yo también pensaba eso, pero había un detalle de ti que desconocía. No sabía que te ibas a casar.

Su cara cambio de felicidad a confusión.

—Así es, hice la misma cara que tú en cuanto lo supe.

—No entiendo por qué te lo oculté, Luciano es lo más importante de mi vida.

—Yo tampoco lo entiendo. Pero bueno, por hoy fue suficiente, debo llevarte a tu casa no quiero que Luciano se vaya a enojar.

—No lo creo, él nunca está en casa. Está muy raro, me evita a toda costa, creo que me oculta algo. Cada vez que trato de acercarme a él o darle un beso, me deja sola. Además duerme en la sala, dice que no quiere lastimarme. Él no suele comportarse así, siempre quería estar pegado a mí como sanguijuela. Ahora es diferente, no sé si me explico, a veces me mira con desprecio, no lo sé, bueno no quiero incomodarte con esto.

—No me incomodas, ya te lo dije somos amigos y puedes contármelo todo, por otro lado, creo que está bien que duerman separados, digo, ante todo primero está tu salud.

—Tal vez tienes razón Gael, pero creo que es muy exagerado su comportamiento.

—Tranquila bonita no lo tomes personal, ¿nos vamos?

—Sí y gracias por traerme a este lugar, está increíble.

Me hacía sentir muy bien que estuvieran tan alejados, al parecer Luciano era un caballero y no quería aprovecharse de la situación. De camino a su casa le propuse hacer algo el día de mañana, ella por supuesto me dijo que sí. Pensé que sería buena idea organizar una pequeña carne asada como lo hacen en México. Llamé a los chicos, sabía que para Renata seria agradable ver a alguien más, su mundo ahora solo era Luciano y yo, quería que supiera que había otras personas en Medellín que le tenían cariño. Mandé a Carlo por ella. Nunca olvidaré cuando Renata entró de nuevo a mi casa, Paty no pudo evitar recibirla con mucho entusiasmo, la abrazó como si fuera su mamá.

—Mi niña Rex, ¡volviste!

—Paty, recuerda que te conté que Renata aún no recuerda nada, vamos a llevarla con calma ¿sí?

—Cierto, pero que tonta soy. Lo siento tanto Rex, pero es que me llena de felicidad verte de nuevo.

—No hay problema, siento mucho no poder recordarte.

—Verás que sí mi niña, todos queremos que pronto te recuperes.

—Bueno nana, ya no atormentes más a Renata. Ven conmigo, quiero llevarte a mi estudio, ahí es donde acurre la magia.

Al entrar pude notar su carita de curiosidad, tal y como la primera vez.

—Quiero enseñarte en lo que he estado trabajando, aún le faltan algunos arreglos, pero Luca y Demián ya están en eso. Quiero tu opinión de experta.

—¿Experta? Dudo mucho que lo sea pero con gusto te daré mi opinión.

—¡WOW Gael! Tiene un ritmazo increíble, es súper contagiosa, no pude evitar bailar al escucharla, estoy segura que será un éxito mundial.

—¿Dónde anda?

—Él es Demián mi arreglista, suele ser algo cariñoso, pero como dices tú, perro que ladra no muerde.

— ¡Rexy! qué gusto verte, ¿cómo estás? Veo que el hospital te ha sentado bastante bien. Ven anda dame un abrazo. Qué bueno es verte de nuevo Rex, por fin estará todo el *crew* reunido. Tal vez no lo recuerdes, pero cuando te conocí intenté enamorarte, obvio tú nunca me hiciste caso, tu corazón ya se lo había ganado otro.

—¿Otro? Te refieres a Luciano ¿no?

—¿Luciano? ¿Quién es él? Nunca había escuchado ese nombre, yo me refería a...

—¡Demián! No seas imprudente— dije un poco enojado.

—*Sorry boss*, olvidé que Renata no nos recuerda.

—Bueno vámonos que los otros ya nos esperan en el jardín.

Mientras caminábamos hacia el jardín yo no paraba de mirarla, se veía hermosa, tan feliz, tan perfecta, esa era mi Renata.

—¡Hey familia! ¡Qué gusto verlos!

—Eaaaaa ¡por fin! ¡Renata *is in the house*!

—Pero ven para aca cu...

—¡Santiagooo! compórtate.

—Perdón *bro*, la costumbre.

—Hola Renata yo soy...

—Roberto ¡te recuerdo! Gael lo recuerdo, no podría olvidar ese rostro.

—Vez Cacho, te dije que solo le dieras un par de días.

—Bueno ya, no hay que presionar a Renata. Mejor vayamos a la alberca.

—Pero no traje bañador. ¿Por qué dije bañador?

—Así le decimos los colombianos al traje de baño, es normal que digas esa clase de frases, pasas mucho tiempo con nosotros. De hecho, tu eres la única del equipo que no es de aquí, pero no te perocupes lo tengo todo solucionado. Ven conmigo para que te cambies.

Subimos a mi habitación, ahí tenia algunas cosas de Renata para que pudiera cambiarse con más comodidad.

—Bien ahí está tu bañador, te esperaré fuera.

—Gracias Gael.

Pasaron unos minutos, toqué a la puerta, quería saber si ya estaba lista.

—Oye Gael, tengo una pregunta ¿por qué hay una foto nuestra en tu mesa de noche? ¿Cuándo nos la tomamos?

—Lo siento Rex, olvidé guardarla.

—¿A qué te refieres?

—Te contaré luego ¿sí? Vamo nos están esperando.

—Está bien.

Sabía perfectamente que ahora solo le había sembrado más dudas a Renata, soy un tonto, cómo pude dejar que se me escapara ese detalle tan importante. Salimos de mi habitación y fuimos a alcanzar a los demás. Lo único que quería era sacarla de ahí para que no me hiciera más preguntas que no pudiera evadir. Ella siempre ha sido muy curiosa. Llegamos hasta el jardín, Renata tomó un poco de sol mientras yo terminaba de preparar la comida. Se veía hermosa en ese traje de baño, su cuerpo sin duda me derretía, no podía dejar de mirarla. La comida continuó, todos nos divertíamos como niños jugando en la alberca y platicando. Definitivamente fue uno de mis mejores días.

—Bueno chicos, creo que es momento de irme, la pasé muy bien. Gael gracias por todo. Eres un gran anfitrión.

Tomé su mano y le pedí que se quedara, no quería volver a separarme de ella, ya no aguantaba más su ausencia.

—Rex, quédate no te vayas.

—¿Quedarme? No sé si sea buena idea, no creo que a Luciano le parezca bien.

—Vamos Rex, él está trabajando y tú estás pasándola muy bien, quédate ¿sí?

—Hablaré con él, dame un momento.

Se alejó mientras yo le rogaba a todos los ángeles para que se quedara esa noche conmigo.

—Pues dijo que sí, que no había problema por él. Me sorprendió porque Luciano suele ser muy celoso pero creo que contigo se siente en confianza. Oye Gael, ¿puedo preguntarte algo?

—Claro, sabes que puedes preguntarme lo que quieras.

—¿Te has enamorado alguna vez? No me malentiendas, pero se me hace muy raro que un hombre como tú no tenga novia. Eres muy guapo e inteligente, seguro tienes a un séquito de mujeres rogando por estar contigo.

—Qué preguntas haces... Pues sí, la verdad es que estoy muy enamorado, pero es complicado.

—¿Por qué?

—Pues digamos que ella está un poco perdida en estos momentos, espero que pronto todo vuelva a la normalidad.

—¿Por qué lo dices? ¿Está lejos?

—Algo así, digamos que apareció alguien más y por ahora nos estamos tomando un tiempo, pero te juro que no hay un solo momento de mi día en que no piense en ella, en que no quiera besarla y estar con ella de nuevo. Daría todo lo que tengo por volver a estar con ella.

—Te expresas tan lindo de ella, ¡ya quiero conocerla!

—Tú la conoces Rex.

—¿La conozco? ¿Cómo se llama?

—Vaya qué preguntona me saliste señorita. ¿Estás celosa?

—Claro que no, es simple curiosidad, pero si te incomoda mi pregunta puedes decidir no contestarla.

—No me incomoda, pero bueno otro día te sigo hablando de ella, por hoy ya fue suficiente, creo que es momento de que nos vayamos a dormir, todos se fueron sin darnos cuenta. En marcha bonita.

—Lo que digas *boss*.

Nos fuimos directo a mi habitación. Creí que lo mejor era que ella durmiera ahí y yo en la que era su habitación. Era extraño como los papeles se habían cambiado. La dejé en mi habitación y me fui, no podía creer el mágico día que había pasado a su lado. En mi interior sentía que la estaba recuperando. Al despertar corrí a mi habitación, quería verla, pero ella ya no estaba, solo había una nota en mi cama, Renata había desaparecido de nuevo.

Boss gracias por todas tus atenciones, no quise despertarte, espero verte pronto!

Un beso, Renata.

Me recosté en mi cama, su aroma inundaba toda la habitación. Cerré los ojos, no podía pensar en nada más. Los siguientes días no hablamos mucho, quería darle su tiempo, no pretendía apresurar las cosas. El simple hecho de escuchar su voz hacía que todo mejorara, pensaba en tantas cosas, no quería perderla de nuevo, me aterraba la idea de que decidiera quedarse con Luciano y no conmigo. Necesitaba que me recordara. Estaba en mi estudio escribiendo, no sabía qué otra cosa hacer, así que escribía y escribía. Solo así el tiempo lograba irse rápido y yo podía escapar de mis pensamientos. Recuerdo que eran cerca de las doce de la noche, cuando por fin me llamó.

—Alo, ¿Rex? ¿Eres tú?

—Hola *boss*, sí, soy yo. No podía dormir y quería escuchar tu voz, no sé por qué el escucharte logra tranquilizarme tanto ¿llamé en un mal momento?

—No para nada linda, tú nunca llamas en mal momento, siempre es un placer escucharte. ¿Cómo va la rehabilitación? ¿Cómo esta Luciano?

—La rehabilitación va muy bien, Luciano dice que pronto me dará de alta.

—¡Esas son excelentes noticias Rex! Pero dime qué pasa, sé que no llamaste por eso.

—La verdad es que las cosas con Luciano no marchan nada bien, de todo peleamos. Sé que algo se rompió, pero no sé en qué momento pasó o porqué las cosas han cambiado tanto. Antes yo solía ser su refugio pero ahora es todo lo contrario, no entiendo qué es lo que está pasando.

—Amor, tranquila no llores por favor.

—Es que Gael, no sabes lo frustrante que es no poder recordar nada. Siento un vacío que me horroriza, quisiera que todo fuera como antes del maldito accidente.

—Lo sé Rex, yo también quisiera que las cosas fueran como antes, daría todo lo que tengo por cambiar de lugar contigo. No sabes la culpa que siento por el accidente. Te fallé y eso nunca me lo voy a perdonar, por mi culpa tú estás así.

—No es tu culpa, fue un accidente.

—Sí fue mi culpa Renata, yo venía manejando y no debí distraerme.

—Tranquilo Gael, no quiero que te sientas así. Al contrario, todo este tiempo lo único que has hecho es hacerme feliz y estoy muy agradecida por eso.

—Es lo menos que puedo hacer. Quiero invitarte a salir. Mañana hay una fiesta y me encantaría que vinieras conmigo.

—Pero no tengo nada qué ponerme.

—Por eso no debes preocuparte, yo me encargo.

—¿En serio?

—Claro bonita, lo tengo todo solucionado. A las seis mandaré a Carlo con todo tu atuendo y Alicia mi vestuarista irá con él para maquillarte y peinarte. Así no te preocuparas por nada. ¿Qué dices?

—Está bien, no sé cómo lo haces.

—¿Hacer qué?

—Tienes ese poder de convencerme de hacer lo que tú quieras.

—Nada de eso bonita, solo quiero que te diviertas un poco, te la vives encerrada en esas cuatro paredes.

—Gracias *boss*, en definitiva, me saqué la lotería contigo.

—Descansa, te veo mañana.

Esa llamada fue lo mejor que me había pasado en días. Estaba tan feliz que no me importó la hora y de inmediato llamé a mi madre, quería contarle todo. Le pedí que por la mañana me acompañara a comprar algo lindo para Renata, quería que se viera espectacular, todo debía de ser perfecto. Al día siguiente me desperté muy temprano y pasé por mi madre.

—Hola Cucha ¿cómo está?

—Nene, feliz de verte tan contento.

—Lo sé, es que por fin siento que la estoy recuperando.

— ¡Me alegra tanto! Bueno nene, vamos que se nos hace tarde.

Caminamos varias horas buscando el vestido perfecto para Renata.

—Cucha ¿qué tal éste? ¿Crees que le guste?

—Nene ¡es hermoso! Lo que no sé, es si se vaya a sentir cómoda con él, ¿no crees que es muy atrevido?

—¡Cucha! ¿Cómo crees? ¡Es perfecto! se verá como una princesa.

Sabía que le iba a gustar. Pese a los comentarios de mi madre, compré el vestido, esa noche Renata iba a brillar. Mientras caminábamos al estacionamiento del centro comercial me percaté que mi madre estaba muy seria, sabía que quería decirme algo, se le notaba en la cara.

—Ya dilo cucha, sé que me quieres gritar algo, lo noto.

—¡Vaya pues! ¿Qué ahora eres brujo?

—Madre, te conozco. Dime.

—Gael, solo no quiero que te ilusiones tanto hijito. Creo que tienes muchas expectativas puestas en ella, parece que olvidas que ahora existe alguien más en su vida, no me gustaría que salieras lastimado.

—Madre, créeme que no lo olvido, pero sé que ella me recuerda, en el fondo sabe quién soy.

—Solo lo digo porque eres mi hijo y me preocupas Gael, pero si dices que todo está bien, te creo nene.

Llegamos a casa y yo estaba más emocionado que nunca, arreglé el vestido de Renata y se lo envié con Carlo. Estaba muy ansioso por verla, deseaba que ya dieran las nueve para pasar por ella. Fernando llegó a mi casa, quedamos en que iríamos juntos a recogerla.

—*Bro*, que guapo te ves, ¿sabes? a veces me haces dudar de mi heterosexualidad.

—Qué imbécil eres, andando salgamos de aquí.

—Tranquilo galán, que aún tenemos tiempo de darnos unos besos antes de ir por ella.

—Idiota, ¡vámonos ya!

Todo el camino estuvimos platicando y cantando, la actitud de Fer me ayudaba mucho a relajarme. Llegamos a casa de Renata y ambos nos bajamos a tocar la puerta.

Toc, toc, toc...

—Un minuto, solo tomo mi bolsa.

Se veía tan hermosa, irradiaba una energía única, brillaba por ella misma.

— ¡Chicos! Qué gusto de verlos.

Fernando le dio una vuelta y un fuerte abrazo.

—Hey nena, te ves espectacular.

—Gracias Gael pero es por el vestido, no me malentiendas es hermoso, pero demasiado corto.

—Claro que no Rex, el vestido solo le hace justicia a tu belleza, pero bueno vamo que no quiero llegar tarde.

Salimos de ahí y fuimos directo al lugar del evento, sabía que Renata se iba a emocionar al ver de quién era la fiesta. Entramos al lugar tomados de la mano. Comencé a saludar a todos como era mi costumbre, pude ver que no se sentía tan cómoda, era su primera vez en una fiesta así.

—Ven quiero que conozcas a alguien.

—¡King hermano!

—¡Cachorro! Qué gusto que estés aquí, pero ¿quién es la bella dama?

—Ella es Renata.

—Pero qué bella señorita. Mucho gusto soy Ramón, pero todos aquí me dicen *The King*, espero que disfruten la noche. ¡A DIVERTIRSEEEE QUE A ESO VENIMOS!

—Gael, ¡¡¡es él!!! ¡No puedo creer que esté en una de sus fiestas! ¡Es como un sueño!

—Y tú eres el mío, me encanta verte feliz, anda vamo a bailar.

Todo fluía de manera maravillosa, Renata bailaba y se divertía como nunca, veía con sorpresa a todas las personas del lugar, yo le cantaba todas las canciones que ponían y sacaba mis mejores pasos para sorprenderla. Ella me hacía sentir como si estuviera drogado, es una sensación que no puedo describir, solo podía pensar en besarla, era lo que más quería en la vida.

—Gael, estoy disfrutando mucho de esta noche, pero estoy algo cansada y quisiera irme.

—Okay bonita, no se diga más, despidámonos y salgamos de aquí.

Fernando decidió quedarse. Regresamos solos a su casa, todo el camino no dejaba de pensar en besarla, era lo único que quería hacer.

—Bueno princesa llegamos, espero que hayas disfrutado de esta noche tanto como yo, te acompaño hasta la puerta.

Estábamos parados en la entrada de su casa, sin decir nada. Yo estaba perdido en sus grandes ojos azules. No pude evitarlo y la besé con tal pasión que ella no se resistió y me correspondió.

—Gael lo siento, esto no está bien, yo estoy comprometida.

—Renata lo sé, pero ya esperé demasiado, no puedo seguir ocultando lo que siento por ti.

— ¿Gael de qué estás hablando?

—Buenas noches— dijo Luciano con cara de pocos amigos.

—¡Luz! Acabamos de llegar.

Renata corrió a sus brazos con cara de vergüenza, ya que era obvio que Luciano nos había visto.

—Qué bueno mi amor, ¿te divertiste?

—Sí, la pasamos muy bien, ¿verdad Gael?

—Sí, todo estuvo excelente, qué bueno que decidiste salir esta noche.

—Gracias Gael, pero creo que es momento de que te vayas— dijo Renata con voz temblorosa.

—Tienes razón ya es tarde y debes descansar.

—Gael, antes de que te vayas quisiera comentarte algo. ¿Tienes prisa?

—Claro que no Luciano, sin problema.

—Anda amor, entra a casa, voy en un momento.

Renata le dio un beso y como niña obediente entró a su casa, se veía algo nerviosa, creo que pensó que me iba a pelear con Luciano.

—Y bien, ¿te puedo invitar una cerveza?

—Por supuesto.

—Pero vayamos a otro lugar, no quiero que Renata nos escuche.

Nos fuimos caminando hacia un bar que estaba cerca de su departamento, el lugar era muy sencillo, parecía más bien una taberna medieval mal iluminada. El humo de cigarrillo hacía una especie de fría bruma. Nos sentamos a la barra y pedimos un par de cervezas.

—Gael, Renata está comenzando a recordar. Tiene sueños y está muy confundida, no sabe qué es real y qué no, creo que llegó el momento de hablar con ella.

—Por supuesto. Debemos hablar con ella lo antes posible.

— ¿Te parece bien el próximo jueves? Es mi día de descanso y me gustaría estar presente para que los dos le expliquemos todo. Hablaré con bella para contarle lo que está pasando, si no te importa.

—Claro que no, creo que tú tienes mejor relación con ella que yo, te entenderá mejor a ti, y Luciano gracias por todo, por cuidarla y apoyarme.

—Quiero dejarte en claro que no lo hago por ti, ella es mi paciente y es mi deber profesional decírtelo. Si no fuera así no te diría nada, me estás arrebatando a la mujer de mi vida.

Me quedé callado, mientras la realidad llegaba a mí de golpe. ¿Yo le estaba arrebatando a la mujer de su vida o él a mí? Renata le tenía una fuerte lealtad, ellos habían crecido juntos y como ella decía, él era la luz de su vida. ¿Realmente me amaba a mí o a él?

Llegué a mi casa y tenía la cabeza hecha un mar de dudas, nunca había experimentado esa sensación antes. No era nada grato sentirme así, los días pasaron y no tenía noticias de ella, quería despertar y que fuera jueves pero el miedo me nublaba, miedo de decirle la verdad y que me rechazara. Me atormentaba la simple idea de que Renata lo prefiriera a él y no a mí. Una fuerte lluvia borraba la visibilidad en la calle. Tocaron a la puerta y me sobresalté, no esperaba a nadie. Al abrir fue aún más grande mi sorpresa, era ella, estaba ahí en la entrada de mi casa mojándose, se veía realmente alterada.

—Rex, ¿qué haces aquí?— dije mientras ella saltaba a mis brazos.

—Perdón Gael, pero es que no tenía a donde ir.

—Está bien, ven siéntate déjame traerte algo de ropa seca.

Fui a mi habitación por unos pants y en lo que ella se secaba fui a prepararle un té. Minutos más tarde me alcanzó en la cocina.

—Te preparé un té, tómalo te hará sentir mejor, ¿puedo preguntar qué pasa?

—Siento mucho haber llegado así sin avisar, pero eres mi único amigo aquí.

—No te preocupes, sabes que esta es tu casa. Anda cuéntame.

—Discutí horrible con Luciano y no soportaba estar un momento más con él.

— ¿QUÉ FUE LO QUE PASÓ? ¿TE HIZO ALGO?

—Me dijo que quería regresar a México, que él ya no tiene nada que hacer aquí y eso me confunde, tengo tantas dudas. Dime qué pasó entre nosotros, no entiendo por qué Luciano actúa así, como si no le importara abandonarme.

— ¿A qué te refieres?

—Sabes perfectamente lo que quiero saber, tengo algunos recuerdos, ya no sé qué es verdad y que es producto de mi imaginación. Gael estoy desesperada dímelo por favor.

—¿Estás segura?

—Lo estoy. ¿Por qué lo dices en ese tono?

—¿Podemos esperar a mañana? Quisiera que Luciano estuviera presente.

La verdad es que yo no quería esperar ni un momento más, quería gritarle la verdad.

—Gael no puedo esperar más, creo que ya fue suficiente, dime todo lo que sabes.

—¿Recuerdas que te dije que estaba enamorado?

—Sí, claro que lo recuerdo, ¿pero eso que tiene que ver conmigo?

—Todo Renata, porque la mujer de la cual estoy enamorado no me puede recordar. Renata, esa mujer eres TÚ.

—¿Cómo puedes decir eso?

—¿Querías la verdad? Pues es esa, ya no puedo seguir mintiéndote, te conozco desde hace un tiempo, llegaste a mi vida asustada y confundida, era evidente que estabas huyendo de algo pero nunca te lo pregunté, ahora sé que huías de Luciano. En un principio solo se trataba de una oportunidad de trabajo, pero poco a poco se fue convirtiendo en algo más fuerte. Desde el momento en que te vi llegar a mi casa lo cambiaste todo, supe que tú eras la mujer de mi vida, con la que quiero estar para siempre. Pasó el tiempo y nuestro lazo se fue haciendo más fuerte, hasta que te pedí que fueras mi novia.

— ¿Pero y Luciano?

—Sí, novios y todo iba de maravilla hasta que vino ese maldito accidente a cambiarlo todo. Estabas tan mal que yo quería morirme contigo, no soportaba la vida sin ti y cuando por fin despertaste me di cuenta que no recordabas lo que habíamos vivido juntos. Veía como todas aquellas ilusiones que tenía, desaparecían junto con mi recuerdo, tuve que soportar el saber que te ibas a casar con alguien más, eso nunca me lo dijiste y jamás me imaginé que aquel hombre al que abandonaste. Ahora tenías tu vida en sus manos, fue muy duro para mí darme cuenta de eso. ¿Puedes imaginar lo que sentí? Me habías ocultado lo más importante de tu vida Renata.

—Gael, ¡no lo puedo creer! No puedo entender que te mintiera de esa manera.

—Pues lo hiciste y después de eso tu hermana decidió que lo mejor era no decirte nada, que lo importante es que te recuperaras. La idea de que ahora estabas con él me destrozaba pero aun así acepté. Lo hice porque te amo Renata, porque eres lo mejor que me ha pasado en la vida.

—Esos recuerdos que llegan a mí, son ciertos.

—Sí, todo es cierto, quiero darte algo, espero que te ayude a recordar. Toma es tu celular, ahí encontrarás nuestra historia.

Tomó su celular, al encenderlo lo primero que vio fue una foto nuestra, ahora ella sabía que no le estaba mintiendo y que yo era real.

—Todo es tan confuso, sigo sin entender por qué no me dijiste la verdad desde un principio. No puedo creer que solo te quedaras callado siendo un espectador más.

—Como ya te lo dije, lo único que me interesa era tu salud y recuperación, si no decirte nada te iba a mantener tranquila lo iba a hacer, Renata. Por ti vale la pena hacer cualquier cosa.

—Tengo que irme, no puedo con todo esto, necesito pensar.

—Renata no te vayas.

—¿Sabes? Siempre dices que yo soy un terremoto que vino para cambiarlo todo, pero tú Gael, tú eres un huracán que llegó para llevárselo todo.

—Renata por favor te amo, no hagas esto.

—Lo siento, pero no puedo quedarme y pretender que nada pasó.

Se fue muy decidida y sin decir más. Me había vuelto a quedar solo, ella se llevó mi fuerza. La llamé tantas veces, pero nunca respondió, los días pasaban y yo estaba volviéndome loco sin ella, hasta que recibí un mensaje.

Gael:

Gracias por todo lo que me diste, sin duda tú has sido lo mejor de mi vida, pero simplemente ya no puedo estar contigo, perdóname por haberte mentido y herirte de nuevo. Esto es demasiado para mí, por favor no me busques más, déjame ir, guarda todos esos recuerdos y rehaz tu vida sin mí. Sé que encontrarás a alguien que te sepa amar como tú te lo mereces, pero esa mujer no soy yo, lo siento tanto.

Por siempre Renata.

Ella se esfumó en la nada, era como si todo lo que vivimos juntos solo hubiera sido producto de mi imaginación. Todos esos hermosos recuerdos se desvanecían junto con ella, entendí que no me quería más en su vida y tal como me lo pidió me alejé, aunque sin ella nada tuviera sentido, la había perdido para siempre. Tal vez ella estaría mejor sin mí.

8.

Decidí que lo mejor era regresar a México, no podía seguir en Colombia. Duramente comprendí que la vida puede cambiar de un momento a otro con tal facilidad que daba miedo. Al abordar el avión no paraba de llorar, sentía que dejaba un pedazo de mí al alejarme de aquel lugar que me dio tantas alegrías. Nada podía ser igual, me sentía rota, lo había perdido todo. Fueron largos y dolorosos meses, no quería comer ni ver a nadie, solo deseaba morirme y perderme en mi miseria. Un día mi hermana me fue a visitar, estaba muy preocupada por mí. Era lógico, me la pasaba sola en casa, ya había bajado casi 15 kilos y de la Renata que todos conocían ya no quedaba nada. Estaba tan preocupada que tomó la decisión de llevarme a terapia, era eso o internarme, creo que solo lo dijo para asustarme y que accediera a ir. Sabía que tenía que hacer algo por mí y recuperarme, no podía pasar el resto de mis días así. Ya estaba harta de llorar y quejarme de mi miserable vida.

La primera sesión fue muy dura, debía enfrentarme a mí, a mis miedos y a todo ese dolor que no me dejaba avanzar. El recuerdo de

Gael me perseguía y atormentaba. No es nada fácil hablar de lo que nos duele pero poco a poco me fui abriendo con mi terapeuta y la mejoría era notoria. Podía sentir como el dolor cesaba lentamente.

Regresé a trabajar con mi hermana en la empresa de mi papá. Sabía que el mantener mi mente ocupada iba a hacer que todo fuera más sencillo. Me aferré a mi familia, era lo único que me motivaba, así que seguí y seguí sin detenerme a voltear atrás. Opté por cerrar todas mis redes sociales, no quería saber nada de la vida que había decidido dejar atrás. Cambié mi número de celular, así nadie podría localizarme. Dejé de escuchar música, quería borrarlo todo. Después de casi nueve meses de terapia ya empezaba a sentirme mejor, más fuerte, la vida comenzaba a tener sentido de nuevo. Un día Gaby mi mejor amigo me invitó a salir, no estaba segura de hacerlo, tal vez no estaba lista para salir al mundo. Le hablé a mi terapeuta y ella me dijo que saliera, tarde o temprano tenía que hacerlo y unos *gin&tonic* podían ayudarme a sentirme mejor.

Eran cerca de las cinco de la tarde. Le llamé a mi hermana, quería contarle que esa noche saldría, sabía que le iba a dar mucho gusto. Habían sido unos meses de larga lucha, incertidumbre y preocupación para ella.

—Hola hermana, ¿cómo estás?

—Hola Rexy, bien ¿y tú? ¿Todo bien?

—Sí Isa, todo bien. Quería contarte que Gaby me invitó a salir esta noche y voy a ir.

—¡Hermana qué gusto! Eso significa que ya estás mejor, me hace muy feliz escuchar que por fin decidiste salir un rato.

—No estaba muy segura de hacerlo, pero creo que es parte de mi recuperación, además ya me enfadé de estar siempre trabajando y en casa.

—Pero por supuesto, eso déjalo para mí que ya estoy vieja.

—¡Ay Isa! Qué cosas dices, claro que no, no estás vieja, tienes más pila que yo.

—Bueno eso sí, yo aún tengo pila para largo, pero en verdad Rex me da mucho gusto que salgas y te desempolves. Diviértete y disfruta tú que puedes y no tienes que cuidar niños.

—Ay hermana qué horror, no cambias.

—Es la verdad Renata, quiero que te pongas muy guapa, baila hasta que te sangren los pies y no llegues temprano a casa ¿okay? Es una orden.

—Está bien jefa, mañana te veo para contarte todo.

—Pero por supuesto, te invito a desayunar para curarte la cruda que vas a traer y Renata, no te cierres a las oportunidades, como decía mi mamá nunca sabes cuando la vida te pueda sorprender. Solo déjate llevar.

—Isa, gracias por estar conmigo, sé que no ha sido nada fácil.

—Te amo y así va a ser para siempre, como dices, de Manuel me puedo divorciar, pero de ti no— dijo riendo.

Seguí los sabios consejos de mi hermana. Me metí a bañar y abrí una botella de vino blanco que tenía en la casa, me arreglé lo mejor que pude. En estos momentos me hacían falta los consejos de Angello o Alicia, no tengo idea de que ponerme. Transcurrió casi una hora y después de varios cambios de ropa e indecisión, me puse unos *jeans* que hacían juego con una playera blanca y una chamarra de piel negra, quería sentirme lo más cómoda posible. Gaby había llegado por mí, estaba nerviosa de verlo, ya había pasado mucho tiempo desde la última vez que salimos.

— ¡Amigaaaaaaa! ¡Ay qué bárbara! ¡Qué guapa! Seguro que esta noche arrasas con todos.

—Gaby ¡qué gusto verte! ¡Pero tú no te quedas atrás! Qué guapo.

—Obvi amiga, quería verme súper bien para salir contigo. Bueno basta de romanticismo ¡vámonos que esta noche triunfamos!

— ¡Vamonooooos!

De camino al bar estaba muy ansiosa, las manos se me congelaban y me sentía muy hiperactiva, mis piernas no dejaban de temblar como colegiala en su primera salida. ¡Qué ridícula soy! Casi por cumplir 27 y sigo así.

Llegamos al famoso bar, era un lugar obscuro pero bastante lindo. Ya había olvidado lo que era salir de fiesta, la atmósfera del lugar era perfecta para olvidarme de todo y pasar una noche sensacional. Y como era costumbre las rondas comenzaron a llegar a nuestra mesa, todo iba viento en popa, yo me sentía de lo mejor, disfrutando de cada momento.

—Chula ¡qué gusto verte de nuevo! ¿Cómo estás amiga?

—Mi Alu muy bien, ¿y tú? Tanto tiempo sin verte.

—Ya sé amiga, pero ya sabes con los niños todo está de cabeza.

— ¡Me imagino! Pero siéntate por favor.

Estábamos platicando y poniéndonos al día, a veces era complicado coincidir, la vida de todos había cambiado mucho en los últimos años. La música era increíble, nada de reggaetón gracias a Dios.

—Ay ¡no puede ser! Rex, no voltees, pero creo Luciano viene entrando.

—No pude evitar escupir el trago que le di al gin, lo único que me faltaba en ese momento era que sonara una canción de Gael.

— ¡Renataaaa qué sorpresa!— dijo Michel mientras me paraba a saludarla.

Fue un momento muy incómodo, Michel era la mejor amiga de Luciano y obvio que estaba enteradísima de todo lo que había pasado.

—Buenas noches— dijo Luciano con la mirada gacha.

—Hola Luz— dije al saludarlo.

—Pero siéntense, no se queden ahí parados— dijo Alu muy animada.

Ella siempre decía que entre más gente más ambiente.

De inmediato Michel se sentó, no iba a dejar pasar la oportunidad. La verdad es que ella nunca ha sido de mi completo agrado, la toleraba porque era muy amiga de Luciano, solo por eso. Él se alejó un poco y me tomó del brazo.

—Renata no sabía que estarías aquí, yo no quería salir y Michel insistió muchísimo y como es el lugar de moda quiso venir aquí.

—No te preocupes Luciano, pueden quedarse— dije con la voz temblorosa.

En lo único que pensaba era en que no deseaba sentarme cerca de él, ya era un momento bastante incómodo, preferí moverme hasta el otro extremo de la mesa y dejarle a él mi lugar. El ambiente se puso algo tenso pero traté de comportarme lo más natural posible. Después de un par de horas el lugar comenzó a desocuparse.

—Bueno chicos esto se está poniendo algo aburrido, ¿por qué no vamos a otro lugar a bailar?— dijo Michel la reina de los antros.

— ¿Rex quieres ir? Yo sí tengo mil ganas de bailar, pero si tú no quieres no vamos, vine contigo y me voy contigo— dijo Gabriel con cara de perrito triste.

Lo pensé durante unos minutos, no tenía muchas ganas de ir pero no deseaba ser la amargada del grupo. Dije que sí, pedimos la cuenta y nos fuimos de ahí. Al entrar a "La Santa" el antro de moda, Michel llegó abriendo plaza y saludando a todos, parecía la reina de la primavera. No sé cómo Luciano la aguanta, siempre he tenido la sospecha de que está enamorada de él. Comencé a sentirme celosa por eso, nunca había pasado nada entre ellos porque éramos novios, ¿pero ahora? Nada le impedía estar con él, estaba enojada, pero ¿por qué eso me afectaba? ¿A caso aun sentía algo por Luciano? Dejé de atormentarme y me fui a bailar con Gaby en lo que los demás decidían que íbamos a beber. Pidieron dos botellas de whisky, creo que la fiesta va muy en serio. Seguí disfrutando de la noche, bailando como loca con mis amigos. Comencé a mirar a un chico bastante guapo, uno de esos que hace que se te olvide todo y después de un par de miradas se acercó para invitarme a bailar. Por supuesto que acepté, no quería demostrar ningún interés por Luciano.

Podía sentir la mirada de él clavada en mí, pero eso no me importó, creo que el whisky estaba haciendo muy bien su trabajo porque me sentía de lo mejor. Quería ir al baño, así que fui hasta mi mesa para pedirle a Alu que me acompañara, ya saben cosas de chicas. El lugar estaba atiborrado y a empujones logramos llegar hasta ahí.

—Amiga no lo puedo creer, Luciano no te quita la mirada de encima, parece que te quiere matar y no sabes, cuándo te fuiste con ese chico se puso fúrico. Por más que Michel se le acerca, él ni la pela, pobrecita.

—Alu eres terrible— le contesté riendo.

—Ay amiga, tú sabes que ella siempre ha estado enamorada de él, pero ni al caso, se ve que sigue enamorado de ti.

—¿Tú crees?

—Ay Renata, pero claro que sí, deberías de aprovechar y bailar con él, de pasada fastidias un rato a Michel.

No le contesté nada, regresamos a la mesa y después de unas canciones comenzó el nuevo éxito de Gael. ¡Era obvio! es el artista del año, todos coreaban su canción. Era la misma que me había mostrado en Medellín cuando había perdido la memoria. Era un éxito mundial, tomé a Luciano y comencé a bailar, no sé porque lo hice.

Luciano me tomaba por la cintura, yo solo cerré los ojos, no quería verlo. Sentía como mi sangre hervía lentamente al ritmo de la voz de Gael. No pude más y me dejé llevar por el momento, lo besé, sentía tantas cosas que no pude controlarme. Sabía que estaba mal, no quería herirlo, pero es que se veía tan guapo, tan perfecto, que me hacía olvidarlo todo. Mientras más tarde se hacía yo bebía más y más. No quería pensar en nada, solo quería disfrutar. Luciano se acercaba más a mí y yo no paraba de besarlo, con una pasión y descontrol que yo misma desconocía. Sus besos me hacían sentir tan bien, me sentía fuerte y poderosa, por un momento todo lo malo que viví se esfumó. Sin duda sus besos me curaban, me abrazaba de tal forma que podía sentir como los pedazos de mi corazón roto se pegaban de nuevo uno a uno.

—Luz, creo que es momento de irme, ya bebí demasiado.

—Déjame llevarte.

—No sé si sea buena idea.

—¿Por qué? Renata solo te voy a llevar a tu casa, no busco aprovecharme de ti.

—Lo sé, pero lo digo por mí no por ti, sé que tú eres un caballero.

—Déjame llevarte ¿sí?

—Está bien, solo me despido y nos vamos.

Me acerqué a despedirme de todos, pude notar la cara de molestia de Michel. Disfruté tanto de ese momento, él se iba conmigo y no con ella.

—Gaby ya me voy, Luz va a llevarme a casa.

—Uyyy amigaaa, más que perfecto que te lleve, oye y no dudes en comerte a ese bombón, ¡ya viste lo bien que se puso!

— ¡Gabrieeeel! Solo me llevará a casa.

—Es que velo amiga, creo que la separación le sentó mejor a él que a ti.

Gabriel tenía razón, Luciano se veía mejor que nunca, tan sexy que era casi imposible controlarse, le di un beso y nos fuimos de ahí.

Camino a casa no paraba de observarlo, parecía que estaba hipnotizada por él.

—Bueno señorita llegamos, permíteme abrirte la puerta.

—¿Quieres pasar a comer algo?— dije como un pretexto, moría por esta con él de nuevo.

—No creo que sea buena idea Rex.

—Ay Luciano, por favor, somos adultos.

—¿Estás segura de que quieres que entre?

—Sí, quiero que te quedes.

Lo tomé de la mano y nos dirigimos hacia el elevador, no pude resistirme a él, las cosas estaban subiendo de tono. Se abrió el elevador y salimos en enseguida de ahí, abrí la puerta lo más rápido que pude, de tanta desesperación tiré las llaves al suelo, simplemente no me importaba nada. Luciano me acariciaba, con esas manos que me hacían olvidar todo, era como si mi piel nunca lo hubiera olvidado. Nuestros cuerpos se reconocieron inmediatamente, él seguía siendo el mismo, esos lunares que me enloquecían seguían ahí. Supe que no había estado con nadie más, yo seguía siendo la única que habitaba su corazón. Él fue mi primer novio y en todo el primero, volví a sentirme como una adolescente.

Terminamos de reencontrarnos y fue perfecto, creo que aún sentía algo muy fuerte por él. Sin decirnos más nos dirigimos hacia mi habitación. Recuerdo que esa noche dormí increíble. Al despertar Luciano seguía ahí, aferrado a mí como sanguijuela, sabía que esta vez no me dejaría escapar de nuevo. Traté de moverme, pero no me soltaba, sentí como despertó, pero no decía nada. Creo que no sabía qué decir y francamente yo tampoco.

—Ay qué guayabo me cargo.

—¿Guayabo?

—Sí, así le dicen en Colombia a la cruda.

No sé si lo dije o lo pensé.

—Qué forma tan curiosa de referirse a la resaca.

Me quedé muda, sí, lo había dicho.

—Creo que es momento de que me retire, en un par de horas debo de ir a trabajar al hospital.

—Luciano lo siento, en verdad no quise decirlo.

—No te preocupes Rex, viviste algún tiempo allá, es normal.

—Luz.

—Mande.

—No quiero que pienses que no sabía lo que hacía ayer o que me aproveché de ti.

—Lo sé Renata, te conozco a la perfección, no es necesario que digas nada.

—Gracias.

—¿Gracias por qué?

—No sé, por aguantarme tal vez.

—No debes decir eso, se cómo funciona, ¿puedo pedirte algo?

—Claro, dime.

—Es muy importante lo que quiero decirte, ¿podemos vernos otro día?

—Sí, solo necesito algo de tiempo para poner mis ideas en claro.

—El que necesites.

Me dio un beso y se fue.

Me volví a sentir muy sola. De algún modo Luciano siempre estaba ahí para hacerme sentir mejor, pero al mismo tiempo tenia culpa, sentía que había traicionado a Gael. Estaba muy confundida. Dejé que los días pasaran para que se calmaran las cosas, no estaba lista para hablar con Luciano. Después de darle muchas vueltas al asunto fui a ver a mi psicóloga, necesitaba hablar con alguien externo a mi familia.

—¿Qué pasa, porqué la urgencia de vernos?

—¡Julia la cagué! Siento mucho remordimiento.

—¿Remordimiento? ¿Pues qué hiciste mujer?

—Recuerdas que hace algunos días te dije que saldría con un amigo.

—Sí, yo te recomendé que lo hicieras.

—Pues es que vi a Luciano y nos besamos, me dejé llevar por el momento.

—A ver Renata, dime lo que en realidad pasó.

—Hicimos el amor.

—No me refiero a eso ¿qué sentiste o porqué lo hiciste? Eso es lo verdaderamente importante.

—Me sentí bien de estar con él, Luciano siempre ha estado en mi vida, no es nada nuevo, lo conozco tan bien como él a mí.

—Pero entonces ¿por qué el remordimiento?

—Por Gael.

—¿Acaso han vuelto a hablar?

—No.

—¿Entonces? Explícame porque no te entiendo.

—Es que cuando estoy con Luciano me olvido de todo y me siento bien, pero cuando se va los recuerdos de Gael me siguen atormentando.

—A ver Renata vamos a hablar claro, ¿sigues amando a Gael?

—No, creo que es más bien que pienso en lo que pudo ser, pero no fue. Luego pienso en todo lo que me hizo Luciano y me da rabia y no quiero volver a verlo.

—Renata, corazón, no te atormentes de esa manera, tu decidiste sacar a Gael de tu vida, alguna razón debiste encontrar para hacerlo. Creo que debes hablar con Luciano y dejar que te explique qué fue lo que en realidad pasó, el derecho de réplica nunca se lo otorgaste.

—Tienes razón, ¡pero es que yo lo vi!

—No muñeca, tú creíste ver algo e hiciste juicios sobre eso, pero jamás dejaste que te explicara. Para avanzar debes de cerrar ciclos y dejarlo hablar es una forma de hacerlo.

—Está bien Julia, hablaré con él, gracias por todo, eres mi salvadora.

—No hay nada que agradecer muñeca y no soy tu salvadora, soy tu psicóloga y para eso estoy.

Después de ver a Julia me sentía más tranquila, pero sus palabras retumbaban dentro de mi cabeza. Ella tenía razón, debía darle la oportunidad de que me explicara las cosas, tenía que enfrentarlo para poder progresar. Sin darle más vuelta le llamé, pero no me contestó, a las pocas horas regresó mi llamada.

—Hola Rex, lamento no haber podido contestar, estaba ocupado

—¿Te gustaría que cenáramos hoy?— dije en voz bajita esperando que dijera que no.

—Claro me parece excelente idea, ¿quieres salir a cenar o prefieres que te prepare algo?

—No, sales muy cansado de trabajar, mejor vayamos a otro lado.

—Okay, ¿El ”8.33” te parece bien? Es tu restaurante favorito.

Pensé que en un lugar público las cosas podían ponerse menos intensas y todo sería más fácil.

—Paso por ti a las nueve.

—No te preocupes, mejor te veo allá.

Colgó el teléfono, sentí que estaba molesto, era eso o los nervios me comenzaban a traicionar. Todo sea por el dichoso cierre y para darle vuelta a la página. Seguí trabajando, haciendo la conciliación para el cierre de mes. Me costaba mucho concentrarme, miraba el reloj que pendía de la pared de mi oficina, esperando a que el tiempo pasara. Eran casi las seis y media de la tarde, ya había terminado mis pendientes, acomodé y archivé todos los papeles que tenía en mi escritorio y con un largo suspiro me fui a casa. Ni siquiera había notado que no comí nada desde el desayuno, sentía un sabor a bilis en la boca, no sé si se debía por la falta de alimentos o por exceso de nervios.

Me urgía tomar un descanso, al llegar a casa me quité los zapatos y corrí a abrazar mi cama. Programé la alarma a las ocho, disponía de una hora para mí. Después de mi siesta sonó el despertador, sentía muchos nervios. Por fin sabría la verdad de lo que había sucedido la noche que cambió mi vida. Puse música para intentar relajarme. Necesitaba desestresarme, cantaba al ritmo de Jarabe de Palo, *"Por un beso de la flaca.."* mientras me duchaba. Revisé mi closet para buscar si tenía algo menos oficinesco que ponerme. Encontré unos *leggins* que combinaban perfecto con unas alpargatas recién adquiridas. Arreglé mi cabello, me puse un poco de rímel y labial, no iba a una cita importante, solo vería a mi ex prometido y hablaríamos del pasado. Maldito pasado, me persigue a donde quiera que vaya, parece que nunca me voy a liberar de él. A las nueve con diez apenas estaba saliendo de mi casa. Odiaba llegar tarde, espero que Luciano no piense que ya lo dejé plantado de nuevo. Entré al restaurante como alma que lleva el diablo, intentaba buscarlo entre las personas, pero no lograba verlo, creo que una señorita notó que estaba un poco perdida.

—Bienvenida, buenas noches ¿ya la esperan?

—Sí, creo que sí, bueno eso espero.

—¿A nombre de quien está su reservación?

—Luciano Del Valle.

—Luciano Del Valle... Si aquí está, adelante, ya la espera.

Seguí a la señorita hasta la mesa en donde estaba Luciano, me daba mucho alivio verlo y saber que no se había ido.

—Luz disculpa el retaso, había mucho tráfico.

—No te preocupes Rex, comenzaba a pensar que me habías dejado plantado.

—No, ¡cómo crees!

Tomé asiento frente a él, se veía increíblemente guapo. La forma en que me miraba era tan intensa que yo era incapaz de mirarlo fijamente a los ojos.

— ¿Cómo estuvo tu día?

—Igual que siempre, ya sabes, cierre del mes, conciliaciones, nada importante y ¿el tuyo qué tal?

—Algo cansado, tuve una cirugía muy complicada por la mañana, pero estaba muy ansioso por verte.

—Y bien, ¿qué es eso tan importante que quieres decirme?

—Tranquila nena, tenemos toda la noche para hablar, ¿te parece si ordenamos algo de cenar? ¡Muero de hambre!

—Sí claro, lo siento es que estoy algo nerviosa.

—¿Nerviosa? Si el que va a hablar soy yo— dijo mientras leía el menú.

Él ordenó por mí, sabía perfectamente lo que me gustaba pedir, a veces es como si leyera mi mente.

—Pues bueno creo que ya supones lo que quiero hablar contigo ¿no?

—Eso creo.

—Solo te pido que no me interrumpas, escucha atentamente.

—Pues para eso estamos aquí, para que hables y hables— dije en un tono sarcástico.

—Han pasado tantas cosas que no sé ni por dónde comenzar.

—Empieza explicándome lo que pasó esa noche.

—No sé por qué nunca me dejaste darte ningún tipo de explicación. Solo te fuiste sin decir nada, simplemente desapareciste, era como si nunca hubieras existido. Te busqué, necesitaba hablar contigo y nunca me lo permitiste.

—¿Me vas a reclamar eso o me vas a explicar qué demonios hacías entrando a un hotel la noche antes de casarnos? Me dijiste que esa noche estarías con tu familia y no fue así, ¡me mentiste!

—Renata, no es lo que tú piensas. Si esa noche estaba ahí fue porque llegó una amiga de San Francisco, la conocí mientras hacia la pasantía. En ese tiempo nosotros habíamos terminado y ella estaba en México porque se enteró que me iba a casar y antes de que armara un escándalo quería hablar con ella.

—¿Por qué nunca me hablaste de ella? ¿Tuvieron una relación?

—No fue nada formal, por eso no te hablé de ella, no creí que fuera importante.

—No lo creíste importante, ¿NO CREISTE IMPORTANTE DECIRME QUE HABÍAS TENIDO UNA RELACIÓN CON UNA FULANA MIENTRAS ESTABAS EN SAN FRANCISCO? Luciano francamente me sorprendes.

—Por favor Rex, déjame continuar.

—Adelante, quiero saber más de tu noviecita de San Francisco.

—Te repito que no fue nada formal, ella siempre supo que cuando regresara a México te iba a pedir matrimonio. Nunca le mentí o ilusioné y si accedí a verla fue porque tenía miedo de que llegara a nuestra boda y lo estropeara todo.

—¿Y luego?

—Renata por Dios.

—¿Por Dios qué Luciano? Te estoy escuchando.

—En fin, todo el tiempo estuvimos en el bar del hotel, jamás subí a su habitación. Están las cámaras, puedes comprobarlo si quieres, solo hablamos, debes creerme, no iba a arruinarlo todo, por fin serias mi esposa, ya no iba a tener que meterme por la ventana de tu habitación para estar contigo por las noches.

No pude evitarlo, las lágrimas se hicieron presentes al recordar todos aquellos momentos que pasamos juntos. Sentía honestidad en sus palabras, me sentía tan mal de haberlo arruinado todo.

—Después de eso no he vuelto a hablar con ella, no es necesario, contigo siempre lo he tenido todo. Cuando por fin decidí rehacer mi vida sin ti, te encontré de nuevo, en Medellín, herida y perdida, era como si la vida me estuviera dando otra oportunidad de estar contigo, pero para mi sorpresa tú ya estabas con alguien más. Creo que me olvidaste muy rápido, no sabes lo que me dolió enterarme de eso.

No podía parar de llorar, nunca me había puesto en su lugar, no solo yo estaba destrozada, él también.

—Sé que no debí aprovecharme de tu condición para acercarme a ti, pero tú no recordabas, era como si todo lo malo se hubiera borrado de golpe, pero me equivoqué y lo siento. Nunca quise herirte, solo intentaba recuperarte.

En ese momento supe que me había equivocado, Luciano siempre ha estado a mi lado amándome sin juicios, siempre ha sido él y nadie más.

—Renata, dime algo.

—No sé qué decir, me dejaste sin palabras, me siento como una estúpida por no permitir que me explicaras lo sucedido.

—No digas eso, sé que aún podemos tener un futuro juntos, sin presiones ni ataduras.

—Perdóname Luciano pero estoy muy confundida en este momento, es demasiada información, tengo mucho que pensar.

—Tómate el tiempo que sea necesario, no te presionaré.

—Gracias, seamos amigos ¿sí?

—Encantado, soy Luciano.

—Qué tonto eres— dije riendo.

Terminamos de cenar y me fui a casa. Estaba muy confundida, tenía tanto que pensar que sentía que mi cabeza iba a explotar ¿era amor lo que sentía por él?

Dejé pasar unos días, seguía procesando toda la información. Aun no estaba segura de querer darle una nueva oportunidad, aunque cuando estaba con él todo mejoraba, me hacía sentir tan bien, como si estuviera en casa. No quería estar sola por el resto de mi vida.

Buenos días nena, espero que hayas tenido una excelente semana, se me ocurrió que este domingo podemos ir a comer, me encantaría poder verte.

Un beso, Luciano.

Era tan lindo, me hacía recordar por qué me enamore de él, su caballerosidad, lo estable que es, lo segura que me hacía sentir, todos los momentos que pasamos juntos desde niños. Teníamos una gran historia, de alguna forma sentía que debía darle una oportunidad.

Hola amor, me parece una excelente idea, te veo el domingo.

Renata.

Creo que con ese mensaje dejé claro que le estaba dando otra oportunidad, espero no arrepentirme. No había ni un solo minuto de mi día en que no pensara en él, me hacía muy feliz estar de nuevo a su lado. Tenía tantas ganas de verlo y estar como antes, como siempre debió de ser. Ese domingo me sorprendí suspirando por él. Eran casi las dos de la tarde cuando por fin llegó.

—Hola amor.

Corrí a besarlo y abrazarlo.

—¡Vaya! Me encanta que me recibas así, eso significa que estamos bien.

—Significa que estoy lista para ti.

Pude ver su cara de felicidad al escuchar eso, por fin me sentía completa. Luciano era un bálsamo en mi vida, podía curarlo todo.

Subí a su coche y le pregunté a donde iríamos a comer, tal fue mi sorpresa enterarme que la comida seria en casa de sus padres. No los había visto desde hace casi dos años. Al entrar a su casa todo me temblaba, parecía Bambi recién nacido. Luciano tomó mi mano para darme seguridad, me sorprendió tanto que todo estuviera igual, era como si el tiempo no hubiera pasado. Las fotos familiares sobre la gran consola de mármol, a la que sostenían unas gruesas y churriguerescas patas de herrería templada, incluso la foto que nos tomaron cuando nos comprometimos continuaba en el mismo sitio, todo era tal y como lo recordaba.

—¡Hermosa! Qué gusto verte, pero pasa no te quedas ahí parada como estatua, ven dame un abrazo.

Al escuchar a la señora Camila me sentí más tranquila, me hacerqué a saludarla.

—Mi niña tanto tiempo sin verte, pero mírate ¡qué hermosa estás! No lo puedo creer, ahora corroboro porqué junior sigue perdido por ti.

—Gracias señora, a mí también me da mucho gusto verla.

—¿Señora? ¿Por qué me dices así Renata? Te conozco desde que eras niña, yo te limpiaba los mocos.

—Lo siento Cami.

—Bueno vamos al comedor que nos están esperando.

Y continua el *déjà vu*, el gran comedor de caoba de un trabajo de ebanistería sorprendente (en la actualidad pocas personas se dedican a esté arte). Del cielo raso pendía un espectacular candil estilo francés que lucía majestuoso. Al entrar el Señor Luciano se acercó a saludarme. Siempre me dio miedo, su personalidad era imponente, daba la impresión de ser frio y hosco. También estaban Rodrigo y Sebastián sus hermanos. Cuando era niña vivía enamorada de Rodrigo, aunque él nunca me hizo caso, era el típico rompecorazones que solo veía a las lindas y populares chicas del cole.

—Renata, ¡qué milagro! ¡Qué ha sido de ti mujer?— dijo Rodrigo con cara de sorpresa al verme tan cambiada.

—Roy, pero mírate tú, ¡siempre tan galán!

—¿Galán? Claro que no, ese trono ya me lo quito junior por eso volviste con él ¿verdad?

—¡RODRIGOOO!

—Calmado junior. A ver Renata mejor cuéntanos cómo es eso de que trabajaste con el cantante más famoso de esta época.

Fue un momento muy incómodo, no quería pensar en Gael ni hablar de él con la familia de Luciano.

—Rodrigo tus preguntas no vienen al caso, Renata vino a pasar un rato agradable con la familia, no a que la interrogues sobre los chismes de la farándula.

—Junior, no me digas que a ti no te da curiosidad por saber sobre el trabajo de Renata, dicen que el tal Gael Vanoy está sumergido en una depresión terrible y que hasta ha pensado en dejar la música. Dicen que se debe a que alguien muy importante en su vida lo dejó. ¿Tú qué opinas Renata? ¿Sabes de quién se trata?

—No, no sé de quién se trate. Gael es una persona muy reservada, tal vez solo sea uno de esos momentos que tienen los artistas, no creo que sea algo importante.

Vi la cara de Luciano, sé que le molestaba que Rodrigo hiciera ese tipo de preguntas y no quería exhibirme frente a su familia. Gael es un tema difícil y doloroso para mí, creo que nunca me va a ser fácil hablar de él con nadie.

—¡Basta Rodrigo! No tengo interés en saber sobre esos disque cantantes de moda, la música es mala y de cantantes no tienen nada.

El señor Luciano hizo ese comentario, no supe si fue porque él sabía lo que había sucedido entre Gael y yo, o si en verdad odiaba el reggaetón.

Me sentí aliviada, no quería comenzar un debate sobre música, quien era talentoso y quién no. Me molestó que el señor Luciano dijera que Gael no tenía talento, Gael es la persona más dedicada y profesional que conozco, sin duda lo tenía, pero en mi posición no podía defenderlo. La comida transcurrió tranquila, sin más comentarios inoportunos.

—Bueno se hace tarde, creo que es momento de que me despida.

—Rex quédate un rato más, aún es temprano.

—Lo sé Cami, pero es que mañana tengo muchísimos pendientes y quiero dormirme temprano.

—Está bien muñeca, pero esperamos verte más seguido en casa.

Agradecí la comida y salimos de ahí, el ambiente se estaba tensando un poco. Por más que quería sacar a Gael de mi cabeza no podía hacerlo, aquél comentario que hizo Rodrigo sobre su depresión me había dejado muy inquieta.

—Nena ¿estás bien? Estuviste como ausente toda la tarde.

—Sí Luz, estoy bien, solo algo cansada.

—¿Segura?

—Sí, de verdad estoy bien, oye ¿puedo preguntarte algo?

—Claro que sí mi amor, lo que quieras.

—¿Qué le dijiste a tu familia sobre nosotros?

—No mucho, preferí evitar el tema. Cuando no contestabas mis llamadas les dije que no llegarías, mi mamá se quedó muy sorprendida y mi papá siempre fue de la idea de que se trataba de algún berrinche tuyo.

—¿Y con respecto a Colombia?

—¿Colombia o Gael? Si lo que te preocupa es que ellos sepan sobre tu relación con él, pues no, no lo saben. Esa parte es muy tuya y siempre la voy a respetar, ellos solo saben que trabajabas para él.

Todo el camino a casa estuvimos muy callados, tenía muchas cosas en la cabeza. Necesitaba despejarme antes de decir cualquier cosa, no quería decir nada imprudente.

—Oye Rex ya casi es tu cumpleaños, ¿qué quieres que hagamos? Tal vez una buena fiesta con toda tu familia o prefieres que salgamos de viaje.

—No tengo muchas ganas de festejos, tal vez podemos ir a cenar y ya, algo sencillo.

—¿Segura? Tu cumpleaños siempre ha sido una fecha muy especial.

—Este año no estoy de humor, déjame pensarlo, aún tenemos una semana.

—Llegamos amor, ¿quieres que me quede?

—Luz no me lo tomes a mal, pero quiero estar sola, sé que mañana será un día muy pesado y contigo aquí me será difícil descansar.

Le di un beso y bajé del auto, quería desconectarme de todo. Al entrar a mi casa una soledad inmensa me invadió, no dejaba de pensar en Gael ¿A caso estaba tan mal como para querer dejar su carrera por mi culpa? Quería llamarlo y saber que estaba bien.

—¿Fer? Soy Renata ¿cómo estás?

—Alo ¿RENATA? ¡Qué agradable sorpresa! Yo estoy bien ¿y tú?

—Siento ser tan directa, estoy muy preocupada por Gael, alguien me dijo que no está pasándola nada bien ¿eso es verdad?

—¿Roberto te llamó?

—No.

—Pues ahora está bien, estuvo muy decaído hace unos meses, pero ya está mucho mejor, ya volvió a escribir.

—No sabes el gusto que me da escuchar eso.

—¿Quieres hablar con él? Está aquí a mi lado.

—¡NOOO!

— ¿¿¿Es enserio???

—Sí, solo quiero asegurarme de que estuviera bien.

— ¿Acaso le temes Renata?

—Obvio no, te llamo después.

Colgué el teléfono sin siquiera despedirme, el hecho de saber que Gael estaba ahí me hacía sentir mal por cómo habían terminado las cosas entre nosotros. Seguí avanzando sin pensar en él. Luciano quería que fijáramos la fecha de la boda, pero ese era un tema que ya no me hacía ilusión, tal vez porque la primera vez que intentamos hacerlo las cosas no habían salido nada bien.

El tiempo pasó y sin darme cuenta llegó el día de mi cumpleaños. Solo quería quedarme en casa y ver *Netflix* en mi cama, pero conozco a mi hermana, sé que no me lo va a permitir.

Riiiiiinnnnnng...

— ¿Bueno?

— ¡Estas son las mañanitas que cantaba el rey David a mi hermana la más hermosa se las cantamos así! Preciosa buenos días, ¿ya lista para el mega pachangón?

—¡Gracias hermana! la verdad es que no quiero hacer nada, no tengo ganas de celebrar.

—¡Renata no digas eso! Tienes mucho que celebrar.

—Sé que las cosas han mejorado mucho, pero no tengo ganas de hacer una fiesta.

—Obvio no, ya no hay tiempo para organizar una fiesta pero podemos comer en casa, yo misma cocinaré.

— ¿Estás segura? No quiero que incendies la casa.

— ¡Tonta! Sabes que soy muy buena cocinera, llama a Luciano y aquí los espero.

—Eso sonó más a orden que a invitación, ahora lo llamo y nos vemos en tu casa.

—Perfecto a las tres los espero.

Quise ponerme algo lindo, después de todo era mi cumpleaños y sabía que Isabella no me perdonaría vestir informal ese día. Llegué a casa de mi hermana y parecía que no había nadie. Grité por toda la casa pero no respondían, fui a la cocina y encontré una notita que decía *"Ve al jardín",* me dirigí hacia allá, parecía que jugábamos a las escondidas.

—¡¡¡SORPRESAAA!!!

No lo podía creer, ahí estaban toda mi familia, mis primos, Gabriel, Alu, Luciano y toda su familia, éramos cerca de cuarenta personas, fue una grata sorpresa.

—¡Isa! te dije que no quería nada, pero muchas gracias me encantó mi sorpresa.

—¡Qué bueno que te gustó Rex! Pero esto no lo organicé yo, fue Luciano. El contactó a todos y se esforzó mucho para que todo saliera perfecto, yo solo le presté la casa.

—¿Él hizo todo esto?

—Pero claro que sí tontita, él te adora y no quería que tu cumpleaños fuera un día más, corre, abrázalo y dale las gracias como te enseñé.

Muy obediente corrí a abrazarlo con todas mis fuerzas, cada día me sorprendía más lo detallista que era, se estaba tomando muy en serio esto de hacerme feliz.

—Luz gracias, ¡me haces muy feliz!

—Te amo nena y no tienes nada que agradecer, yo vine a este mundo a hacerte feliz, así que ahora a disfrutar tu cumpleaños.

Los ánimos estaban al máximo, todos reíamos, bailábamos y nos divertíamos. Recibí muchas felicitaciones, llamadas, mensajes, etc,

¡OH SORPRESA! Llegó el mariachi, a esa hora los tequilas habían hecho su efecto y mis primos comenzaron a cantar. Todo transcurría perfecto, la idea de Luciano de festejarme resultó ser muy grata, no me hacía falta nada más.

Bonita:

¡Feliz cumpleaños! Sé que me pediste no buscarte más, pero simplemente no puedo hacerlo, no te he dejado de amar ni por un solo minuto, te extraño con todas mis fuerzas, siento que me voy a volver loco sin ti. Perdóname Renata, no sabes lo que daría por volver a estar contigo. Pero quiero agradecerte por enseñarme a amar de verdad.

Tengo un regalo para ti, te escribí una canción y es el regalo más sincero que te puedo dar.

Te esperaré por siempre.

Gael.

¡NO PODÍA CREER LO QUE ESTABA LEYENDO! Gael, en verdad era él, no entendía qué estaba pasando. ¿Cómo obtuvo mi número? Mi corazón se paralizó y creo que dejé de respirar por un momento.

Solo podía leer y releer su mensaje para comprender que sí, era él, que me estaba escribiendo. ¿Por qué aparece ahora que estoy tan bien y tranquila?

—Amor, ¿estás bien? Tienes mala cara.

—Sí, perdón es que recibí un mensaje que no esperaba.

—¿Gael?

—¿Cómo sabes eso?

—Yo le di tu número, supuse que le gustaría felicitarte por tu cumpleaños y yo no le arrebataría esa oportunidad, tal vez no me entiendas, pero se lo debía.

—Luciano, ¿pero por qué lo hiciste?

—Rex ya no tengo miedo, quiero que si decides estar conmigo sea porque estas convencida de ello y si tienes que averiguar lo que sientes por él quiero que lo hagas, no te detengas por mí, no te quiero a medias. No quiero que tengas la duda de saber qué hubiera pasado.

—¿No te importaría si decido verlo?

—Mira, él siempre será un tema bastante incómodo para mí, pero si necesitas verlo no me opondré, incluso si decidieras quedarte a su lado lo voy a entender y aun así voy a seguir esperando por ti. Quiero darte la oportunidad de hacer lo que tú quieras, no te quiero a la fuerza Renata, ni por compromiso, te quiero libre.

—No lo necesito Luciano, te amo y quiero casarme contigo.

—¿Estás segura? Ya no habrá marcha atrás, aún tienes tiempo de arrepentirte.

—Esta vez no lo haré amor.

Luciano había cambiado tanto, era otro y el darme la oportunidad de ver a Gael solo me convencía más de que mi lugar era junto a él. De inmediato corrió a decirles a todos que nos casaríamos en tres meses. Algunos hicieron cara de sorpresa, creo que se les hacía demasiado pronto, otros pensaron que estaba embarazada.

—Felicidades junior espero que esta vez Renata no te deje plantado.

No lo podía creer, Rodrigo y sus comentarios, por fortuna el mariachi entonaba canciones muy alegres y los invitados que bailaban y cantaban no prestaron atención a sus palabras tan fuera de lugar. Las horas pasaron, se hacía tarde y todos se fueron, nos despedimos de mi hermana, le dimos las gracias y nos fuimos también. Le pedí a Luciano que pasara esa noche conmigo, no quería tener sexo con él, solo quería dormir a su lado. Caí rendida entre sus brazos. Desperté con resaca, tomé mi teléfono y fui al baño. Estaba releyendo mis felicitaciones y recodé que Gael me había escrito, de inmediato leí nuevamente su mensaje. Esta vez me percaté que decía que me había escrito una canción, abrí el link que venía adjunto, una balada, nunca lo había escuchado cantar una balada. Algo dentro de mí se rompió al escuchar esa hermosa canción, su voz sonaba distinta, parecía otra persona, no podía creer que alguien me escribiera una canción tan linda. Comencé a llorar y era imposible parar, en el fondo yo también lo extrañaba.

Tal vez me estaba precipitando con Luciano, pero anoche estaba tan emocionada por todo lo que hizo que me dejé llevar, obviamente ya no era momento de arrepentirme, Luciano es un gran hombre y no se merece que lo lastime más. Por otro lado Gael estaba tan lejos, yo sabía que no podría vivir con los reflectores sobre mí. Solo anhelaba una vida normal y pacífica, con Luciano iba a tenerla, él me amaba y quería hacerme feliz a toda costa, no quería defraudarlo.

Rebeca López

9.

Comenzamos los preparativos para la boda, Luciano estaba tan emocionado, nunca lo había visto así, participaba y opinaba sobre las flores, mantelería, invitaciones. Se involucró en toda la organización, creo que los papeles se habían invertido, en nuestro primer intento de boda nunca mostró mucho interés. Yo no me sentía al cien, tenía mucho miedo de equivocarme. Deseaba ser feliz a su lado, pero no sabía si el fantasma de Gael me iba a dejar serlo.

Estábamos en casa de los padres de Luciano haciendo su lista de invitados, Cami quería invitar a medio Guadalajara, ellos tenían una familia muy grande y muchos amigos. Yo no quería que la boda fuera tan grande, pero quería darles gusto.

—Muñeca no hemos hablado sobre tus invitados.

—Estaba pensando en solo invitar a mi familia y algunos amigos cercanos, tal vez unas treinta personas.

—¿Renata, tan pocos? ¡Claro que no! Esta será la boda del año, no todos los días se casa un Del Valle.

—Lo sé Cami, pero no hay muchas personas que quiera invitar.

—Bueno, lo revisaré con tu hermana, seguro ella tendrá muchos más que tú.

—Seguro que sí.

—Contacté a una revista de Guadalajara, quiero que salgan en la portada de todas las revistas del país.

—No creo que eso sea necesario.

La verdad es que no quiero que Gael se entere que me voy a casar con Luciano, me dolía decepcionarlo a él también.

—¿Pero por qué no Renata?

—Porque no quiero que todo el mundo esté criticando mi boda, sé que ustedes son una de las familias más importantes del país pero en eso no voy a ceder. No me voy a prestar a ser el centro de chismes.

—Mamita, Renata tiene razón, yo tampoco quiero que los medios estén en mi boda, se supone que una boda debe de ser algo más íntimo y no un circo.

—Está bien, como quieran, aunque no estoy de acuerdo en eso. ¿Renata ya pensaste en el vestido? Podemos ir a la ciudad de México a buscarlo, creo que allá encontraremos mejores boutiques que aquí.

—No creo que sea necesario, la vez pasada lo encontré aquí.

—¡Ay muñeca! ¿La vez pasada? Pero esta vez quiero que sea algo más glamoroso y espectacular, aparte ese vestido está salado. ¿Te parece si este fin de semana vamos a México a buscarlo?

—¡Claro Cami! Como tú quieras, por mí está bien.

—Perfecto, hablaré con Isabella para que las tres vayamos a México ¿quieres invitar a alguien más?

—A Gabriel, él puede ser de ayuda.

—Okay muñeca, entonces le avisaré.

Luciano me llevó a casa, creo que notó que no tenía mucho interés en ir a México o en la boda en general.

—¿Amor qué pasa? No te veo muy feliz con todo esto de la boda.

—No es eso, creo que solo estoy algo nerviosa y abrumada.

—¿Nerviosa? ¿Por qué?

—No tengo muy buenos recuerdos de la primera vez que intentamos hacerlo.

—Renata esta vez será diferente, te lo prometo. Amor, además debes mostrar más interés en los preparativos, parece que la que se casa es mi mamá, ella está decidiendo todo, si no participas hará lo que ella quiera, como llamar a los medios.

—No quiero que los llame porque quiero protegerte, algunas personas en Medellín sabían que era la novia de Gael y no quiero que te abrumen con preguntas.

—Comprendo, aunque no me importa, quiero que todo sea a tu gusto y no al de mi madre, ¿de acuerdo?

—Sí Luz, te prometo que voy a participar más en la planeación.

—Oye ¿quieres que las acompañe a México?

—No creo que sea buena idea, tu mamá es muy supersticiosa y sé que es de mala suerte que veas el vestido antes de la boda.

—Okay nena como te sientas mejor. Bueno te marco más tarde, tengo que ir al hospital porque surgió un problema con uno de mis pacientes.

—Sí Luz no te preocupes, espero que todo salga bien.

Me acerqué a darle un beso para despedirme.

—Renata te amo.

Yo solo le sonreí y me bajé del auto, estaba en la sala de mi departamento viendo el techo y pensando que era lo que debía hacer. No quería casarme si no estaba 100% segura de eso. Ya comenzaba a dudar, no sabía si estaba lista para ser la esposa de Luciano y cumplir con todas las expectativas que él tenía puestas en mí. ¿Y mis propios sueños y metas? No quería que mi matrimonio fuera a fracasar por eso, un divorcio en el futuro solo sería peor. Traté de aclarar mi mente sin conseguirlo. Me era muy difícil, los planes ya estaban muy avanzados y no deseaba lastimar a nadie. Abrí mi computadora para revisar algunas boutiques en la ciudad de México, así por lo menos podría decidir a cual ir. Estaba revisando algunas cuando recibí un correo de la Universidad Complutense de Madrid, me ofrecían un lugar para estudiar un posgrado en finanzas. Había olvidado que apliqué para estudiar allá, me emocioné tanto que enseguida abrí el enlace que me enviaban. Las materias eran increíbles, las instalaciones estaban de sueño, no podía creer que esa oportunidad se me estaba presentando, parecía una señal divina. No podía dejar pasar esa oportunidad, sabía que si lo hacía podría arrepentirme después, aunque eso significara romper mi compromiso con Luciano. En el fondo sabía lo que tenía que hacer, debía pensar primero en mí. Tomé un respiro profundo y llamé a Luciano, ya había tomado una decisión y esta vez no habría marcha atrás.

—¿Luz estás ocupado?

—Hola amor, estoy a punto de entrar a una cirugía.

—Okay seré breve, ¿podemos cenar esta noche? Tengo algo que contarte.

—Claro amor, te marco cuando salga de cirugía.

Podía sentir como mi corazón se aceleraba conforme pasaban las horas, era uno de esos días que quieres que ya termine. La angustia de enfrentarme a Luciano me estaba matando. Para olvidarme un poco de todo me puse a cocinar, eso me ayudaba a relajarme. Hice la única pasta que me salía bien, puse a enfriar una botella de vino, su favorito. Al terminar de preparar la cena me fui a duchar, en la regadera repasé una serie de diálogos para elegir cuál sería la mejor forma de darle la noticia. Mi intención no era que todo terminara mal nuevamente, esta vez debía de hacer las cosas bien.

Tocaron a la puerta, era Luciano, sentí que me paralizaba, los músculos de mi cuerpo no me respondían. Respiré profundamente, el pensar en mi futuro me dio la fuerza suficiente para continuar con mi decisión, le abrí y lo recibí con un fraternal beso en la mejilla.

—¿Cómo estás? ¿Cómo te fue en la cirugía?— dije con voz titubeante, sabiendo que la noticia que estaba por darle iba a ser fatal para él.

—Excelente, todo salió como lo planeamos.

—Qué bien, pero anda siéntate, debes de estar hambriento.

—¡Qué buen servicio! Podría acostumbrarme a que hagas esto cuando llegue a casa todos los días.

No dije nada, estaba a punto de decirle que no me casaría con él. Se sentó a la mesa, le serví pasta y vino. La cena continuó y a mí se me agotaban los pretextos para hablar con él de lo que de verdad me era importante.

—Y bien amor, ¿qué es eso que quieres decirme?

—No sé cómo lo vayas a tomar.

—¿Rex qué pasa? Lo dices con una cara que me asusta.

—He estado pensando mucho en mí, en mi futuro.

—Renata coño ¿qué pasa? Me estas asustando.

—No quiero asustarte.

—¡Pues entonces dime qué chingados está pasando!

—Me ofrecieron un lugar para estudiar un posgrado en Madrid, ya la investigué y es una de las mejores universidades de todo el mundo. Lo he estado pensando y meditando a profundidad antes de decírtelo, no quiero que pienses que es una decisión arrebatada.

Luciano se quedó mudo ante mis palabras, ni siquiera me miraba, sus ojos veían el plato que con el tenedor revolvía lentamente la pasta, sin llevarla a su boca.

—Nunca me dijiste que querías estudiar en Madrid— dijo mientras alzaba la mirada.

—Lo sé, apliqué cuando cancelé nuestra boda pero hasta ahora recibí la respuesta de la Universidad.

—Me sorprende mucho la noticia, me gusta que pienses en tu futuro y en seguirte preparando, pero ¿qué hay de nosotros?

—Quiero hacer esto sola.

—Pues obviamente no puedo decirte que no lo hagas, se trata de tu futuro, aunque no me agrade que te vayas tan lejos, pero si es la mejor universidad y si ya estás decidida, pues que quieres que te diga, como la otra vez yo te esperaré.

—¡Gracias! Pero no quiero que me esperes, serán casi tres años y yo no puedo pedirte eso, sería muy egoísta de mi parte.

—Tú me esperaste cuando me fui a San Francisco, ahora es momento de que yo lo haga.

—Luciano es mucho tiempo, ya lo pensé muy bien y no quiero que lo hagas.

—Está bien, si es lo que quieres así será, ¿ya tienes la fecha de cuándo te vas?

—No, deseaba hablar primero contigo para continuar con el siguiente paso, necesito irme en paz, no como la vez pasada. Quiero que podamos seguir hablando y ser amigos.

—¿Amigos?

—Sí, quiero regresarte el anillo que me diste, no se me hace correcto conservarlo, tú puedes conocer a alguien más, no quiero tenerte atado a mí.

—Te entiendo, sé que esto lo quieres hacer sola, pero aun así quiero que lo conserves. Si llegara a conocer a alguien más, que lo dudo, no le daría ese anillo, ese es tuyo mi hermosa novia fugitiva.

Sus ojos se llenaron de lágrimas, me miraba con tal ternura que me quebraba el alma. En ese momento quería arrepentirme, pero no podía hacerlo, tenía que respetar la decisión que ya había tomado y seguir adelante sin él. No podía permitir que él hiciera su vida junto a una mujer que no estaba segura de amarlo por completo. Los siguientes días fueron caóticos, tenía mucho que organizar y en poco tiempo. Luciano me pidió que no lo apartara de esta etapa, por lo menos quería pasar mis últimos días en Guadalajara conmigo.

Cuando me llevaron al aeropuerto estaba llorando, no quería dejar a mi familia de nuevo, pero me hacía mucha ilusión hacer esto sola. Fue muy difícil despedirme de Luciano ya que no sabía si lo volvería a ver, me asustaba un poco el futuro.

EPÍLOGO

2 años después...

Definitivamente Madrid ha sido el mejor regalo de vida que he recibido, todo ha sido nuevo y tan diferente para mí. Estoy haciendo mi *internship* en una de las empresas más importantes de toda España, es increíble poder conocer a personas de tantas partes del mundo, de diferentes costumbres y formas de pensar. Sin duda viajar te abre el mundo, la manera de apreciar la vida te cambia definitivamente. Ahora soy completamente independiente, por fin aprendí a perdonarme por todos mis errores y a ser feliz conmigo misma, me he aceptado tal y como soy, he aprendido a amarme más que a nadie, no es tan malo estar sola.

A veces hablo con Luciano, aunque no muy a menudo. A pesar de eso hemos superado todos nuestros líos del pasado y creo que hemos llegado a ser grandes amigos. Tengo una *roomate* adorable, se llama Audrey, es francesa y hemos vivido las mejores aventuras juntas, aprendiendo y conociendo este maravilloso país.

Estoy muy emocionada porque me invitó a pasar el verano con ella, eso me llena de ilusión, conocí levemente Paris pero no otras ciudades de Francia. Siempre he sentido que es mi hermanita menor.

— ¡Rex, Rex, Rexxxxx!

Entró Audrey a nuestro departamento gritando y brincoteando por todo el piso.

— ¿Qué pasa? ¿Por qué tanta emoción?

—Tengo una súper noticia Rex, ¡te vas a moriiiiir! He comprado dos tickets VIP con *Meet&Greet* para a ver a Gael Vanoy, por fin vendrá a Madrid mañana ¡no sabes todo lo que he esperado por verlo en vivo! Creo que nunca te lo había contado, pero él es mi cantante favorito en el mundo, amo su música.

¿¿¿Quéééé??? Sin duda alguna, SI quería morirme, tal parece que mi pasado nunca dejará de perseguirme. Brincaba y bailaba de emoción por lo que había hecho, yo jamás le conté lo que pasé con Gael, esa era una parte de mi vida que preferí ocultar por completo.

—Audrey, no creo que sea buena idea que vayamos.

—¡Como de que no! Los boletos me costaron una fortuna y fué un milagro que los consiguiera, se agotaron desde el primer día que anunciaron el concierto. ¡Tienes que ir conmigo!

—No lo sé Audrey, tú sabes que ese tipo de música no me gusta.

—Anda, hazlo por mí, si tu no vas conmigo no iré. Te garantizo que te vas a divertir mucho, debes de probar cosas nuevas.

—Audreyyyyy ¿por qué me haces esto? Tú sabes que no me gustan los eventos masivos, tanta gente gritando y llorando por todos lados ¡qué horror!

—Prometo no ponerme como fan loca y odiosa, anda Rentara vamos, ¿síííí?

—¡Ashhhh! Está bien, pero olvida lo del *Meet&Greet*, eso no va a pasar.

—¡Está bien! Olvidado. ¡¡No puedo creer que por fin lo voy a conocer!!

Estaba tan feliz que no podía romperle el corazón.

—Créeme que si no te quisiera tanto, no iría.

—No exageres, solo es un concierto, no es como que te vaya a pedir matrimonio, ni te va a pelar entre tanta gente.

Cuando dijo eso pasaron mil cosas por mi mente. La verdad es que sí me daba mucha curiosidad verlo pero tenía miedo de que me reconociera y me fuera a sacar del concierto o algo así. Me sentía muy ansiosa, no sabía qué iba a hacer si me lo topaba.

La mañana tan esperada llegó, nunca había visto a Audrey tan emocionada por algo, por fin iba a conocer a su artista favorito en el mundo mundial como ella dice.

Recuerdo perfectamente que esa mañana fuimos a desayunar a su restaurante favorito "Cacao 70". Cuando llegamos a casa, Audrey se fue de inmediato a duchar, se planchó el cabello y se maquilló tanto que parecía que iba a una fiesta. Yo me arreglé lo más discretamente posible, me hice una coleta, me puse una gorra y vestí muy casual, usé mis botas favoritas, las que Gael me había regalado.

—¡*Soeur*! ¡Qué guapa! Seguro que si Gael te ve se enamora de ti.

—Qué tonta Audrey, claro que no, entre tanta gente él ni nos notará.

—Bueno, vámonos que se nos hace tarde, como dice Gael "vamo a romperla".

Llegamos al *Wizink Center* y aunque no era la primera vez que estaba ahí, si sería la primera vez que estaría como espectadora de uno de sus conciertos. Estaba tan nerviosa, tenía un mal presentimiento, mis manos estaban tan heladas que era capaz de enfriar una cerveza con solo tocarla. Audrey se fue al *Meet&Greet* mientras que yo la esperaba en la zona VIP del concierto. Permanecí agachada, no quería que alguien del equipo me fuera a reconocer, había muy pocas personas esperando.

—Rex, ¿eres tú?

Sentí como alguien estaba parado atrás de mí mientras decía esas palabras, yo sabía perfectamente de quién se trataba, esa voz era tan familiar para mí.

—¡¡¡Fer!!!!

Le di un fuerte abrazo, en realidad me daba mucho gusto verlo después de tanto tiempo.

—¿Pero qué haces aquí marica? Después de todo no pensé que quisieras volver a verlo, ¿por qué no me dijiste que vendrías? Te hubiera pasado de inmediato al *backstage*.

—Eso no es necesario. La verdad es que estoy aquí porque viene acompañando a una buena amiga, es su fan.

—Qué pequeño es el mundo, y Gael evitando a toda costa dar conciertos en México, ¿viste su último video? Fue su último trabajo allá, lo grabó esperando que te dieras cuenta que aún te recuerda y quién diría que te encontraría aquí. Vamos acompáñame, le va a dar muchísimo gusto verte. Estaba tan nervioso de dar este concierto, decía que tenía un presentimiento, ahora me doy cuenta de qué se trataba.

—¡NO LO QUIERO VER! Además dudo mucho que le dé gusto verme después de lo que le hice. Prefiero esperar a mi amiga aquí, si regresa y no me encuentra se va a alarmar.

—No te preocupes, de eso me encargo yo ¿cómo se llama tu amiga?

—Audrey Actis.

Tomó su radio y pidió que de inmediato la sacaran del *Meet&Greet* y la llevaran al área de *catering*. Fer me tomó de la mano y me llevó a rastras por todos los pasillos. Yo no quería verlo, no estaba lista para enfrentarme a Gael. Traté de caminar lo más lento posible pero Fernando me jalaba con tal fuerza que parecía que íbamos corriendo hacia él. Me quedé completamente paralizada al verlo, estaba parado de espaldas a mí, calentando, cantando y estudiando el orden de sus canciones, no se había percatado de mi presencia.

—¡Rexxx!— gritó Audrey. No entendía qué estaba pasando o por qué estábamos ahí.

Gael volteó, fijó su mirada en mí, esa mirada que me paralizaba de los nervios, esa mirada que me regresaba el alma.

Rebeca López

Facebook Rebeca López

Email: graciasati07@gmail.com

Made in the USA
Columbia, SC
21 November 2022

71344759R00148